DROEMER

Über die Autorin:
Sarah Butler ist Anfang dreißig und lebt in Manchester. Sie ist Geschäftsführerin eines Beratungsunternehmens, das literarische und künstlerische Projekte vorantreibt. Sie war Stipendiatin verschiedener Literaturförderungen und unterrichtete Kreatives Schreiben am British Council in Kuala Lumpur. Ihr erster Roman »Alice, wie Daniel sie sah« wurde in dreizehn Sprachen übersetzt.

SARAH BUTLER

Die Nacht brennt

Roman

Aus dem Englischen
von Werner Löcher-Lawrence

Die englische Originalausgabe erschien 2015 unter dem Titel
»Before the Fire« bei Picador, London.

Besuchen Sie uns im Internet:
www.droemer.de

FSC
www.fsc.org
MIX
Papier aus verantwortungsvollen Quellen
FSC® C083411

Droemer Taschenbuch

Redaktion: Leonie von Reppert-Bismarck
Covergestaltung: NETWORK! Werbeagentur GmbH
Coverabbildung: Andrew Paterson / Alamy
Satz: Adobe InDesign im Verlag
Druck und Bindung: CPI books GmbH, Leck
ISBN 978-3-426-30444-0

2 4 5 3 1

Für Matt

9. August 2011

An der Ecke Market Street und Spring Gardens fährt ein Junge, der fast, aber noch nicht ganz, ein Mann ist, mit dem Daumen über das Rädchen eines Plastikfeuerzeugs, bis eine kleine gelbe Flamme hochschießt. Seine Kapuze hat er tief ins Gesicht gezogen, und der Riemen einer JD-Sporttasche zeichnet eine Diagonale über seinen Rücken. Hinter ihm stehen Leute und beobachten ihn, die Handys erhoben, um jede seiner Bewegungen einzufangen. Das Heulen von Alarmanlagen und Polizeisirenen hallt durch die Stadt. Die Schaufensterscheibe des Geschäfts ist bereits zerschlagen. Der Junge steigt über die Scherben und streckt seinen Arm durch das Sicherheitsgitter zu einer Schaufensterpuppe. Sie ist aus Plastik und hat ein leeres weißes Gesicht: keine Augen, keine Nase, keinen Mund. Aber sie hat Brüste und Hüftknochen, die sich unter ihrem scharlachroten Sommerkleid abzeichnen. Er hält das Feuerzeug an eine Falte des Stoffes.

Dann wendet er sich ab und überquert die Market Street, bleibt bei einem Laden mit heruntergelassenen Rollläden stehen, zieht die Kapuze zurecht, strafft die Schultern und sieht sich um. Da ist nichts als die kleinste aller Flammen, sie scheint sich ans Sicherheitsgitter zu klammern und zwischen Boden und Decke zu schweben, ist kaum groß genug, um überhaupt bemerkt zu werden. Die Leute, die ihn mit seinem Feuerzeug beobachtet haben, warten und nicken, als seien sie einverstanden. Der

Rest, die Verängstigten, Aufgeregten, Neugierigen und Zugedröhnten, sie laufen einfach vorbei.

Bald schon leckt das Feuer höher, eine magere Flamme, die an ihren Rändern Orange ansetzt. Einige Passanten werden langsamer und drehen die Köpfe, doch nur wenige halten inne. Etwas fällt, geschmolzenes Gold, fällt nach unten, und eine weitere Flamme leuchtet auf, wie aus dem Nichts, rechts von der ersten, die auflodert und nach der Decke greift. Die zweite versucht aufzuholen. Das Publikum wächst. Starrt. Filmt. Ist wie gebannt. Schwarzer Rauch sammelt sich hinter den Resten der Scheibe. Die beiden Flammen verbinden sich, zusammen sind sie nicht aufzuhalten.

Und während die Menge den Atem anhält, sich ein Teenagerpärchen küsst und eine weitere Alarmanlage zu heulen beginnt, wächst das Feuer. Es reckt sich vor und zur Seite, sammelt Kraft hinter verriegelten Türen, bricht aus, die Flammen schlagen in hohem Bogen aus dem Schaufenster, überziehen die Mauern mit Rauch und zersprengen, was von der Scheibe noch übrig ist. Das Feuer springt die Zuschauer an, und sie weichen zurück, ruckartig, verängstigt. Ein paar drehen sich weg und laufen davon. Ein Mann stolpert über ein Fahrrad. Eine Frau bleibt mit dem Fuß hängen, fällt fast, fängt sich wieder. Nur das Pärchen küsst sich immer noch, die Gesichter in Flammengold getaucht.

Juni 2011

1

Es war nicht wirklich laut, aber es weckte ihn auf. Er hatte mittlerweile einen ganz leichten Schlaf, genau wie seine Mum. Stick starrte die mit Grau gefüllten Umrisse seines Zimmers an, die dünnen Vorhänge, die Landkarte an der Wand, den Schrank mit dem vertrackten Schloss. Er lauschte. Da. Da war es wieder. Das Schlurfen von Pantoffeln über den Teppich, dazu ein schwaches, aber präzises *Klick*. *Klick*. *Klick*.

Er drehte sich auf den Bauch, drückte das Gesicht ins Kissen und presste die Hände über die Ohren. Es half alles nichts.

Stick zog das T-Shirt vom Vortag über, während er den Treppenabsatz überquerte, und ging nach unten. Seine Fingerspitzen folgten dem erhabenen Muster der Tapete. Im Haus herrschte frühmorgendliche Stille, das gelbe Licht der Laterne sickerte von draußen durch die verglaste Haustür.

Sie war auf allen vieren und griff hinter das Sofa.

»Sie sind alle ausgeschaltet, Mum«, sagte Stick.

Sie scharrte weiter, den Hintern in die Luft gereckt, die obere Hälfte des Körpers zwischen Sofa und Wand geklemmt. Stick biss die Zähne zusammen, bis sein Gesicht schmerzte.

»Mum?« Er hob die Stimme, und endlich richtete sie sich auf und setzte sich auf die Fersen.

»Ich bin fast fertig«, sagte sie, als wäre er die ganze Zeit schon da gewesen. »Geh du nur wieder ins Bett, Schatz.«

Er sah, wie sie den Fernseher anstarrte, und wusste, dass sie an das Kabelgewirr dahinter dachte.

»Hast du dir die CD angehört?«, fragte er.

Sie sah ihn ausdruckslos an.

Mit acht war er das erste Mal nach unten gekommen und hatte gesehen, wie sie die Steckdosen kontrollierte und wie ein Geist durch die Zimmer streifte. Statt auf seine Fragen zu antworten, hatte sie ihn schon damals aus ebenso leeren Augen angestarrt wie jetzt.

»Die Wale«, sagte Stick. Er hatte die Eiscremeschachtel oben auf seinem Schrank geplündert, um die CD zu kaufen. Sie versprach Entspannung, garantiert. *Vertreibe deine Ängste, erfahre tiefe Gelassenheit, gleite in erholsamen Schlaf.*

Sie lächelte, immer noch ausdruckslos.

»Ich mache das hier nur noch fertig«, sagte sie. »Geh du und hör sie dir an.«

Sie rieb sich mit den Fingern über die Lippen, runzelte die Stirn. Er wollte sich vor sie hinknien, sie bei den Schultern fassen und schütteln. Er wollte sie anschreien: Hör auf rumzuspinnen. Wie soll ich wegfahren, wenn du so spinnst? Stattdessen streckte er die Hand aus, und sie nahm sie und zog sich hoch. Sie trug die übergroßen Pantoffeln, die wie Kaninchen aussahen, mit rosa Nase, Barthaaren und flauschigen weißen Ohren. Die Waden unter dem Bademantel schienen zu weiß, zu dünn. Das hatte er von ihr. Das Dürre, Blasse.

»Könntest du …?« Ihre Finger zupften an dem ausgefransten blauen Gürtel um ihre Taille.

»Ich werde sie alle überprüfen. Hörst du dir die CD an? Ich komme in zehn Minuten und stelle sie wieder aus.« Er hätte im Bett bleiben sollen. Babys muss man auch mal schreien lassen, hatte Mac gesagt (als ob der sich mit Babys auskannte!), das muss sie für sich selbst hinkriegen. Aber Stick hatte das schon mal ausprobiert, und es war dadurch nur schlimmer geworden.

»Bitte«, sagte er.

Sie zögerte und wankte ein wenig, als stünde sie in einem Boot und nicht auf dem dünnen, grauen Wohnzimmerteppich. Stick nahm ihren Arm und führte sie zur Treppe, sah sie mit langsamen Zombie-Schritten zum Treppenabsatz hinaufsteigen, und als sie sich umdrehte, sagte er: »Keine Sorge, Mum, alles gut, hab alles im Griff.« Er ließ seine Stimme leicht und unbeschwert klingen, spürte aber eine Schwere im Magen, als hätte er einen Eimer Beton geschluckt.

Er wollte sich aufs Sofa setzen und für zehn Minuten die Augen schließen, doch sie würde es wissen, ein Blick würde genügen, und das Ganze ginge von vorne los. Also lief er durchs Haus und überprüfte jede einzelne Steckdose. Aus. Aus. Aus. Aus.

Als er ihre Schlafzimmertür aufdrückte, saß sie am Bettrand. Es war still im Raum.

»Willst du es nicht versuchen, Mum?«

Sie rührte sich nicht.

Stick rieb sich die Augen. »Mum?«

»Du solltest schlafen gehen.«

»Ich mach die CD an.«

»Du hast Wichtiges vor. Das ist morgen ein wichtiger Abend für dich. Und Samstag auch, und dann …« Ihre Stimme verlor sich.

Stick griff unter die Kommode und spürte, wie seine Mum zusammenzuckte, als er die Steckdose einschaltete. Auf dem CD-Spieler blinkte ein digitales, grünes *HALLO* auf. Stick schob die CD hinein und sah zu, wie das Display die Sekunden zu zählen begann. Bei siebzehn hörte er das sanfte Auftreffen von Wellen auf einen Strand.

»Leg dich hin, Mum«, sagte er. »Komm schon.«

Sie blieb, wo sie war. Eine Querflöte oder Blockflöte oder so was Ähnliches setzte ein. Sanfte, gehauchte Töne.

»Mum?« Stick griff nach der CD-Hülle mit dem Bild des nächtlichen Meeres. Wie ein Autoscheinwerfer hing der Mond über den Wellen.

»Ist Mac ein guter Fahrer?«, fragte seine Mum.

Stick öffnete die Hülle und schloss sie wieder. Öffnete sie. »Er hat beim ersten Mal bestanden. Ich hab's dir doch gesagt.«

»Aber fährt er auch vorsichtig?«

Er ließ den Motor gern aufheulen, so laut es ging, bremste spät und mit Vorliebe so, dass die Reifen quietschten. »Mum, komm schon. Es ist vier Uhr morgens.«

»Ich habe daran gedacht, dass du so weit weg sein wirst.« Sie wandte sich ihm zu, mit wachen Augen. »Ich konnte nicht schlafen, weil ich an dich gedacht habe, Kieran.«

»Hör dir die CD an.« Panflöten, daher die gehauchten Töne. Wie bei den Männern mit den bunten Decken und dem Federschmuck am Wochenende in der Market Street. Panflöten, Wellenrauschen und ein dunkles, regelmäßiges Geräusch wie Herzschlagen. Wahrscheinlich produzierte das alles irgendein Typ in einem Aufnahmestudio in Hulme, mit einem Keyboard und einem Eimer Wasser.

»Hast du die Steckdosen überprüft?«, fragte sie.

Stick legte die Hände auf das Gewicht in seinem Magen. »Ja. Alle.«

»Auch die in Sophies Zimmer?«

Zehn Jahre. Zehn verdammte Jahre war es her, dass es Sophies Zimmer gewesen war, doch er schluckte und sagte: »Die hinter dem Schrank. Ja.« Er zählte jede einzelne Steckdose auf, und als er fertig war, ließ sie sich aufs Bett sinken und zog die leichte Sommerdecke über sich.

»Es ist nicht schlecht, oder?«, sagte Stick. »Entspannend.«

»Wirst du …«

»Ich schalte sie aus. Ich warte ein bisschen und schalte sie dann aus.«

Sie lag eine Weile da, und Stick stand da, verlagerte sein Gewicht von einem Fuß auf den anderen, betrachtete die Uhr des CD-Spielers und lauschte dem Herzschlag und den Wellen.

»Es tut mir leid, Schatz«, sagte seine Mum, und ihre Stimme war nur ein Flüstern.

»Ist schon gut.«

»Es ist nur …«

Stick starrte die grün verrinnenden Sekunden an. »Ich weiß.«

Sie drehte sich auf die Seite und atmete tief durch die Nase ein. Stick trat ans Fenster und hob den Vorhang gerade weit genug an, um hinaussehen zu können. Die Straßenlaternen verströmten ein suppig gelbes Licht. Flickwerk-Teer. Zwei Reihen magerer, dunkler Ziegelhäuser genau wie ihres. Der ramponierte Traktor des Nachbarkinds lag umgekippt da. Davor parkte ein roter Ford Fiesta, ein 1979er, 190000 Kilometer, 250 Pfund. Ein Schrotthaufen, hatte Mac gesagt und gelacht. Ein totaler Schrotthaufen, aber nach Malaga wird er uns schon bringen. Nicht wieder nach Hause, aber wer will schon wieder zurück?

»Ist er noch da?«

Stick drehte sich um. Seine Mum lag mit offenen Augen da, die Hände oberhalb der Brust gefaltet. »Wer würde so ein Auto schon klauen«, sagte er.

»Ist es sicher? Zu fahren, meine ich. Ihr habt die Reifen doch geprüft, das Öl und all das, oder?«

Stick zerknüllte eine Handvoll Vorhang zwischen seiner Faust.

»Du könntest deinen Dad bitten, einen Blick darauf zu werfen. Er kennt sich gut mit Autos aus«, sagte sie.

Stick sah noch einmal hinaus, zählte fünf erleuchtete Fenster im Hochhaus am Ende der Straße und versuchte sich vorzustellen, wie die Straßen in Spanien sein würden, sah aber nur Manchester vor sich. Busse, die die Rochdale Road entlangfuhren. Piccadilly Gardens im Regen. Mac hinten auf Rickys Roller, wie sie die Monsall Road hinunterrasten.

»Kieran?«

»Alles in Ordnung.«

»Habt ihr eigentlich einen Schutzbrief? Ich will nicht, dass ihr mitten im Nirgendwo mit einem kaputten Wagen liegenbleibt. Gut sieht er nicht mehr aus, Kieran. Das hab ich gleich gedacht, als du ihn hergebracht hast. Er wirkt nicht sehr verlässlich.«

Wir haben's nicht so dicke, hatte Mac gesagt, und Stick hatte genickt. Weniger Geld für das Auto, mehr Geld für Bier, Kippen und Gras. Einen Schutzbrief hatten sie nicht.

»Hör den Walen zu, Mum.«

Eine Weile lag sie still da, dann: »Welches sind die Wale.«

»Versuch zu schlafen.«

»Denkst du, es ist das tiefe, dumpfe Geräusch? Ich hätte nicht gedacht, dass ein Wal solche Geräusche macht.

Klingt eher wie ein Babyherz.« Sie hielt inne. »Oder eine Maschine oder so was.«

»Du hast morgen Frühschicht. Du wirst völlig kaputt sein«, sagte er.

»Ich wette, du wirst im Meer schwimmen.«

Er war noch nie im Meer geschwommen. Nur im schäbigen Schwimmbad unten in Miles Platting, sonst nirgends. Sich den Nacken verrenkend, um das Wasser aus dem Gesicht zu halten. Wenn es seine Lippen berührte, hatte er gespuckt.

»Gibt es da Haie?«, fragte sie.

Stick ließ den Vorhang wieder zurücksinken. »Ich geh ins Bett.« Er ging zur Tür, die Schienbeine rieben an der Matratze entlang. Er stellte die CD ab und bückte sich, um die Steckdose auszuschalten.

»Kieran? Bist du böse, Schatz?«

Er hatte die Hand an der Tür, war fast schon draußen. »Schlaf gut, Mum.«

»Bist ein guter Junge, Kieran.«

»Nacht.« Er öffnete die Tür und setzte den Fuß auf den Metallstreifen zwischen ihrem Teppich und dem des Treppenabsatzes.

»Besuchst du morgen deinen Dad?«

Stick ließ Luft aus der Lunge entweichen. »Ja.«

»Dann kannst du ihn ja wegen dem Auto fragen.«

»Nacht, Mum.«

»Hat er dir Geld gegeben?«

Sticks Finger krampften sich um den Türknauf. Er spürte sein Herz, das ihm im Hals zu schlagen schien.

»Für die Fahrt«, fuhr seine Mum fort. »Ich meine, die geben genug für die Mädchen aus, es ist doch nicht so, als könnten sie es sich nicht leisten …«

»Jetzt lass den Scheiß, Mum.« Stick schloss die Tür fester, als er wollte, und ging zurück in sein Zimmer. Er legte sich aufs Bett und betrachtete die Karte an der Wand. Manchester – Malaga, sagte er. Manchester – Malaga. Samstag ging es los.

Als er am nächsten Morgen aufwachte, war sie bereits bei der Arbeit. Eine kalte Tasse Tee stand auf dem Boden neben seinem Bett, unten in der Küche auf dem Tisch hatte sie eine Schale mit einem Löffel bereitgestellt, daneben die Cornflakes und alles andere. Das war ihre Art, Entschuldigung zu sagen.

Stick briet den letzten Speck, legte ihn zwischen zwei Scheiben gebuttertes Brot und aß im Stehen am Fenster. Ein Sonnenrechteck wand sich um die Seite des Schuppens, und die übergroßen Gänseblümchen ließen in der Hitze die Köpfe hängen. Es war schon die ganze Woche so heiß, dass Manchester gepackt war von der plötzlichen Hoffnung auf einen echten Sommer. Da müsst ihr gar nicht mehr bis nach Spanien fahren, hatte seine Mum gesagt und so getan, als wäre es ein Witz. Endlich ist es hier auch mal wie am Mittelmeer, da kannst selbst du dir Shorts anziehen.

Babs rieb sich an seinen Beinen und schnurrte.

»Ich füttere dich nicht.« Seine Stimme klang dünn. Er probierte es noch einmal, senkte das Kinn und versuchte, so zu dröhnen wie Mac. »Ich füttere dich nicht.«

Sie sah zu ihm auf, die Augen groß, und schurrte weiter. Stick ging in die Hocke, strich ihr mit der Hand über Kopf und Rücken und fuhr dabei mit den Fingern tief durch ihr langes Fell.

»Es ist jetzt dein Job, Babs«, sagte er. »Du musst dich jetzt um sie kümmern, okay?« Er spürte den Schädel der Katze in seiner Hand, hart und zerbrechlich zugleich.

»Sorg dafür, dass sie die CD anstellt, wenn sie schlafen geht.« Babs verengte die Augen und drückte den Kopf in seine Handfläche. »Und lass nicht zu, dass sie sich an Dad ranmacht«, sagte er. »Und stirb nicht. Bloß weil du alt bist, darfst du noch lange nicht einfach so wegsterben.« Babs spannte sich an, ihre Ohren hatten draußen etwas gehört und richteten sich aus. Sie schlich in den Flur, und Stick lauschte auf das Klacken der Katzenklappe, die sich hinter ihr schloss.

Er zog das Bügelbrett unter der Treppe hervor, füllte das Bügeleisen mit Wasser und holte seine Jeans und das blaue Hemd aus dem Wäschekorb. Er war dafür gewesen, einfach die Taschen ins Auto zu werfen und loszufahren, aber Mac hatte sich nicht davon abbringen lassen. *»Bei so 'ner großen Sache«*, hatte er gesagt, *»können wir nicht ohne Party los.«*

Das Eisen zischte, als Stick es über die Jeans schob. Der Stoff lag warm unter seinen Händen. Mac wollte, dass sich alle verkleideten, aber das lief nicht. Stick hasste es, sich zu verkleiden. Sophie hatte es geliebt. Er erinnerte sich nicht mehr so gut an sie, aber das wusste er noch. Sie wird mal Schauspielerin, hatte seine Mum immer gesagt. Wart's nur ab, in zehn Jahren sitzen wir hier und sehen sie im Fernsehen. Und sein Dad hatte die Brauen zusammengezogen und gemeint, nicht, wenn er ein Wort dabei mitzureden hätte. »Das sind alles Haie, diese Fernsehleute.« Sophie hatte ständig Shows veranstaltet, vor denen Stick zu fliehen versuchte, was seine Mum nicht zuließ. Sie packte ihn am Arm und sah ihn finster an, und wenn er den Mund aufmachte und sagte, wie blöd er das Ganze finde, hob sie eine Hand und sagte, er solle nett sein.

Stick legte die Jeans über das Ende des Bügelbretts und machte sich an das Hemd. Erst den Kragen, dann die

Ärmel. Alle würden da sein, um sie zu verabschieden, ihnen einen Drink kaufen, auf die Schultern klopfen und Witze über spanische Bräute machen, und ihnen zu erklären, sie sollten Manchester nicht vergessen. Stick fuhr mit dem Eisen um die Knöpfe, wie seine Mum es ihm gezeigt hatte, und spürte eine leichte Aufregung unterhalb der Rippen.

Oben hievte er seine Sporttasche aufs Bett. Er hatte längst gepackt: Klamotten, Turnschuhe, Sonnenbrille, Zahnpasta, Kondome, Pass, Geld. Die Karte hing noch an der Wand gegenüber vom Bett, die Falten liefen von links nach rechts und von oben nach unten. Sie hatten sie in der Stadt gekauft, bei WH Smith, auf dem Tisch unten ausgebreitet und mit einem gelben Leuchtstift ihre Route eingezeichnet: Manchester – Malaga. Mac hatte das riesige Ding zu kleineren Karten zerschneiden wollen. Die kriegst du im Auto gar nicht aufgeschlagen, hatte er gesagt und die Arme so weit ausgebreitet, wie es ging. Aber Stick mochte es, dass sie so groß war, mochte den eigenwilligen Verlauf der Küstenlinien und wie die Straßen, orange, grün, gelb, blau, die Städte miteinander verbanden, als seien sie elektrische Leitungen. Die Sonne hatte das Gelb des Textmarkers etwas verbleichen lassen, doch er kannte die Route sowieso so gut wie auswendig: *Manchester – Birmingham – Dover – Calais – Tours – Bordeaux – Bilbao – Madrid – Malaga.* Und dazu noch eine Menge unaussprechlicher Namen zwischendrin: *Nordausques – St. Omer – Aire-sur-la-Lys – St-Hilaire-Cottes – Lillers.* Er konnte die Augen schließen, die Route in seinem Kopf nachfahren und dabei die Namen nennen. Es war wie eine Art Beschwörung, wie etwas, das seine Oma tun würde, jetzt, wo sie bei Alan war, mit Weihrauch und Kristallen, Federn und Trommeln.

Stick fasste die Karte an der unteren linken Ecke und zog sie von der Wand. Zu schnell, das Meer riss ein, und fast hätte er sie von unten bis oben zerteilt, aber er konnte sich noch stoppen und löste den Rest vorsichtig von den Klümpchen Blu-Tack ab, mit denen er die Karte an der Wand befestigt hatte. Er schaffte es nicht, sie in ihre ursprüngliche Form zusammenzulegen, und am Ende hielt er ein unförmiges Rechteck in der Hand, das immer wieder aufsprang. Er schob es zuoberst in die Tasche, zog den Reißverschluss zu und setzte sich aufs Bett. Die Wand sah nackt aus, den leicht feuchten Fleck hatte er fast vergessen gehabt, und die Klümpchen Blu-Tack zeigten, dass da was Großes gehangen hatte. Es geht los, sagte er sich. Es geht wirklich los.

2

Ich hab eine Stunde«, sagte Stick, als sein Dad ihm die Tür öffnete.

»Eine Stunde?« Sein Dad zog sich das Hemd über den Bauch. »Ich habe mir den ganz Nachmittag freigenommen.«

»Ich muss zu Mac, noch ein paar Sachen regeln.« Stick heftete den Blick auf den dicken cremefarbenen Teppich und die ordentlich im Flur aufgereihten Schuhe.

»Ich dachte, wir könnten essen gehen. In der Stadt gibt es eine Tapas-Bar – zur Einstimmung, sozusagen.« Sticks Dad lachte kurz auf. »Und vielleicht dazu sogar ein Glas Vino.« Er machte eine Pause. »Wir werden uns eine Weile nicht sehen, und da dachte ich, das wäre doch nett.«

»Wir müssen noch 'n paar Sachen vorbereiten, für morgen.«

Sein Dad rieb sich die Nase. »Na, dann kommst du wohl besser rein. Es müsste noch eine Pizza im Tiefkühler sein. Willst du eine?«

Stick zuckte mit den Schultern und trat ein. Das Haus roch merkwürdig wie immer, nach einer Mischung aus Luftauffrischer und Farbe.

»Was zu trinken?«, fragte sein Dad.

Stick folgte ihm an den Familienfotos vorbei in die Küche. Oberflächen aus rostfreiem Stahl, glänzend rote Türen, ein Schieferboden. Doppelt so groß wie die Küche seiner Mum. Dreimal. Sein Dad öffnete den wuchtigen silbernen Kühlschrank.

»Orange, Apfel-Mango oder Ananas?«

»Hast du ’ne Cola?«

Sein Dad schüttelte den Kopf. »Das ist hier eine verbotene Substanz, Kumpel.«

»Dann Orange.«

Stick stand da und sah zu, wie sein Dad sich zu schaffen machte, den Saft in zwei schmale Gläser schüttete und Pizzakartons aus dem Tiefkühler holte. Kalte Luft dampfte heraus.

»Ziegenkäse und sonnengerötete Tomaten?« Er hielt eine Pizza in die Höhe. »Was immer das sein mag. Oder warte mal.« Er zog eine andere hervor. »Pepperoni, das klingt schon besser.«

»Gut.«

»Zweihundert Grad, zwölf Minuten.« Sein Dad spähte auf die Schachtel, las, den Mund leicht geöffnet, die Augen zusammengekniffen. Wie ein Trottel sah er aus. Stick scharrte mit den Füßen und betrachtete die Zeichnungen der Mädchen, die mit Erdbeer- und Bananenmagneten am Kühlschrank klebten.

Sein Dad schloss die Ofentür und steckte die Pizzaschachtel in einen Plastikbehälter bei der Hintertür. Er wandte sich Stick zu. »Jen hatte gehofft, dich zu sehen.«

Jen. Die »Nenn-mich-Mum«-Jen. Die selbst dann noch lächelte, wenn sie sagte, sie sei sauer. Die meinte, es sei das Beste, wenn sich alle, auch Kinder, stets ruhig und erwachsen benehmen würden. Die Sticks Mum zu jedem Geburtstag einen Strauß Blumen schickte, teure Blumen in schickem Papier, schick hergemacht, die dann wochenlang in der hässlichen Vase neben dem Fernseher standen und sich weigerten zu sterben.

»Die Mädchen wollen dich auch sehen. Sie sind nach der Schule beim Schwimmen, bis fünf oder so. Jen holt sie ab.« Er warf einen Blick auf Stick. »Könntest du da nicht hier sein?«

»Ich muss zu Mac.« Stick starrte auf die riesige Küchenuhr, damit er den Blick seines Dads nicht erwidern musste. Es war ein Uhr. »So um zwei, halb drei.« Endlich sah er seinen Dad an, der ihm nicht zu glauben schien. »Wir müssen die Fährenzeiten checken«, sagte Stick. »Und heute Abend gibt's eine Party. So zum Abschied.« Er sah, wie sein Dad kurz die Brauen zusammenzog. »Sind nur ein paar Kumpel«, fuhr er fort und wünschte gleich, er hätte nichts gesagt. Er musste sich nicht rechtfertigen.

»Ich dachte, es wäre gut für uns. Als Familie zusammenzukommen. Bevor du fährst.«

Vor ein paar Jahren, da musste er fünfzehn gewesen sein, war Stick in einen Aggressionsbewältigungskurs in der Schule geschickt worden, der von einer Frau mit Fitnessstudio-Armen, grünen Augen und piekfeiner Art geleitet wurde, und hatte die meiste Zeit mit einem Ständer in der letzten Reihe gesessen. Jetzt sah er sie wieder vor sich, wie sie sich beim Sprechen immer mit der Zunge über die Lippe gefahren war. Erst einmal durchatmen, Kieran. Reagier nicht sofort. Halte inne und denk nach.

»Wir sind keine Familie«, sagte er. Die Worte waren wie eine Granate. Er war ja nicht dumm, er wusste, wie man ein paar Worte ins gegenüberliegende Feld lobbte und auf die Explosion wartete, das Aufbrausen der Flamme, den Rauch und den Staub.

Das Gesicht seines Vaters verhärtete sich. »Du machst es einem nicht leicht, Kieran.«

Du hast die Wahl, hatte die Aggressionsbewältigungstante gesagt. Du hast die Wahl, wie du mit den Dingen umgehen willst.

Stick griff nach einer igelförmigen Käsereibe mit blauem Griff, damit sich Idioten nicht die Hände aufschabten.

»Ich will dir nichts vorschreiben, aber du bist schließlich mein Sohn, und die Mädchen sind deine Schwestern«, sagte sein Dad.

Halbschwestern. Stick fuhr ganz leicht mit dem Finger über die scharfen Spitzen der Reibe.

»Und Jen …«

»Ist nicht meine Mutter.«

Sein Dad wandte sich abrupt ab, öffnete den Ofen und starrte auf die halbfertige Pizza. Stick lauschte dem Summen des Gebläses.

»Ich weiß nicht, warum du alles so schwierig machen musst.« Sein Dad schloss die Tür und drehte sich zu ihm um, sein Gesicht war gerötet. »Und ich weiß nicht, was du von mir willst.«

Stick drückte den Zeigefinger auf die Reibe. Wenn er ihn auf und ab bewegte, würde er sich die Haut aufschaben.

»Geht es um deine Mutter?«

Stick starrte auf Beas Bilder an der Kühlschranktür, zwei Gestalten mit dicken gelben Körpern, dünnen blauen Armen und Beinen und mächtigen orangefarbenen Händen. Er konnte sich atmen hören.

»Kieran, ich habe es versucht. Ehrlich.«

Stick dachte an sie, wie sie sich über den Fernseher beugte, um an den Stecker zu kommen, ohne die DVD-Stapel umzuwerfen. »Ja, ja«, sagte er. »Is klar. Aber glaub nicht, dass ich einen auf Happy Family mache, hier, in deinem Nobelschuppen mit deinen scheiß Nobelpizzen.«

Sein Dad hustete und wischte sich über die Lippen. Er

hatte einen feisten Mund, während Stick die schmalen Lippen seiner Mum abbekommen hatte. Die obere existierte fast nicht. »So neu ist die Situation auch nicht mehr«, sagte er.

Stick knallte die Käsereibe auf die metallene Arbeitsplatte. Der Aufschlag war befriedigend laut. Er wollte gleich noch mal draufschlagen. Und noch mal und noch mal.

»Sie nennt es immer noch Sophies Zimmer«, sagte er, ohne es zu wollen.

Sein Dad hob die Hände, als überlegte er, ob er Stick in den Arm nehmen sollte, und ließ sie wieder sinken. Stick sah auf die Füße seines Dads, rote Socken mit einem Fleck Türkis über den Zehen. Er hörte ihn einatmen, als wolle er etwas sagen, doch da fing die Uhr des Ofens an zu piepen, und sein Dad drehte sich weg und holte die Pizza heraus, mit blubberndem Käse und öligen Pepperoni-Kringeln.

»Ich hab keinen Hunger«, sagte Stick, als sie sich im Esszimmer auf den zu fest gepolsterten Lederstühlen gegenübersaßen. Stick sah, wie die Kiefermuskeln seines Dads hervortraten, und wartete, dass er explodierte, doch stattdessen zuckte er nur mit den Schultern und nahm sich selbst ein Stück Pizza. Stick hörte zu, wie er kaute, schluckte und wieder schluckte. Dabei hielt er den Blick auf ein Foto an der Wand gegenüber gerichtet: Da lagen sein Dad, Jen, Bea und Rosie auf dem Bauch und grinsten in die Kamera, hinter sich den weißen Studiohintergrund.

»Morgen also«, sagte sein Dad. »Die große Reise. Fahrt ihr auch über gebührenpflichtige Straßen?«

Stick zuckte mit den Schultern.

»Die sind viel schneller.« Sein Dad nahm ein weiteres

Stück Pizza und zog an den Käsefäden, um es loszubekommen. Es roch gut. Stick leckte sich die Lippen, behielt die Hände jedoch unter dem Tisch.

»Ein Freund von mir bindet immer ein Gummiband ans Steuer, um sich daran zu erinnern, auf der rechten Seite zu bleiben. Das könntet ihr auch versuchen.«

Er und Mac in dem schrottigen Ford Fiesta, die Fenster unten, die Musik aufgedreht, mit röhrendem Motor. Stick sah seinem Dad beim Essen zu und musste sich zurückhalten, um nicht laut loszulachen. Er konnte hier fort. Schon bald war er weg.

»Und wenn du zurückkommst?«, fragte sein Dad. »Hast du schon darüber nachgedacht, was du dann machen willst?«

Stick ruckte mit den Schultern, als wollte er sich aus einer zu engen Jacke befreien. »Darüber haben wir doch schon geredet.«

Sein Dad nahm Messer und Gabel und legte sie wieder hin. »Nein«, sagte er, so wie er es tat, wenn er wütend war und es sich nicht anmerken lassen wollte. »Wir haben nur gesagt, dass wir darüber reden *wollen*.«

»Ich hab gesagt, ich denk drüber nach, wenn ich zurück bin«, sagte Stick. Was nie geschehen würde, oder erst nach Jahren. Erst, wenn er zu Geld gekommen war, richtig braun gebrannt war und ein schönes Mädchen an seiner Seite hatte, vielleicht sogar ein Kind. Wenn er zurückkam, würden sie sehen, dass sie ihn nicht mehr herumkommandieren konnten.

»Das geht schneller, als du denkst, Kieran.«

»Du musst einem immer alles vermiesen.«

Sein Dad seufzte und rieb sich über das Gesicht. »Ich will nicht, dass mein Sohn von der Stütze lebt.«

»Ich werd schon nicht von der verfickten Stütze leben.« Stick sah, wie sich die Augen seines Vaters verengten. »Ich bin siebzehn. Ich fahre nach Spanien.«

Sein Dad hob die Hände. »Okay. Wenn du wieder zu Hause bist … Wenn du wieder zu Hause bist, reden wir, ja?«

»Okay.«

Sein Dad ließ sich auf seinen Stuhl zurücksinken. »Ich glaube, diese Reise wird dir guttun.« Er lächelte. Stick erwiderte sein Lächeln nicht. »Ich glaube, sie wird dir helfen, Abstand zu gewinnen.« Stick konnte kleine Pizzateigklümpchen zwischen seinen Zähnen sehen.

»Ich bin stolz auf dich, Kieran. Sich auf so ein Abenteuer einzulassen. Nicht jeder hat den Mut dazu.«

Stick fuhr mit dem Zeigefinger über seinen leeren Teller.

»Pass nur gut auf dich auf«, sagte sein Dad. »Halt dein Telefon aufgeladen, und lass dich auf keine Drogen oder sonst was ein.« Er hustete und wurde rot. »Benutze ein Kondom.«

Stick verdrehte die Augen.

»Du weißt, wir sind für dich da, wenn du uns brauchst. Jen und ich. Du musst nur anrufen.«

»Ich bin keine zwölf mehr.«

»Die Welt ist nicht immer so ein einfacher Ort, Kieran. Die Menschen sind …«

»Ja. Is alles gut.«

»Ich sage ja nur.«

»Wirklich. Ist alles gut.«

3

Zu Hause duschte Stick, tauschte die Trainingshose gegen seine Jeans, sein T-Shirt gegen das blaue Hemd ein, rieb sich Wachs ins Haar und frisierte es so, dass es glatt am Kopf lag. Er fütterte Babs und schrieb seiner Mutter einen Zettel: *Katze gefüttert. Warte nicht auf mich. Hab dich lieb.* Nahm eine halbe Flasche Wodka unten aus seinem Kleiderschrank und ging zu Mac hinüber.

»Möpse!«, rief Mac. Er stand in der Tür der Wohnung, eine Kokosnuss in jeder Hand. »Bin ich ein verdammtes Genie, oder bin ich ein verdammtes Genie?« Er trug stahlblaue Shorts mit einer weißen Kordel, und die Waden über den weißen Sportsocken waren dick und rosa.

»Ein verdammter Idiot bist du«, lachte Stick. Er stieß mit der Faust gegen Macs und folgte ihm nach drinnen. »Hi, Mrs McKinley.« Er nickte Macs Ma auf dem Sofa zu. In der einen Hand hielt sie eine Tasse Tee, in der anderen das Handy.

»Kieran. Siehst schick aus. Wie geht's? Alles gepackt?«

»Jepp.«

»Dein Freund hier hat Verkleidungspläne für euch beide heute Abend.«

Stick verengte die Augen und sah Mac an.

»Ja, ja, ich weiß. Aber dir wird's gefallen, echt«, sagte Mac.

Mrs McKinley legte den Kopf in den Nacken und lachte. Sie hatte schöne Zähne. Stick überlegte, ob er es ihr sagen sollte, tat es jedoch nicht.

»Ich hab Ma Bubble Breaker beigebracht«, sagte Mac. Sie hielt das Handy hoch. »Da drin bin ich besser als bei dem mit dem Hubschrauber.«

»Dann ist sie beschäftigt, während wir in Spanien einen draufmachen«, sagte Mac.

Vielleicht könnte sich Mrs McKinley mit seiner Mum anfreunden. Stick versuchte, sich vorzustellen, wie sie zusammen auf dem Sofa saßen, die Füße seiner Mum auf dem knallrosa Teppich, mit einer Tasse Tee und einer Kippe in der Hand.

»Alles okay, Mann?«, fragte Mac und winkte Stick in die Küche.

Stick zuckte mit den Schultern, holte die halbe Flasche Wodka aus der hinteren Hosentasche und wackelte damit vor Macs Gesicht herum.

»Du erlaubst doch mal.« Mac knackte den Drehverschluss und nahm einen kräftigen Schluck. Stick machte das Gleiche und spürte das Brennen in der Kehle und wie es sich in der Brust ausbreitete. Macs Küche war etwa so groß wie die von Stick, nur dass Macs eine Durchreiche hatte, so dass du ins Wohnzimmer gucken konntest, wo Mrs McKinley immer noch stirnrunzelnd ihr Telefon anstarrte.

»Hast du gepackt?«, fragte Stick.

»Hat Ma gemacht.«

Stick hob die Brauen, und Mac schnaubte. *»Du denkst nie weiter als fünf Minuten im Voraus, Iain«,* sagte er, seine Mutter nachahmend und fuhr normal fort: »Samt Erste-Hilfe-Ausrüstung und keine Ahnung, was da sonst noch alles drin ist.« Er nahm noch einen Schluck, legte die beiden Kokosnüsse auf das Abtropfgestell und holte ein Messer aus der Schublade. »Weißt du, dass die Girls in Spanien oben ohne sonnenbaden?« Er seufzte übertrieben. »Das ist da Pflicht.«

Stick langte um Mac herum, nahm eine der Kokosnüsse, warf sie in die Luft und fing sie wieder auf. Rauh und trocken lag sie in seiner Hand. »Deiner Ma macht es also nichts?«, sagte er. »Dass du fährst?«

Mac fing an, die andere Kokosnuss mit dem Messer zu bearbeiten. »Macht deine Stress?«

»Sie fängt das mit den Steckern wieder an.«

Mac verzog das Gesicht. »Das wird schon«, sagte er. »Ernsthaft, das packt sie. Du machst dir zu viele Sorgen, Mann.«

Stick sah durch die Durchreiche zu Macs Ma hinüber. Die Sonne schien direkt auf sie und ließ die Ränder ihres Haares leuchten. Sie war genauso strohblond wie Mac. Er nahm einen Schluck Wodka. »Und mein Dad sitzt mir im Nacken, als wär's seine Sache, was ich mit meinem Leben anfange. *Du musst ein Ziel haben, Kieran. Du bist fast achtzehn, du musst an die Zukunft denken.* Mac, die kannst du nicht so aufschneiden.«

»Wie sonst soll ich die Scheißer aufkriegen? Komm, ich brauch 'n Trommelwirbel.«

Stick trommelte mit den Fingern auf den Kühlschrank.

»Meine Damen und Herren«, Mac hob die Stimme, »Sie werden jetzt Zeugen von etwas, was Sie noch nie gesehen haben.« Er nahm Stick die zweite Kokosnuss ab, legte sie neben die andere auf das Abtropfgestell und hob das Messer mit beiden Händen über den Kopf. »Ich werde jetzt zwei Sets süßer, knuddeliger Tittchen aus diesen hässlichen braunhaarigen Früchten zaubern.«

»Nüssen.«

»Was?«

»Das sind Nüsse, und ich werde sie nicht tragen, wenn dass dein großer Plan ist.«

Mac zog die Stirn so kraus, dass seine hellen Brauen fast zu einer wurden, und ließ das Messer heruntersausen. Eine der Nüsse flog zur Seite, und die Klinge schlug gegen das Gestell.

»Verdammte Scheiße.« Er hielt das Messer in Sticks Richtung. »Mieses Werkzeug.«

Stick lachte. »Willst du heute Lainey aufreißen?«

Mac grinste. »Wenn sie Glück hat.«

»Wenn du Glück hast.«

»Ich bin ein echt guter Fang, Mann.« Mac holte seine Kokosnuss zurück und fing erneut an zu sägen. Sein ganzer Körper wabbelte, so strengte er sich an.

»Du bist ein Kloß«, sagte Stick.

Mac packte seinen Bauch mit beiden Händen. »Das mögen die Ladys, und wenn ich mit den Dingern hier fertig bin, seh ich nur noch scharf aus.«

Stick trank Wodka und lauschte dem Kratzen der Klinge.

»Er ist schon in Ordnung, dein Dad«, sagte Mac. »Wenigstens gibt er sich Mühe.«

Stick stellte die Flasche ab und sah in die Schränke. »Du brauchst was Schweres«, sagte er und zog eine Schüssel heraus, die wie aus Stein oder Beton gemacht aussah. Das Ding wog eine Tonne. »Du musst mit was Schwerem draufhauen.«

Mac ging aus dem Weg. »Mach hier bloß nichts kaputt.«

Stick hielt die Schüssel mit beiden Händen und ließ sie dumpf auf eine der Kokosnüsse krachen. Die ganze Küche erzitterte.

»Iain?«, rief Mrs McKinley von nebenan.

Mac verzog das Gesicht. »Alles unter Kontrolle«, rief er zurück.

Stick rammte die Schüssel noch einmal auf die Nuss. In den Schränken klapperte alles. Die Kokosnuss schüttelte sich, doch sie blieb ganz.

»Weißt du noch, wie er dir 'n Kaninchenstofftier gekauft hat, und wir haben es angesteckt?«, fragte Mac und gluckste.

Stick schlug ein weiteres Mal auf die Kokosnuss ein, und diesmal schien es, als gebe sie etwas nach. »Da war ich zwölf. Wer kauft einem Zwölfjährigen noch ein Stofftier?« Die beiden hatten beim Kanal gestanden, Sticks Atem ging pfeifend und schnell. Der Geruch von verbranntem Plastik. Die Augen wollten nicht schmelzen, also nahm Mac einen Stein und zerschlug sie in winzige orangefarbene und schwarze Splitter. Was übrig geblieben war, hatten sie ins Wasser geworfen, zugesehen, wie es eine Sekunde schwamm und dann unterging, bis es nur noch eine schattenartige, dunkle Form unten im gringrauen Wasser war. Später, im Bett, hatte Stick daran denken müssen, wie das Plastikfell erst angekokelt und dann geschmolzen war, und er hatte sich zu einer Kugel zusammengerollt, damit ihm nicht schlecht wurde.

»Es hat gestunken«, sagte Stick.

»Ja, und du hast mittendrin Gewissensbisse gekriegt und wolltest das Ding löschen.«

»Wollt ich nicht.«

»Wolltest du doch.«

»Egal, er ist einfach ein Arsch.« Stick schlug noch einmal zu, und dieses Mal zeigte die Kokosnuss Risse. Als er sie in die Höhe hob, tropfte eine feines Rinnsal Wasser auf seinen Arm.

»Das Viech blutet«, sagte Mac und lachte.

Stick schlug weiter, bis die Nuss aufbrach, das runde Innere nass, weiß und perfekt.

»Meinst du, der Doktor könnte was machen?«, sagte Stick.

Mac nahm die beiden Kokosnusshälften und hielt sie sich vor die Brust. »Eine Vergrößerung?«, fragte er lachend.

»Wegen meiner Mum und den Steckern. Denkst du, das ist was Medizinisches?«

Mac ließ die Arme sinken und zuckte mit den Schultern. »Vielleicht.« Sie schwiegen einen Moment, dann sagte Mac: »Denk nicht drüber nach, Mann. Nicht heute Abend. Komm. Ich habe Shirts, Flipflops, Sonnenbrillen und sogar einen verdammten Papagei zum Aufblasen.«

Er tanzte aus der Küche, und Stick folgte ihm den dunklen schmalen Flur hinunter in sein Zimmer mit dem hohen Fenster, durch das man über die Siedlung auf die zerklüfteten Gebäude der Innenstadt hinübersah.

Stick nahm ein türkisfarbenes Hemd mit großen gelben Blättern und rotzungigen Blumen vom vollgepackten Bett. »Wo hast du den ganzen Scheiß her?«

»Der Mann hat Kontakte.« Mac tippte sich seitlich gegen die Nase.

Stick griff sich eine Kette blauer Plastikblumen. »Verkleidet sich sonst noch einer?«

»Klar.«

Stick trat ans Fenster, die Blumen noch in der Hand. Von hier oben sah alles kleiner aus: das kahle Stück Gras hinter dem Block, die herunterhängende Flagge an der Seite vom Queen's, die vermoosten Dächer all der Häuser, die wie das von Stick aussahen – das von den McCauleys, den Sweeneys, den Stevenses. Aber dafür wirkte der

Himmel größer, hellblau und mit weißen Wolken gefleckt. Sophie hatte ganz oft in die Wolken gestarrt, ihn dann angestoßen und gerufen: *Ein Elefant, sieh doch, ein Elefant! Eine Katze, eine Maus, ein Tiger!* Es waren immer Tiere. Er konnte nie was erkennen, wenn sie darauf zeigte. *Da, das ist doch der Rüssel, da der Schwanz, die Ohren, oh, jetzt ist er weg.* Stick legte die Stirn gegen Macs Fenster und studierte eine Wolke nach der anderen, aber sie sahen alle nur wie Klekse aus.

»Willst du Grün oder Rot?« Mac hielt zwei Shorts in der Hand.

»Ich trage keine Shorts.«

»Wir fahren nach Spanien. Da ist es irre heiß.«

Stick blitzte ihn an, und Mac verdrehte die Augen und warf Stick einen Rock aus zerknitterten beigefarbenen Plastikstreifen zu. »Dann zieh den über die Jeans.«

Stick warf das Ding zurück. »Du bist so was von schwul, weißt du.«

»Und du bist ein Arsch. Komm schon, die Mädels lieben das. Sie kommen ja auch alle in Bikinis. Wir ziehn uns die Kurzen rein, und vielleicht legt dich sogar eine flach.« Er sah Stick an, und seine Schultern sackten runter. »Ach, komm schon. Bitte?«

Stick legte sich die blauen Plastikblumen um den Hals, und Mac grinste.

»So ist's recht. Deine Mum kommt schon klar, Alter, versprochen. Und heute Abend, das wird superkrass, und morgen …«, er hob den Arm zu einer Supermann-Pose, »da fahren wir ans Meer.«

»Ich hab mir extra dieses verdammte Hemd gebügelt«, sagte Stick, aber er knöpfte es trotzdem auf und zog stattdessen das türkisfarbene Ding an. Was machte es schon? Morgen waren sie weg hier.

Mac hätte das Hemd gepasst, an Stick hing es herunter. Er suchte sich eine Brille mit blauem Plastikrahmen und verschmierten Gläsern aus. Die Blumen kratzten in seinem Nacken. Er sah völlig bescheuert aus.

Mac trug drei Blumenketten, zwei Baströckchen über den Shorts, einen Strohhut, schräg aufgesetzt, und eine rosa Sonnenbrille. Stick half ihm, die Kokosnusshälften mit Klebeband und Schnur zu befestigen.

»Mehr ist mehr«, sagte er, als Stick zu lachen anfing. »Wenigstens sehe ich aus, als meinte ich es ernst.«

Macs Ma brüllte vor Lachen, als sie ins Wohnzimmer kamen. Mac stolzierte hin und her und sagte: *»Hola, Señorita Bella, veinte cervezas por favor.«*

»Würden Sie ihm bitte sagen«, bat Stick sie, »dass wir so nicht rausgehen können?«

»Ihr seht großartig aus«, sagte sie. »Alle beide.«

Sie kochte ihnen Pasta mit einer schweren Sahnesoße und salzigen Speckstreifen. »Ihr braucht was im Magen«, sagte sie. »Ich hab den Wodka gesehen.« Sie zwinkerte Stick zu, und er hielt sich die Hand vors Gesicht, weil er spürte wie seine Backen zu glühen begannen. Er war genau wie sein Dad und wurde immer gleich rot. Das nervte dermaßen.

4

Sie überquerten die Queen's Road und nahmen die kleinen Nebenstraßen hinüber zur Rochdale Road. Den Wodka leerten sie endgültig an der Bushaltestelle. Alle starrten sie an, aber Mac schien das nichts auszumachen. Als ein Kleintransporterfahrer hupte und seine beiden Kumpel sich lachend aus dem Fenster reckten, betatschte Mac seine Kokosnüsse und rief: »Wollt ihr mal lecken?« Stick fragte sich manchmal, wie Leute so anders sein konnten.

Der Wodka half jedoch, wie er es immer tat, er machte ihn weicher und lockerer, als er tatsächlich war. Im Bus setzte er sich neben Mac, und ihm gelang sogar so was wie ein Lächeln für die Leute, die grinsten und ihre Kommentare abgaben. Er schob die Sonnenbrille über die Augen, so dass alles dunkler wurde, und sah aus dem Fenster: ein Fleck hohes Gras und gelbe Blumen, wo früher mal ein Laden gewesen war oder vielleicht ein Haus, ein Schrotthändlerschild vor einem niedrigen Ziegelbau, ein winziger Park mit einem Weg mittendurch und Gänseblümchen im Gras. Und dann vor ihnen, den Hang hinunter: Manchester.

Irgendein Idiot hatte Sand auf den Boden gestreut. Vielleicht hatte das gut ausgesehen, bevor die Leute kamen, aber jetzt lag er in dünnen, schmutzigen Streifen da, und Stick fühlte, wie er unter den Sohlen seiner Turnschuhe rieb. Mac kam rein und brüllte vor Lachen. »Genial, Mann. Supergeil!«, sagte er. Plastikseesterne klemmten zwischen den Schnapsflaschen, Wasserbälle rollten herum, und die Bedienungen hinter der Theke trugen Bikini-Tops und mixten blaue Cocktails. Dazu gab's Ibiza-Songs. So ziemlich alle hatten sich verkleidet. Lainey trug ein rotes Bikini-Oberteil und schwarze Hotpants, Aaron und Malika hatten sich die gleichen rosa Blumengirlanden umgehängt, die ihnen bis zu den Knien gingen. Shooter gab aus irgendeinem Grund den Piraten, mit Augenklappe, schwarzem Hut und einem weitärmeligen weißen Hemd, und selbst Ricky hatte sich ein Cocktailschirmchen ins oberste Knopfloch gesteckt.

Stick steuerte auf die Theke zu. Ein doppelter Shot für den Preis eines einfachen. Er nahm einen vierfachen, mit Cola und einem dünnen gelben Strohhalm, der ihn an seine Kinderzeit erinnerte.

»Damit schießt du dich schneller ab«, sagte jemand hinter ihm.

Stick drehte sich um. Es war ein Mädchen mit einem blauen Paillettentop, das er nicht kannte. Ihr Blick war bereits leicht vernebelt.

»Mit dem Strohhalm«, sagte sie, schlingerte leicht und hielt sich an der Theke fest. »Damit kommt das Zeugs schneller ins Blut.« Sie zog die Brauen zusammen. »Irgend so was. Ich bin Stacey.« Ihre Hand landete auf seinem Unterarm. Auf dem Stück Haut zwischen Daumen und Zeigefinger stand »Nan« eintätowiert.

»Stick.«

»Stick?« Sie zog die Nase kraus.

»Oder Kieran. Wie du willst.« Sein Glas war fast leer, der Strohhalm machte Sauggeräusche zwischen den Eiswürfeln.

»Is das, weil du so'n Strich bist?«

Stick zuckte mit den Schultern.

»Ich wollte immer einen Spitznamen, aber was Besseres als Stace war nich drin für mich. Kann mir ja selbst schlecht 'nen Spitznamen geben, nicht wahr? Wer anders muss dich so nennen, sonst macht's keinen Sinn. Nicht so wie bei dir, Stick.« Sie grinste. »Trinkst du noch so einen?« Sie deutete auf sein Glas.

Stick zuckte mit den Schultern. Sie legte den Kopf auf die Seite und klimperte ihn mit ihren falschen Wimpern an. Spinnenbeinen.

»Ich muss für unsern Urlaub sparen«, sagte er, bestellte aber trotzdem zwei Doppelte mit Cola und Eis.

»Wo fährst du hin?« Sie lehnte sich mit beiden Ellbogen auf die Theke, so dass es ihr die Titten zusammendrückte.

»Malaga.« Stick guckte ihr in den Ausschnitt, das weiche Fleisch auf beiden Seiten, und spürte, wie sein Schwanz zuckte.

Sie nickte. »Is okay da.«

»Ja?« Er gab ihr eins der beiden Gläser.

Sie nahm den Strohhalm zwischen die Lippen und saugte. »War letztes Jahr da, mit meinen Eltern.« Sie verdrehte die Augen. »Was schon nervig war. Aber ich bin braun geworden und hab 'n paar nette Typen kennengelernt.« Sie lächelte.

»Wir fahren mit dem Auto. Ich und ...« Stick sah hinüber, wo Mac und Lainey Hüfte an Hüfte tanzten. »Der da.«

Sie zog die Stirn kraus. »Warum das denn? Das sind zwei Stunden mit dem Flieger.«

Weil's darum nicht ging. Weil's um die Reise selbst ging. Weil er noch nie aus Manchester herausgekommen war, nie irgendwo gewesen war, nicht mal am verdammten Meer. Und wenn sie fuhren, konnte er sagen, dass er überall gewesen war, nicht nur in Manchester und Malaga, sondern auch überall dazwischen.

»Ist wegen 'ner Wette«, sagte er. »Wir waren dicht.« Was auch stimmte. Er und Mac zugesoffen. Mac hatte in die Luft geboxt und gesagt: »Hau'n wir ab. Hau'n wir einfach ab.«

»Wir bleiben ewig«, sagte er. »Monate. Ist eher ein Trip als ein Urlaub.«

Sie wandte ihre Aufmerksamkeit wieder ihrem Drink zu. Stick sah auf das dünne goldene Kreuz, das an einer dünnen goldenen Kette zwischen ihren Brüsten hing.

»Ich guck mal besser nach meiner Freundin.« Sie ließ den Blick über die Tanzfläche gleiten. »Sie is etwas …« Sie winkte mit der tätowierten Hand, um anzudeuten, dass da wer noch betrunkener war als sie selbst. »Man sieht sich. Vielleicht.« Sie lächelte wieder. Dieses Mach-alles-richtig-und-dann-blas-ich-dir-vielleicht-einen-Lächeln.

Der Laden war voll, die Leute drängten gegeneinander, riefen, lachten und hielten sich die Gläser über die Köpfe, wenn sie versuchten, den Platz zu wechseln. Stick war für so ein Gedränge nicht gemacht, und es war so heiß, dass jedem flau werden konnte. Er trank sein Glas aus und bestellte noch eins, stand mit dem Ellbogen auf der Theke da und stellte sich vor, der Laden würde in Flammen aufgehen. Das Feuer würde hinten anfangen, entschied er. Irgend so ein heimlicher Raucher, der die Kippe fallen ließ und zu besoffen war, als dass es ihm auffiele. Das Ding würde eine Weile kokeln, und dann *wusch!*, würde der Teppich Feuer fangen, die Flammen leckten ein Stuhlbein hoch, und hintendrauf hing ein Mantel. Der Rauch war das, was die Leute killte, das wusste er, trotzdem stellte er sich immer die Flammen vor, die sanften orangefarbenen und die brausenden weißblauen. Wie die Hitze Wände aufplatzen und Metall weich werden ließ.

»Durst. Ich muss unbedingt was trinken.« Mac brach von der Tanzfläche zu ihm durch, Lainey am Arm, dahinter Aaron und Malika.

»Shots. He, Blondie!« Mac winkte dem Barmann zu, der die Brauen zusammenzog, aber herüberkam. »Eins, zwei, drei, vier, fünf«, sagte Mac und zählte mit den Fingern mit. Seine Kokosnüsse hingen schief, und er zog sie wieder gerade.

»Jägerbomben.« Aaron klatschte mit der Hand auf die Theke. Er war Fitnessstudio-Fanatiker und hatte die entsprechenden Muskeln vorzuweisen. Stick hatte sechs Monate auf dem Bau geschwitzt, um genug Geld für Spanien zusammenzukriegen, aber er würde wohl nie so aussehen, ganz gleich, wie viele Tonnen Steine er herumwuchtete.

Mac zuckte mit dem Schultern, und der Barmann schüttete fünf Plastik-Schnapsgläser in pissgelben Red Bull.

»Ein Trinkspruch«, rief Mac. »Auf Stick.«

Stick verzog das Gesicht, und Mac hob die Hand. »Okay, okay. Ein Hoch auf den verdammten Rechtsverkehr.«

Alle kippten ihre Gläser runter. Das Zeugs schmeckte wie gekotzt, und in Sticks Kopf fing es an zu pochen. Er sah sich nach dem Mädchen mit dem blauen Paillettentop um, konnte es aber nirgends entdecken.

»Noch mal«, schrie Aaron. Malika zog ihn am Ärmel, aber er achtete nicht auf sie.

Die zweite Runde schmeckte besser.

»Ein Foto«, sagte Stick, und seine Stimme war schwer und laut. Er holte sein Telefon aus der Jeanstasche und winkte die vier näher zusammen, tat einen Schritt zurück, um alle auf den Bildschirm zu kriegen, und tippte auf den Auslöser. Ein heller weißer Blitz ließ sie eine Sekunde lang aufleuchten. Es war wie aus einem Film, alle wie erstarrt und grinsend. Macs Arme um Lainey und Malika, Aaron wedelte mit seinem leeren Glas zur Seite. Als Stick sein Telefon sinken ließ, küsste Mac Lainey, und Aaron küsste Malika.

»Fuck, nehmt euch 'n Zimmer«, rief er, aber keiner beachtete ihn.

Er drehte sich weg, um pinkeln zu gehen, obwohl er gar nicht musste, als es links ein Handgemenge gab. Stick stellte sich auf die Zehenspitzen und versuchte, etwas zu sehen. Ricky. Natürlich war es Ricky, er konnte nie abends losziehen, ohne irgendwann irgendwem an die Gurgel zu gehen. In Ricky hatte sich mehr Wut aufgestaut als in ihnen allen zusammen, und das wollte was heißen. Stick sah, wie ihn ein Türsteher in einem schwarzen Anzug in den Schwitzkasten nahm und nach draußen zog. Die Leute drum herum fluchten, mokierten sich und wichen zurück. Kurz darauf war es, als wäre nichts geschehen.

»Sollen wir gehen?«, rief Stick zu Mac hinüber. Ricky war ein Idiot, aber er war ihr Kumpel.

»Shooter ist schon raus«, sagte Mac. »Der kümmert sich.« Mac fühlte in seinen Taschen herum und zog eine dicke braune Zigarre hervor. »Vom perversen Mr Dunne«, sagte er.

Stick nahm die Zigarre. Sie war schon abgeschnitten, und er hielt sie sich an die Nase. Das Ding roch nach Honig und Staub. Mr Dunne wohnte in Macs Betonsilo, ein

Stockwerk über ihm. Er war der fetteste Kerl, den Stick je gesehen hatte. Seine Beine und sein Bauch waren so groß, dass Stick und Mac meinten, er würde in all den Falten seinen Schwanz nicht finden können. »Hast du ihm einen runtergeholt?«, sagte er.

»Zwei.« Mac hielt auf die Tür zu.

Die Türsteher ließen dich unter der Überdachung nicht rauchen, obwohl es dort wie auf 'ner richtigen Straße aussehen sollte, mit Pflastersteinen, Laternen und nachgemachten alten Ladenschildern. Also gingen sie raus. Es war gerade dunkel, die hohen Straßenlaternen brannten, und die gläsernen Bürohäuser am Ende der Straße leuchteten ebenfalls. Stick fühlte, wie die Luft den Schweiß auf seinem Gesicht und den Unterarmen abkühlte. Er hielt nach Ricky und Shooter Ausschau, konnte sie aber nicht sehen.

»Da drüben gibt's Lap-Dancing.« Mac zeigte auf das Gebäude gegenüber. Orangefarbene Ziegel und schicke Bogenfenster. »Ernsthaft. Mit zwei Frauen. Das volle Programm.«

Dicke Vorhänge bauschten sich an den Fenstern. Stick versuchte sich vorzustellen, wie es dahinter aussah. Lichtkegel auf einer dunklen Bühne. Frauen mit glänzender Haut und Riesentitten. »Schleppst du Lainey heute ab?«, sagte er.

Mac grinste. »Sie ist heiß auf mich, denkst du nicht?«

»Aber sie kommt nicht mit nach Spanien.«

Mac lachte. Er hielt das Feuerzeug ans abgeschnittene Ende der Zigarre, bis sie zu rauchen begann. »Mr Dunnes Ratschlag«, sagte er. »Nicht einatmen.«

»Ich mein's ernst.« Stick nahm die Zigarre und steckte sie sich zwischen die Lippen.

»Is ja gut. Sie kommt nicht mit. Und jetzt nimm den

Rauch in den Mund, lass ihn ein wenig drin ziehen und stoß ihn wieder aus.«

»Wozu soll das gut sein?«

Mac zuckte mit den Schultern.

Stick zog an der Zigarre und spürte, wie sich der Rauch auf seiner Zunge sammelte. Ohne weiter nachzudenken, holte er ihn in die Kehle runter, und fing an zu husten und zu spucken.

»Was hab ich gesagt?« Mac nahm ihm die Zigarre weg, rauchte, ohne zu husten, und blies helle Ringe in Sticks Richtung. »Vielleicht sollten wir nach Kuba fahren«, sagte er. »Da machen sie diese Babys.«

»Ich hätte lieber einen Joint.« Stick wippte mit dem Fuß gegen die Bordsteinkante. »Bist du sicher, dein Kumpel lässt uns bei sich unterkommen?«

»Er hat uns sogar schon Jobs besorgt, hab ich dir doch gesagt. Spülen und so, aber es gibt bald schon was hinter der Theke, denkt er.« Mac stach mit der Zigarre nach Stick. »Meer, Sand und Sex«, sagte er. »Und wenn wir dann Geld haben, besorgen wir uns unsere eigene Bude und machen 'n bisschen einen auf Party.«

Stick nahm die Zigarre, sog einen Mundvoll Rauch ein und sah in die Höhe. Der Himmel war von einem ausgewaschenen Grau, und er konnte gerade mal einen Stern sehen, der leuchtete, als würden seine Batterien gleich aufgeben.

»Du solltest dich mit deinem Dad vertragen«, sagte Mac. »Bevor wir fahren.«

Stick inhalierte noch einmal und hustete wie ein alter Mann.

»Ernsthaft jetzt«, sagte Mac. »Stell dir vor, er kriegt so was wie 'n Herzinfarkt.«

»Ich stell's mir ja vor«, sagte Stick. »Die ganze Zeit tu ich das.«

»Das würd dich fertigmachen.« Mac nahm die Zigarre. »Für immer und ewig.«

»Ach, is doch 'n Scheißkerl.«

Mac schüttelte den Kopf. »Er will einfach nur helfen.«

Stick trat mit dem Absatz gegen den Bürgersteig. Macs Dad hatte Mac und seine Ma etwa zu der Zeit sitzenlassen, als Sophie gestorben war. Weswegen sie ins Viertel gezogen waren. Mrs McKinley nannte ihn »den Bastard«. Mac redete kaum mal von ihm.

»Das Ding schmeckt scheiße«, sagte Mac, warf die Zigarre auf die Straße und trat sie mit der Schuhspitze aus.

Sie starrten sie an. »Vielleicht schick ich ihm 'ne Postkarte«, sagte Stick, aber Mac ging schon wieder in Richtung Tür.

»Komm schon, noch ein paar Shots. Ich kann noch gucken«, rief Mac und tat so, als störte ihn das alles nicht mehr, und als sie erst wieder drinnen waren, war es zu heiß, zu voll und zu laut zum Reden.

Besoffen. Vollkommen dicht. Worte passten nicht mehr in seinen Mund, eckten in seinen Backen an und verhedderten sich an seiner Zunge. Mac tanzte wie ein Arsch und hielt sich die Kokosnüsse. Shots: Pfefferminz, Kaffee, Tequila, brennender Sambuca – wunderschöne blaue Flammen. Das Mädchen mit dem Paillettentop. Blau, wunderschön blau. Sie wich nicht zurück, als er die Hand drauflegte. Die Pailletten waren kratzig, aber sie war weich. Ihre Titten waren weich. Ihr Mund groß, feucht und rot.

Und dann stand Mac da. Kokosnüsse, Baströckchen, graue Turnschuhe. Sah aus wie ein Idiot. Du siehst aus wie 'n Idiot, Mac. Ach, halt's Maul. Lainey hat 'n Anfall. Die knallt durch. In Sticks Kopf wummerte es, wie die

Wale, *wumm*, *wumm*, *wumm*. Seine Mum sah nach den Steckern. Er wünschte, sie würde damit aufhören. Die Theke drückte ihm hart in den Rücken, und Mac, ich geh nach Hause, kommst du mit? Nach Hause. Aber das Mädchen mit dem Top. Blaue Pailletten. Sie leckte sich die Lippen, lehnte an ihm, atmete ihm ins Ohr. Geh nicht. Noch nicht. Ich hab noch was für dich. Sie küsste ihn auf die Backe, und er spürte, wie er hart wurde. War dicht, hackedicht, aber total hart. Er nahm seine Plastikblumen und legte sie ihr um den Hals.

Komm schon, Mann. Mac zog an ihm. Aber da war das Mädchen. Gib uns 'n paar Minuten. Zehn Minuten. Mac schüttelte den Kopf, sagte, ich gehe. Ich geh jetzt. Ging aus der Tür, ohne sich noch mal umzusehen. Den Bastrock über den Shorts geknüllt.

Das Mädchen nahm Sticks Hand und ging, mit Schlangenhüften, ins Klo. Gegen die Tür gelehnt, das Schloss schmerzhaft in seinem Rücken. Die Jeans in den Kniekehlen. Jemand hämmerte gegen die Trennwand. Nehmt euch 'n scheiß Zimmer! Ah, Baby, hierfür brauch ich kein Zimmer. Er wollte in ihrem Mund kommen. Er wollte ihr ins Haar spritzen. Ja. So. Genau so.

Und dann war er fertig, und sie wischte sich über die Lippen und kam vom Boden hoch. Er griff nach ihren Titten, riss an ihrem Top. Sei verdammt noch mal vorsichtig, Mann. Das dünne goldene Kreuz stach ihm ins Kinn. Weiches Fleisch. Und dann führte sie seine Hand unter ihren Rock, und er war mit einem Mal müde. Fertig. Voll. Er hätte sich auf der Stelle zusammenrollen können, dachte er, da, auf dem Boden vorm Klo, zwischen den Papierfetzen und den Pisspfützen. Schlafen.

Sie rieb sich gegen seine Finger. Muss gehen, sagte er immer wieder. Nein, komm schon, willst du ihn reinstecken? Ihre Hand auf seinem Schwanz. Du kannst ihn reinstecken. Muss gehen, nach Mac sehen. Der schert sich doch auch nicht um dich. Fast wäre er aus dem Kloabteil gefallen. Sie hinter ihm her, die Lippen vorgeschoben, sauer. Na, toll. Viel Spaß im Urlaub. Und danke noch. Für nix.

Dann war er draußen auf der Straße. Es war kalt. Sein Magen drehte sich. Alle anderen waren weg. Scheiß auf sie. Er stieg in den Bus. Schlief ein. Verpasste seine Haltestelle. Ging die Rochdale Road zurück. Links in die Queen's Road. Die ganze Welt im Nebel. Laternen und Fusel. Blieb am Ende seiner Straße stehen. Er würde seine Mum wecken, wenn er reinstolperte. Sie würde halb die Treppe runter sein, bevor er klar war. Das würde er nicht ertragen.

Er kletterte zu den Gleisen hinter der Pitsford Road hoch. Fiel auf der Steigung fast hin. Hier würde er schlafen. Konnte überall schlafen. Er hatte Mac hergebracht, als sie noch Kinder gewesen waren, hatte ihm die Züge gezeigt und wie die Gleise summten. Du musstest standfest stehen, wenn sie vorbeirauschten, wie ein Sturm aus Metall, der alle Luft wegsaugte und dir ins Gesicht schrie. Mac hatte zurückgeschrien, und Stick hatte neben ihm gestanden und den Mund geöffnet, ohne einen Ton rauszubekommen.

Oben beim kaputten Zaun. Stick kickte den Boden frei, setzte sich und lehnte sich mit dem Rücken an einen Baum. Manchester. Birmingham. Dover. Calais. Tours. Bordeaux. Bilbao. Madrid. Malaga. Der scheiß Ford Fiesta. Kipp die Sitze zurück, und du kannst dich fast ausstrecken. Schlafsäcke. Kissen. Macs idiotische Autojalousien aus dem Ein-Pfund-Laden. Mit Saugnäpfen.

Seine Augen schwer wie Blei. Der Kopf voller Schlaf. Fusel. Das Haar des Mädchens. Einer, der gegen die

Trennwand bollert. Mac, seine Kokosnüsse und die Baströckchen. Lainey, das Gesicht voller Wimperntusche. Er war müde genug, um sich auf der Erde auszustrecken, in den Dreck zwischen die Zigarettenstummel, das Papier, die leeren Chipstüten und weiß Gott, was noch alles. Schlafen. Er legte den Kopf auf den Arm. Morgen. Morgen würden sie ins Auto steigen und losfahren. Morgen würden sie von hier verschwinden.

5

Alle verdammten Knochen taten ihm weh. Er hatte Dreck im Gesicht. Jemand rief seinen Namen. Stick öffnete die Augen, Sonnenlicht strömte durch die Blätter, er schloss sie wieder, Farben tanzten vor seinen Augen. Er lauschte. Ein Vogel irgendwo. Ein Auto. Leise Schritte auf Beton. Ein eingetrocknetes Sabberrinnsal an seinem Mundwinkel, er wischte es weg, holte die Plastiksonnenbrille aus der Tasche und setzte sie auf. Stick konnte sich riechen: Sex, schalen Fusel, Schweiß. Er stellte sich vor, wie Mac ihm in die Seite trat, steh auf, du Drecksack, wir wollen nach Spanien. Aber sein Telefon sagte ihm, dass es erst sechs Uhr war. Mac lag noch im Bett, und hier waren nur er, Stick, der Baum, der verrostete Zaun und die Bahngleise. Gras und Unkraut wuchsen unter den Schienen her, als führen da nicht alle fünf Minuten Hunderte Tonnen Metall drüber.

Er nahm die Brille wieder ab und versuchte etwas Flüssigkeit in den Mund zu kriegen, indem er sich mit der Zunge über den Gaumen fuhr. Ein Drecksgeschmack. Der Abend leuchtete in harten, hellen Splittern vor ihm auf. Die klebrige Theke. Die gelben Strohhalme auf dem Boden. Das Cocktailschirmchen in Rickys Knopfloch. Ein blaues Paillettentop im Licht. Mac und die verdammten Kokosnüsse.

Es schmerzte, als er aufstand. Es schmerzte, als er sich in Bewegung setzte, vorsichtig, Schritt für Schritt den Hang hinunter, auf den Bürgersteig und um die Ecke nach Hause. Er hatte das Gefühl, eine von diesen gepolsterten Halskrausen zu brauchen, um alles an seinem Platz zu halten, wie Aarons Cousin nach seinem Autounfall.

Stick war so darauf konzentriert, einen Fuß vor den anderen zu setzen, dass ihm die offene Haustür erst auffiel, als er fast schon davorstand und den Schlüssel aus der Tasche kramen wollte. Sein Gehirn schnappte augenblicklich in den Katastrophenmodus. Seine Mum in einer Blutlache oder geknebelt und gefesselt auf dem Küchenboden. Das ganze Haus ausgeräumt.

»Mum?«, rief er in den Flur, seine Stimme brüchig und verschleimt. Er räusperte sich. »Mum?«

Nichts. Dann Schritte, und sein Dad stand in der Tür, sein Hemd falsch geknöpft.

»Oh, Gott sei Dank, gnädiger Gott. Danke.« Das Gesicht rot gefleckt, die Augen blutunterlaufen.

»Was zum Teufel ist hier los? Es ist sechs Uhr früh. Wo ist Mum?« Er spürte, wie sich sein Magen zusammenzog. »Was hat sie gemacht?«

»Deine Mum läuft im Bademantel durch die Straßen, rauft sich die Haare und sucht nach dir.« Sticks Dad fasste ihn beim Handgelenk und zog ihn nach drinnen. Dann umarmte er ihn. Sein Hemd roch wie das Innere eines Autos, muffig, metallisch. Stick machte sich los.

»Wir müssen sie anrufen.« Sein Dad suchte in seiner Tasche. »Du. Ruf du sie an.« Er hielt Stick sein Telefon hin, doch der nahm es nicht. »Bist du okay? Du blutest doch nicht?«

»Was redest du da?« Sticks Kopf drohte zu platzen, seine Haut brannte.

Sein Dad redete in sein Telefon. »Mandy, er ist hier. Es ist alles in Ordnung, er ist hier.« Er atmete laut, als wäre er gerannt. »Sie will mit dir sprechen.« Er gab ihm das Telefon.

»Mum? Ich war doch nur unterwegs.«

Sie schluchzte.

»Es tut mir leid, okay? Wir haben gefeiert. Mum, wo bist du?« Stick wartete und gab seinem Dad das Telefon zurück. »Ich versteh nicht, was sie sagt.«

Sein Dad hielt sich das Telefon ans Ohr und sah immer noch Stick an. »Es ist alles in Ordnung, Mandy, komm zurück. Komm zurück.«

Stick stellte einen Fuß auf die unterste Stufe. »Ich geh schnell duschen.«

»Ich glaube, du wartest besser, Kieran. Auf deine Mum.«

Stick wollte ihm sagen, er solle verschwinden und aufhören, seine Nase in ihre Angelegenheiten zu stecken, aber er fühlte sich zu schlecht, zu müde. Er brauchte was zu trinken. Er musste sich hinlegen. Es war, als wäre eine dicke Decke zwischen ihm und der Welt.

Er war in der Küche und trank ein großes Glas Wasser, als seine Mum hereingestürmt kam, ihm das Glas aus der Hand nahm und sein Gesicht mit beiden Händen fasste. Stick versuchte zur Seite zu atmen, damit sie seine Fahne nicht roch. »Kieran. Kieran. Kieran.« Sie wiederholte seinen Namen wieder und wieder, als hätte sie den Verstand verloren. Als hätte sie wirklich und wahrhaftig den Verstand verloren. »Kieran. Kieran. Kieran.« Sie ließ die Hände sinken und sah ihn angstvoll an. Stand da in ihrem Bademantel mit völlig zerzaustem Haar.

Stick nahm das Glas und trank das Wasser aus. So schnell trank er, dass es ihm das Kinn herunterlief. Seine Mum starrte ihn an. »Tee«, sagte sie. »Ich koche uns allen eine Tasse Tee.«

»Ich trinke keinen Tee.« Stick sah sie an. »Du weißt doch, dass ich keinen Tee trinke. Was ist denn hier bloß los?« Ein Gedanke drang durch den Nebel seines brummenden Schädels. »Oma? Ist was mit Oma?«

»Deiner Oma geht es gut.«

Stick sah seinen Vater an, dessen Hemd immer noch falsch geknöpft war. »Bist du wieder mit Dad zusammen?«

»Wir müssen mit dir reden, Schatz. Warum setzen wir uns nicht hin.« Sie holte eine Schachtel Zigaretten aus der Tasche ihres Bademantels, zog eine heraus und steckte sie wieder zurück.

»Mac?«, sagte Stick.

Er erkannte es daran, wie sie sich auf die Unterlippe biss und ihr Blick ihm auswich. Spürte das Gewicht wie einen Sack Ziegel, der ihn zu erdrücken drohte. Sah, wie sich der Mund seiner Mum bewegte, und hörte sie sagen: »Er ist tot, Schatz. Er ist gestorben. Es tut mir leid. Es tut mir so leid.« Aber die Worte trieben über ihn hinweg, wie auf der Oberfläche eines schmutzigen Swimmingpools, während er sich tief unten befand.

Es gelang ihm noch, sich umzudrehen und beide Hände auf die Seiten der Spüle zu legen, bevor er sich übergab. Dicker, beigefarbener Brei, schnapsbitter und voller Pastastücke vom Abend zuvor.

»Ist gut, Schatz. Alles gut.«

Seine Mum rieb ihm über den Rücken, als wäre er noch ein Kind.

Tot. Mac ist tot. Jemand schien die Worte in seinem Kopf zu schreien: Tot. Mac ist tot. Dabei parkte das Auto doch vor dem Haus, vollgetankt. Sie brauchten nur einzusteigen und loszufahren. Oben stand seine gepackte Tasche. Macs Tasche stand gepackt in seiner Wohnung, und in Spanien warteten ein Sofa und ein Stück Fußboden auf sie.

Wieder übergab er sich, dünner und gelber diesmal, stand dann da und starrte auf die Sauerei in dem metallenen Becken. Er wollte sich nicht umdrehen. Er wollte da stehen bleiben, in seinem Gestank und in Macs Hemd mit den hässlichen gelben Blumen und ihren kirschroten Zungen. Seine Mum rieb immer noch seinen Rücken.

»Ich fürchte, er wurde erstochen, Kieran«, sagte sein Dad.

»Wir dachten, du wärst auch tot, Schatz. Wir dachten, sie hätten dich nur noch nicht gefunden.« Seine Mum klang, als hätte jemand alle Luft aus ihr gelassen.

Stick lachte, aber es war eher wie ein Kläffen. »Scheiße«, sagte er, und seine Stimme klang dünner, als er es wollte. Er drehte sich um. Sie starrten ihn an, als trüge er eine Bombe um den Leib gebunden. »Ihr redet Scheiße«, sagte er, jetzt lauter. »Das ist irgendein Scheiß, den ihr euch ausgedacht habt, damit ich nicht nach Spanien fahre.«

»Sie werden ihn kriegen.« Stick sah den Adamsapfel seines Vaters auf und ab tanzen, als er schluckte, und wie die Haut seitlich an seinem Hals dabei Falten warf. »Sie werden ihn finden, wer immer es war.«

»Hör auf.«

Seine Mum öffnete den Mund, um etwas zu sagen.

»Aufhören, hab ich gesagt.« Stick schrie jetzt. »Haltet den Mund, beide.«

Seine Mum fummelte mit dem Gürtel ihres Bademantels herum.

»Seht her.« Stick holte sein Handy aus der Tasche. »Ich rufe ihn an. Ich rufe ihn jetzt an.«

Aber Mac ging nicht ran. Stick hörte es klingeln und dann das Klicken, als sich Macs Mailbox meldete: »Ich hab zu tun, Meister. Sing mir ein Liedchen. Später.« Er legte auf.

Seine Eltern standen in der Tür und sahen ihn an, und es war, als wäre Sophie bei ihnen in der Küche, es war so eng, dass Stick keine Luft bekam. Er musste an den Abend nach dem Feuer denken. Das Haus stank nach Rauch, und sie hatten zu dritt im Wohnzimmer gesessen und nichts zu sagen gewusst. Seine Mum und sein Dad konnten nicht aufhören, ihn anzufassen, als müssten sie sich versichern, dass er noch da war. Am Ende war er nach oben gegangen, vorbei an Sophies Tür, hatte sein Lego aufs Bett seines Zimmers gekippt und nicht gewusst, was er bauen sollte. Sie wünschten, dass ich tot wäre, hatte er sich wieder und wieder gesagt. Sie wünschten, ich wäre tot und nicht Sophie.

»Sie werden herausfinden, wer es war, Schatz«, sagte seine Mum.

»Nichts war. Keiner hat was gemacht.« Er würde Mac eigenhändig umbringen, wenn er auftauchte. Stick stellte es sich vor: Mac voll mit Ketchup, atemlos vor Lachen – reingelegt, hab euch alle so richtig krass reingelegt.

»Vielleicht eine Tasse Tee«, sagte seine Mum. »Süßen Tee? Du stehst unter Schock.«

Stick wandte sich zur Spüle, die noch voll mit seiner Kotze war, nass, klumpig, stinkend. In seinem Kopf rauschte es, wie wenn man auf der Autobahn das Fenster aufmachte und sich nicht mehr denken hören konnte.

Sein Dad räusperte sich. »Die Polizei wird mit dir reden wollen, Kieran.«

Seine Mum hüstelte ebenfalls. »Sie werden wissen wollen, wo du warst«, sagte sie.

Stick starrte aus dem Fenster zur Schuppentür mit ihren braun verrosteten Angeln hinüber. Er dachte an das

Mädchen mit dem blauen Paillettentop, an ihre Lippen um seinen Schwanz, und schlug mit der Faust auf das Abtropfbrett. Seine Mum schnappte nach Luft, aber niemand sagte etwas. Endlich drehte sich Stick um. »Er wird bei Lainey sein«, sagte er. »Oder er schläft irgendwo in einer Tonne.« Er versuchte zu lachen, doch es klang eher wie ein Schluchzen.

»Warum setzt du dich nicht, und ich gebe dir was zu trinken. Eine Cola?« Die Stimme seiner Mum war leise und bittend, als hätte sie Angst vor ihm.

»Ich gehe zu ihm. Ich geh zu Mac.« Stick drängte sich an ihnen vorbei in den Flur.

»Jetzt nicht, Schatz.« Seine Mum legte eine Hand auf seinen Arm, doch er schüttelte sie ab. »Ich denke nicht, dass es eine gute Zeit ist. Ich meine, wer immer es getan hat, ist noch … Und seine arme Mutter.« Sie fing an zu weinen, und Sticks Dad legte einen Arm um sie und zog sie an sich. Stick rannte fast aus dem Haus, seine Beine waren voll Adrenalin, und das Herz schlug ihm bis in die Kehle. Er und Mac fuhren nach Spanien. Heute fuhren sie los.

6

Er lief zu Macs Haus, durch die Doppeltür unten und die Treppe hinauf in den fünften Stock, wo er sich am Geländer festhielt und würgte, bis ihm das Wasser aus den Augen lief. Macs Wohnung lag am Ende des Flurs, aber selbst von der Treppe aus konnte Stick sehen, dass die Tür offen stand, konnte leise Stimmen hören und das Weinen einer Frau. Ein schwaches, andauerndes Wimmern.

Er starrte die dunklen Flecken und Abschürfungen auf den Wänden an, die übermalten Graffiti und das leere Infobrett, wollte weitergehen, in die Wohnung, damit ihm einer alles erklärte. Aber es war, als wäre seine Haut zu Eis geworden, hauchdünn wie auf einer Pfütze. Er würde auseinanderbrechen, wenn er auch nur einen weiteren Schritt machte.

Erst als eine Polizistin aus der Wohnung kam und einen Blick hinüber zu Stick warf, ging er zurück nach unten und hinaus in den hellen Tag. Nichts sah richtig aus: Das Gras war falsch. Der Zaun um Macs Haus war falsch. Die neuen Apfelbäume mit ihren krausen grünen Blättern waren falsch.

Er ging zurück und blieb bei dem roten Fiesta stehen. Mac hatte ihn auf eBay gekauft, wie ein Idiot. Aber er funktionierte okay. Die Türen waren rostig, und sie hatten ihn innen gründlich saugen müssen. Ihr Dreck war in Ordnung, der von anderen nicht. Am letzten Wochenende waren sie zu Macs Tante nach Sheffield gefahren, durch die Peaks und die Pennines, über enge, sich windende Straßen. Mac tat, als wäre er ein Rallye-Fahrer, die Hügel dehnten sich links und rechts grün und öde.

Drinnen roch das Auto nach nassem Hund, aber vielleicht war er es auch. Sein Handy hörte nicht auf zu piepen. Lainey, Ricky, Shooter: *wtf? hast dus gehört?* Er warf es vor den Beifahrersitz und schlug aufs Lenkrad ein. Irgendwann entdeckte er, dass es besser war, gegen die Seitenscheibe zu schlagen: Es tat den Knöcheln weh und war lauter. Nur dass das Glas nicht zerbrach, so fest er auch schlug.

Den Schädel gegen die Kopfstütze gelehnt, die Augen geschlossen, saß er da, als jemand die Beifahrertür öffnete und sich neben ihn setzte. Es war sein Dad, nicht Mac. Er erkannte ihn an der Art, wie er atmete, hielt seine Augen jedoch geschlossen und stellte sich vor, es wäre sein Freund, mit der Tasche auf dem Schoß, und er würde ihn anstrahlen und sagen: »Komm, fahren wir!«

Sticks Dad räusperte sich. »Wie fühlst du dich?«, sagte er.

Stick rührte sich nicht.

»Deine Mum macht sich Sorgen um dich.« Er hielt inne. »Ich mache mir Sorgen um dich.«

Manchester – Birmingham – Dover – Calais – Tours – Bordeaux – Bilbao – Madrid – Malaga. Stick listete die Stationen in seinem Kopf auf.

»Zu Hause wartet ein Polizist auf dich«, sagte sein Dad.

Stick öffnete die Augen.

»Bist du so weit, dass du mit ihm reden kannst?«

»Ich hab nichts gemacht.«

»Das sagt auch keiner. Sie müssen nur so viel Informationen sammeln wie möglich. Sich ein Bild davon machen, was passiert sein könnte.«

Stick auf dem Klo mit dem Mädchen. Lainey am Heulen. Mac geht raus ... Ich nehme den Bus, fahr nach Hause. Tequila mit Red Bull. Wodka-Cola.

Sein Dad öffnete die Tür. »Kommst du mit rein? Ich bleibe bei dir.«

Stick sah durch die Windschutzscheibe zum Plastiktrecker vorm Nachbarhaus hinüber. Der lag immer noch da. Alle taten so, als wäre es tatsächlich passiert, als wäre Mac wirklich tot, aber das konnte nicht sein. Stick war nicht tot, wie konnte Mac es da sein? Das Auto war noch da, das Viertel war noch da, die Sonne schien. Es ergab alles keinen Sinn.

»Du hältst dich wirklich gut, Kieran«, sagte sein Dad. »Immer ein Schritt nach dem anderen.«

Es war das Notizbuch, das ihn schaffte. Die polierten Schuhe, die Uniform und das ernste Gesicht, damit kam er klar. Es war das Notizbuch, schwarz, in festem Einband, die Seiten vollgekritzelt mit blauem Kugelschreiber. Er hatte das Gefühl, flach aufs Gesicht zu fallen, nur dass die Erde nicht da war, wo er dachte, und er immer weiter fiel. Der Magen rutschte gegen die Rippen, und dann fing er an zu zittern, und seine Zähne klapperten, als sei er draußen in einen Regen geraten und ihm könne einfach nicht wieder warm werden. Der Polizist steckte sein Notizbuch wie eine Schachtel Zigaretten oder ein Telefon in die Jackentasche und sagte, sie könnten auch später auf der Wache mit ihm sprechen, wenn er in besserer Verfassung sei. Dass es auch morgen ginge. Dass er versuchen solle, etwas zu schlafen. Aber Stick sagte nein, er wolle jetzt reden. Er verschränkte die Arme fest vorm Leib und hielt seine Ellbogen gefasst, um nicht auseinanderzubrechen. So beantwortete er die Fragen des Polizisten. Wer wo gewesen war. Wer was gesagt hatte. Wir waren betrunken, sagte er. Alle waren betrunken. Wir haben gefeiert. Wir wollten weg, heute. Wir hätten heute losfahren sollen. Der Polizist schrieb alles in sein Notizbuch. Stick sah die blauen Worte auf dem Papier erscheinen und hatte das Gefühl, dass sie nichts mit dem Geschehenen zu tun haben konnten.

Als der Polizist weg war, ging Stick nach oben, stellte sich unter die Dusche, drehte das Wasser so heiß, dass es kaum mehr zu ertragen war, und starrte die winzigen blauen Delphine auf den Kacheln an, als könnten sie ihm etwas erklären, wenn er sie nur lange genug ansah. Er drehte das Wasser erst ab, als es kalt wurde, und dann, vor der Dusche, auf der Badematte, lag Macs Hemd. Er musste es in die Ecke treten und so schnell wie möglich raus aus dem Bad, um nichts Dummes zu tun.

Er war fast schon an der Haustür, in seiner grauen Sporthose und einem schwarzen T-Shirt, als seine Mum auftauchte. Sie hatte sich angezogen und die Haare gemacht, aber ihr Blick war immer noch verstört.

»Kieran?« Sie trat mit verschränkten Armen vor ihn hin.

»Ich geh raus.« Er wollte in die Paget Street. Das war das Einzige, was der Polizist ihm hatte sagen können: dass es in der Paget Street passiert war, fünf Minuten zu Fuß von hier, auf dem Weg von der Bushaltestelle nach Hause. Da wäre er auch langgekommen, wäre er nicht eingeschlafen. Stick stellte sich vor, wie er über die Rochdale Road rannte und nach links abbog, mit den Händen in der Tasche und vor sich hin pfeifend. So lief er rum, Mac, wie ein alter Mann.

»Ich will nicht, dass du da rausgehst.« Sie neigte den Kopf zur Tür. »Nicht, solange der Mann ...«

»Es ist halb elf, Mum.«

»Es ist nicht sicher.«

»Ich gehe raus.« Er machte einen Schritt auf sie zu, doch sie blieb, wo sie war. Stick sah an ihr vorbei zur weißen Haustür mit den vier Milchglasscheiben und spürte Panik in seiner Brust aufflammen. Du kannst nicht tot sein, sagte er zu sich, zu Mac. Du kannst dich nicht so einfach verpisst haben. Das würdest du nicht tun.

»Du kannst mich nicht festhalten.« Seine Stimme klang grausamer, als er beabsichtigt hatte.

Kleine rote Kreise bildeten sich auf ihren Wangen. »Dein Dad meint das auch. Gary!«, rief sie ins Haus hinein.

Stick hörte die Klospülung und die Schritte seines Dads auf der Treppe. Er sah die beiden einen Blick wechseln.

»Nur bis sie den Kerl gefunden haben, der es getan hat, Junge«, sagte sein Dad.

»Was? Wohnst du jetzt wieder hier? Ihr könnt mich hier nicht einsperren.« Er sollte im Auto sitzen, Mac am Radio herumfummeln. Eine Tüte Chips auf dem Schoß und eine Dose Cola auf dem Armaturenbrett. Über gestern Abend sollten sie lachen, über Lainey, das Mädchen mit dem Paillettentop und dass sie Ricky rausgeworfen hatten. Die Fenster sollten heruntergekurbelt sein, und der Wind sollte ihnen über die Arme und in die Gesichter pfeifen. Richtung Süden.

»Ich verliere dich nicht auch noch.« Seine Mum drückte ihre Finger gegen die Lippen. »Das kommt nicht in Frage.« Ihre Augen waren rot verquollen, und sie wirkte sehr klein, wie sie da vor ihm stand.

Einen Moment lang wollte er sie in den Arm nehmen, doch dann straffte er die Schultern, senkte die Stimme und sagte: »Mum, ich gehe jetzt raus. Ich kann auf mich aufpassen.«

»Kieran, du musst das verstehen …«, fing sein Dad an.

»Nein!« Stick fuhr herum. »Ich bin fast achtzehn. Das ist doch total bescheuert.« Er musste hier raus. Der Flur war zu klein. Das Haus war zu klein. Sein Herz raste, und seine Haut brannte, juckte und spannte. Stick griff an seiner Mum vorbei und öffnete die Haustür. Ein kühler Luftzug, Frische.

»Hast du dein Handy dabei?« Sie sprach so leise, dass er sie fast nicht hörte. »Kieran? Dein Handy.«

»Das ist im Auto.« Er schob sich an ihr vorbei aus dem Haus.

»Kieran, bitte.«

Er ging zum Auto, machte demonstrativ die Tür auf, hielt sein Telefon in die Höhe und stakste davon, ohne sich noch einmal umzusehen.

Am Ende der Straße fing es an zu regnen. Dicke Tropfen dotzten dunkle Flecken auf den Teer, als habe ein Kind Farbe verspritzt. Die Queen's Road sah aus wie immer, Verkehr, eine leere Bierdose rollte vorm Wohnungsamt lang, die Ampellichter wechselten im immer gleichen Rhythmus. Ein paar Leute rannten mit Zeitungen oder Plastiktüten über dem Kopf vorüber. Zwei Kinder standen bei der Frittenbude und sahen zur Speisetafel hoch, die seit Ewigkeiten das Gleiche anzeigte. Stick ging langsam, der Regen durchnässte seine Sachen. Jetzt war's auch egal, ob er nass wurde oder nicht.

Die Paget Street. Kurz genug, dass du am Ende stehen und die Autos und Busse die Rochdale Road rauf- und runterfahren sehen konntest. Eine schäbige Schildpattkatze stelzte über das Stück Gras, das gerade groß genug zum Fußballspielen war. Blau-weißes Absperrband der Polizei war um dünne Metallstäbe gewickelt und bildete ein schiefes Rechteck. Neben dem Band, halb auf dem Bürgersteig, halb auf dem Gras, stand ein Wohnanhänger mit der Aufschrift »Einsatz-Einheit« und einem Polizeilogo. Die rote Krone ragte hoch empor, fast bis zum Dach.

Eine gelangweilt wirkende Polizistin mit einer schwarzen Bluse und einer schusssicheren Weste, an der ein Funkgerät hing, stand bei den schmalen Metallstufen und trat in Gedanken versunken dagegen. Linker Fuß, rechter Fuß, linker Fuß, rechter Fuß. Als sie aufblickte und Stick sah, stellte sie die Füße nebeneinander, als ginge sie in Habachtstellung. Sie hatte das Haar zu ordentlichen schwarzen Cornrows geflochten, die gerade noch unter ihrer Mütze hervorsahen. Wie Perlen lagen die Regentropfen auf dem Mützenstoff.

Stick trat an das Absperrband und nahm das nasse Plastik zwischen Daumen und Zeigefinger.

»Bitte bleiben Sie weg vom Absperrband. Weiter dürfen Sie nicht«, sagte die Frau.

Stick starrte auf den Teer. Mac: zwei Baströckchen über den Shorts, mit Klebeband auf dem T-Shirt befestigte Kokosnusshälften, eine rosa Sonnenbrille. »Ich war sein bester Freund«, sagte er.

Ihre Hand fuhr zum Funkgerät.

Stick schüttelte den Kopf. »Ich habe schon mit einem geredet. Ich weiß nichts. Ist es hier …« Er versuchte sich Mac mit einem Messer in der Brust vorzustellen. Wie er umfiel.

»Wollen Sie nicht reinkommen, aus dem Regen raus?« Die Frau nickte zum Wohnwagen hin. »Eine Tasse Tee oder was anderes trinken?«

»Ist da Blut?«

»Wie bitte?«

»Blut.« Stick zeigte auf den Fleck.

»Sie haben Proben von allem genommen.«

»Warum ist das Band dann noch hier?« Er zupfte am Plastik.

»Wir nehmen es weg, wenn wir so weit sind. Ich sagte doch, weiter dürfen Sie nicht.«

Das Gras war von einem satten Sommergrün, mit hell leuchtendem Löwenzahn. Stick stellte sich Mac vor, wie er zurückwankte, die Hände auf den Bauch gepresst, Blut sammelte sich zwischen den Fingern.

»Gab es eine Schlägerei, oder was?«, fragte Stick.

»Ich fürchte, dazu kann ich nichts sagen.«

»Alle mochten Mac.« Stick hörte, wie seine Stimme brach. Er hustete und tat so, als hätte er sich verschluckt. »Keiner würde ihn umbringen.«

»Tut mir leid.«

Stick sah sie an. Sie hatte dunkle Augen und eine hübsche Stupsnase. »Tut's das?«, fragte er.

Sie nickte. »Ja, das tut's.«

»Dann sagen Sie mir, was passiert ist.«

Sie schenkte ihm ein halbes Lächeln. »Ich fürchte, das wissen wir noch nicht. Wir versuchen noch, uns einen Überblick zu verschaffen. Deswegen sind wir hier.« Sie deutete auf den Wohnwagen. »Vielleicht könnten Sie helfen? Die Leute ermutigen, herzukommen und mit uns zu reden?«

»Ich habe die Haltestelle verpasst«, sagte Stick. »Ich bin im Bus eingeschlafen. Hätte ich die Haltestelle nicht verpasst, hätte ich ihn doch gesehen, oder?«

»Drinnen gibt es Flugblätter zur Opferbetreuung. Da gibt es eine Nummer, die Sie anrufen können, wenn Sie mit jemandem reden wollen.«

»Warum sollte ich mit jemandem reden wollen?«

»Es ist schwer, mit so einer Sache klarzukommen. Da kann es helfen, mit jemandem zu reden.«

»Ich will nur wissen, was passiert ist. Gibt es dafür auch eine Nummer, die ich anrufen kann?«

»Wir tun unser Bestes. Sie können sicher sein, wir tun unser Bestes.«

»Ach, Scheiße noch mal.« Stick trat gegen die Metallstufen, die über den Bürgersteig schepperten.

Wenn Mac jetzt hier wäre, würde er die Polizistin in ein Gespräch verwickeln und sie dazu bringen, dass sie ihm von allen möglichen Polizeisachen erzählte – von Fingerabdrücken, Videoüberwachung, Spurensicherung, Profilerstellung. Stick sah an ihr vorbei auf das abgesperrte Rechteck. Wer hatte Mac umbringen wollen? Er konnte sich vorstellen, dass einer Ricky ans Leder wollte, oder seinem Dad, aber Mac?

»Sie müssen rausfinden, wer es war«, sagte er und sah ihr in die Augen. »Sie müssen es einfach.«

Sie nickte. »Geduld und harte Arbeit, das ist es, was mein Boss immer sagt. Geduld und harte Arbeit.«

»Stick!« Lainey stand oben auf den Stufen zum Wohnwagen und drückte sich eine glänzende schwarze Tasche wie einen Teddybären gegen die Brust. Sie trug ein narzissenfarbenes Kleid, eng und tief ausgeschnitten. Um die Augen herum klebte verlaufene Wimperntusche.

»Stick!«, rief sie wieder, winkte, stolperte die Stufen herunter und zog ihn an sich. Ihre Brüste drückten gegen ihn. Sie roch nach Limo und Erdbeer-Lipgloss, und sie weinte. Er spürte, wie sie zitterte, und hörte sie in sein T-Shirt schniefen.

»Ich bin hergekommmen, weil ich's nicht geglaubt hab.« Sie tat einen Schritt zurück, machte eine Geste zum

Wohnwagen hin, schüttelte den Kopf und schnappte nach Luft. »Mac ist …«

»Ich weiß.«

»Das kann nicht sein …« Sie drehte einen gelben Plastikring um ihren Finger, wieder und wieder. »Er war doch da.«

»Wo?«

»Gestern. Beim Feiern. Er war da.« Sie streckte die Arme aus, als sähe sie ihn vor sich und fasste ihn bei den Schultern. »Ich hab ihn geküsst.« Sie fing wieder an zu weinen.

Stick stand mit hängenden Armen da und starrte auf Laineys Tasche, um ihr verheultes, verzerrtes Gesicht nicht ansehen zu müssen.

Sie atmete tief und zittrig ein. »Es ist meine Schuld«, erklärte sie.

Stick schüttelte den Kopf, sagte jedoch nichts.

»Ich … ich wollte nicht mit ihm, na, du weißt schon. Und dann haben wir uns wegen Spanien und spanischen Mädchen gestritten, mehr weiß ich nicht, so voll war ich. Dann ist er weg. Also ist es meine Schuld.« Wieder fing sie an zu weinen.

Die Polizistin hatte sich einige Schritte entfernt und schaute zu der Häuserfront hoch, als sei sie zu beschäftigt, um zuzuhören, auch wenn Stick drauf wetten wollte, dass sie genau das tat.

»Es ist nicht deine Schuld«, sagte Stick. Er klang wie ein Roboter. Lainey heulte immer weiter.

Die Schildpattkatze setzte sich mitten in das blau-weiße Polizeirechteck, streckte ein Bein in die Luft und fing an, sich das Fell zu lecken. Stick bückte sich nach einem Stein und warf ihn nach ihr. Er verfehlte sie, und die Katze nahm keinerlei Notiz von ihm.

»Was machst du da?« Lainey starrte ihn an, und ihr Atem kam immer noch in kleinen, aufstoßenden Schluchzern, als versuchte sie, nicht zu ertrinken.

»Ich will nicht, dass die sich da den Arsch leckt.«

»Du kannst doch nicht einfach mit Steinen nach Katzen werfen.«

»Tschschsch!«, rief Stick zu der Katze hinüber. »Verpiss dich.« Sie sah kurz zu ihm her und fing wieder an, sich zu putzen. »Ich hab gesagt, verpiss dich!«, schrie er jetzt lauter. Er sah die Polizistin am Rand seines Blickfelds, die Hand auf dem Funkgerät.

»Stick.« Lainey fasste ihn beim Arm.

»Ich habe ihm gesagt, er soll auf mich warten«, sagte Stick, ging zum Wohnwagen und schlug fest mit der rechten Faust dagegen. Knöchel auf kantiges Metall. Wäre Mac nicht so ein sturer Bastard, wäre er nicht tot. Sie wären jetzt schon an Birmingham vorbei, halb durch Kent.

»Dein Fehler ist es auch nicht«, sagte Lainey.

Stick schlug noch mal gegen den Wohnwagen.

»Wollen Sie wohl damit aufhören?« Eine andere Polizistin stand oben auf den Stufen. Stick sah finster zu ihr hinauf. »Wenn Sie uns was zu sagen haben, kommen Sie herein«, sagte sie. »Wenn nicht, verschwinden Sie.«

»Ich bin kein Hund«, fuhr Stick auf.

»Und das Ding hier ist kein Punchingball.«

Stick stampfte auf die Erde.

»Er ist durcheinander, Miss«, sagte Lainey schniefend.

»Trotzdem muss er hier nicht randalieren.«

»Ich wäre längst nicht mehr hier, wenn Sie mir sagen würden, was verdammt noch mal da passiert ist«, sagte Stick.

»Sie müssen jetzt gehen.« Die Polizistin kam die Stufen herunter und blieb vor Stick stehen.

»Verdammte Bullenschweine«, zischte Lainey.

»Jetzt, sofort«, sagte die Polizistin ruhig.

»Wir wollten sowieso gehen. Komm, Stick.« Lainey zog an seinem Arm.

Er folgte ihr, weg von dem Ort, an dem Mac gestorben war, und den ganzen Nachhauseweg über dachte er, hat es weh getan? Hat er sich gewehrt? Hat er sich in die Hose geschissen? Hat er geheult? Hat es einen Punkt gegeben, an dem er wusste, es war vorbei? Wie zum Teufel fühlte es sich an, nicht mehr zu leben?

7

Er ließ den Fernseher die ganze Nacht laufen, denn immer, wenn er ihn ausschaltete, fing sein Herz an zu rasen, sein Atem verhedderte sich in seiner Kehle, und er glaubte, explodieren zu müssen, wenn er den Mund nicht aufriss und laut schrie oder aus dem Haus lief und rannte. Dazu geisterte seine Mum wieder herum und stellte sich wegen der Steckdosen an, und der Fernseher sorgte dafür, dass er sie nicht hörte und nicht nach unten musste, um ihr zu helfen.

Der Morgen kam und ließ es trotz des Vorhangs hell im Zimmer werden. Stick schloss die Augen, damit er nichts sehen musste, und versuchte sich darüber klarzuwerden, ob er geschlafen hatte oder nicht. Nein, entschied er. Irgendwann klopfte seine Mum an die Tür und sagte, sie gehe zur Arbeit. Sie bat ihn, im Haus zu bleiben, nur für die nächsten paar Tage, und wenn er doch rausmusste, ob er bitte sein Handy mitnehme? Stick lag auf dem Rücken und nickte, und am Ende ging sie.

Im Fernsehen kamen die Nachrichten: Proteste in Griechenland, Proteste in Syrien, Ärger mit den Eintrittskarten für die Olympischen Spiele, die Rentenkrise. Er zappte durch die Kanäle, bis er auf die *Simpsons* stieß, und machte die Augen wieder zu. Sie sollten jetzt in Frankreich sein, übermüdet von der Nacht im Auto, auf der Suche nach einem Schinkensandwich zum Frühstück, die Straßenkarte aufgeschlagen auf dem Schoß, um sich den Weg noch mal ins Gedächtnis zu rufen.

Du kannst nicht einfach nur rumliegen und Trübsal blasen, würde Mac sagen. Du bist erbärmlich, würde er sagen. Steh auf und tu was, verdammt. Stick versuchte zu überlegen, was er tun könnte. Eine *Simpsons*-Folge später beschloss er, Mrs McKinley Blumen kaufen zu gehen.

Zwei Geldrollen lagen oben in seiner Sporttasche: fünfzig Pfund und dreihundert Euro. Er zog das Gummiband von den Euros und blätterte durch die Scheine. Er und Mac waren vorige Woche gemeinsam zur Post in den Spring Gardens gegangen und hatten schmutzige englische Zwanziger gegen die glänzenden Scheine in Grün, Orange, Blau und Rot eingetauscht. »Hart verdientes Geld«, hatte Mac der Frau hinter der Theke gesagt, und sie hatte gelächelt, als glaube sie ihm kein Wort.

Stick rollte die Euros wieder zusammen und legte sie zurück in die Tasche. Die Pfundscheine steckte er ein und ging nach unten. Er öffnete den Kühlschrank, aber da gab's nichts, was er essen wollte. Es war, als wäre sein Magen zusammen mit Mac verschwunden.

Er wollte schöne Blumen, keine traurig aussehenden wie aus dem Zeitungsladen oder welche mit Supermarkt-Aufkleber, und so nahm er den Bus in die Stadt und ging den langen Weg, um nicht durch die Paget Street zu müssen. In einem Laden mit Eimern voller Blumen, deren Duft schwer in der Luft hing, sagte er dem Mann – einem Mann! – hinter der Theke, er wolle einen großen Strauß, etwas, das nobel aussehe. Er hatte nicht gewusst, dass Blumen so teuer sein konnten, aber er zahlte die dreißig Pfund und nahm den Bus zurück. Die Leute sahen dich anders an, wenn du einen Blumenstrauß dabeihattest – als wärst du ein guter Kerl.

Er setzte sich auf einen Platz, mit dem Strauß auf dem Schoß, und bemühte sich, das dünne lila Papier nicht zu zerknittern oder die Blätter zu zerdrücken. Mit der anderen Hand ging er durch die Fotos auf seinem Handy bis zu dem von Mac und Lainey, Aaron und Malika, wie sie eine Sekunde vom Blitz erhellt wurden. Mac mit seinem fetten Gesicht, den roten Backen und der rosa Sonnenbrille oben in den Haaren. Mac, wie er Laineys Schulter drückte, den Mund offen, so dass man die obere Zahnreihe sah. Stick starrte ihn an. Was hatte er da gesagt? Wahrscheinlich was Blödes. Er wünschte, er wüsste es.

In der Schule hatte Sticks Kunstlehrer sie mal eine Kamera aus einem Schuhkarton basteln lassen, mit einem winzigen Loch auf einer Seite. Ein Foto ist etwas Reales, Greifbares, hatte er immer wieder gesagt. Der Film fängt das reflektierte Licht von seinem Objekt ein, was immer es ist, es ist ein Zeichen, ein Abbild der Welt. Stick hatte die Augen verdreht und sich mit den anderen darüber lustig gemacht, aber jetzt musste er wieder daran denken und wünschte, er hätte ein Foto von Mac mit der Schuhschachtelkamera gemacht und nicht mit seinem beschissenen Handy. Ein digitales Bild, hatte der Lehrer ihnen erklärt, war nichts als eine Sammlung Pixel, eine Vielzahl winziger Quadrate, und wenn man es genug vergrößerte, fiel es auseinander. Es ist nichts Wirkliches, sagte er, es ist nicht das Gleiche.

Stick nahm die Treppe hinauf zu Macs Wohnung. Zu Mrs McKinleys Wohnung. Je näher er ihr kam, desto mehr wollte er wieder umdrehen, denn was sollte er ihr sagen? Der Gang hinter der doppelflügeligen Tür war düster, ruhig und leer und schien ihm länger als sonst, als wäre er eine optische Täuschung, deren Ende unerreichbar war. Aber natürlich stand er dann da, draußen vor der blauen Tür mit ihren Schlössern, ihrer Klingel und dem Aufkleber mit *»Fremde sind Freunde, die du erst noch kennenlernen musst«* in blauer Schönschrift, eingerahmt von einer Blumengirlande.

Als er den Klingelknopf drückte, dachte Stick plötzlich, dass da noch Fingerabdrücke von Mac auf der Tür sein mussten. Trotz aller Besucher, der Polizei und den anderen würde da noch einer sein, ein Ring unter Ringen wie in einem Baum. Wenn er diesen weißen Puder und so einen durchsichtigen Bogen hätte, würde er einen von Macs Fingerabdrücken nehmen und behalten können.

Mrs McKinley öffnete die Tür, ließ ein ersticktes Geräusch hören und fuhr sich mit der Hand an den Mund. Ihre Augen weiteten sich.

»Mrs McKinley.« Stick schluckte. Er sah in die Wohnung und erwartete halb, dass Mac aus der Küche geplatzt kam, eine Kokosnuss in der einen, ein Messer in der anderen Hand. »Die habe ich für Sie gekauft.« Er hielt ihr die Blumen hin.

Mrs McKinley sah sie an, als sei sie nicht sicher, was er ihr da hinhielt, hob eine Hand und strich ihm über die Wange. Ihre Finger fühlten sich kalt an. Er wich einen Schritt zurück, aber sie nahm ihn am Arm. »Komm rein, komm rein, er ist gerade gegangen.«

»Was?«

»Rob.« Ihr ganzes Gesicht wirkte verquollen wie bei einer allergischen Reaktion auf etwas. »Ein Opferschutzbeauftragter, so würde man ihn nennen, hat er gesagt.« Sie klang betrunken. »Netter Mann. Etwas dünn.«

Das Wohnzimmer quoll über vor Blumen. Auf jeder möglichen Stellfläche, so schien es, stand eine Vase, eine

Weinflasche oder ein Bierglas voller bunter Blüten. Der Duft machte ihn schwindelig.

Stick schaute auf den Blumenstrauß in seiner Hand. Dreißig Pfund umsonst verpulvert. Und wie sollte ein Strauß Blumen sowieso helfen?

Sie nahm seinen Strauß, drückte ihn sich gegen die Brust und lächelte. »Alle sind so gut zu mir«, sagte sie. »Sie kommen, bringen Blumen, leckere Sachen zu essen. Kochen Tee.« Sie seufzte. »Ich hab keinen Hunger.« Sie hielt inne. »Möchtest du was mitnehmen, Kieran? Da ist so viel.«

»Ist schon gut, Mrs McKinley«, sagte Stick. »Mum arbeitet doch im Supermarkt. Da kriegt sie Rabatt.«

Mrs McKinley nickte. Sie hielt die Blumen immer noch in der Hand, befingerte fahrig ihre Blätter. Sie würde sie ruinieren, aber Stick wusste nicht, wie er ihr das sagen sollte, und es änderte auch nicht wirklich etwas.

»Sind Sie … wie …« Stick fühlte, wie er rot wurde. »Ich bin nur gekommen …« Er versuchte, nicht an Mac zu denken, aber der war überall. Mac stand am Fenster und aß Kekse, direkt aus der Packung. Mac, der mit seiner Wii wie ein Idiot im Zimmer herumsprang. Mac mit Männer-Grippe, unter einer Decke auf dem Sofa, zerknüllte Taschentücher um sich drapiert.

»Soll ich die in eine Vase stellen?«, schaffte er zu sagen, nahm ihr die Blumen ab und ging in die Küche. Oben auf dem Kühlschrank stand eine Flasche Wodka neben einer leeren Plastiktüte. Die Spüle war voller Gläser. In einem der Schränke fand er einen Krug, füllte ihn mit Wasser und stellte die Blumen hinein. Der Krug war nicht groß oder schwer genug, um den Strauß gerade zu halten, und so lehnte er ihn gegen die Wand, drehte sich um und sah durch die Durchreiche. Mrs McKinley stand mitten im

Wohnzimmer und starrte aus dem Fenster. Sie bewegte sich nicht, wandte sich nicht um, sah ihn nicht an, hustete nicht, sah nicht nach ihrem Handy und berührte auch ihr Haar nicht. Sie war wie eine Statue. Er sollte ihr eine Tasse Tee kochen, zurück ins Wohnzimmer gehen und etwas sagen, ihren Arm nehmen und sie dazu bringen, sich zu setzen. Aber es ging nicht. Er konnte nichts tun, nur rückwärts aus der Küche schleichen, leise die Wohnungstür öffnen und den Gang hinuntergehen. Dabei schlug ihm das Herz wie wild, und er sagte sich, dass er ein Dreckskerl war, ein Feigling, ein Arschloch. Trotzdem lief er weg.

Als er nach Hause kam, wollte der Fernseher nicht angehen. Stick versuchte das Wohnzimmerlicht anzuschalten, aber nichts. Der Sicherungskasten befand sich im Kabuff unter der Treppe, hinter einem Haufen leerer Kartons und dem Pavillon, den sie zu Omas sechzigstem im Jahr zuvor besorgt hatten. Stick warf alles hinaus in den Flur und nahm die Taschenlampe von ihrem Haken an der Tür. Er drückte den Überstromschalter herunter und hörte das Telefon piepen. Auch der Kühlschrank erwachte summend wieder zum Leben.

Mrs McKinley stand wahrscheinlich immer noch im Wohnzimmer und wartete darauf, dass er zurückkam. Oder sie suchte nach ihm, rief durch die Wohnung und in den Flur hinaus. »Kieran? Kieran?« Vielleicht war ihr aber auch gar nicht aufgefallen, dass er weg war. Vielleicht war jemand anderes gekommen, und sie hatte vergessen, dass er überhaupt da gewesen war.

Statt zurück in den Flur zu gehen, zog Stick die Kabufftür hinter sich zu, schaltete die Taschenlampe aus und ließ sie auf den Boden fallen. Es roch nach alten

Schuhen, Staub, Gummi, muffigen Füßen, und es war heiß. Stick schwitzte. Unter den Armen und auf dem Rücken bildeten sich feuchte Flecken. Stick öffnete die Augen, so weit es ging, so dass er das Gefühl hatte, die Augäpfel könnten ihm heraus und in den Schoß fallen. Seine linke Seite drückte gegen das weiche Fellimitat des Wintermantels seiner Mum. Sein rechter Arm berührte die rauhen Holzlatten der Tür. Wenn er einen Fuß ausstreckte, traf er den Staubsauger.

Sie würden Mac in einen Sarg legen und den Deckel zunageln. Es würde eine Beerdigung und ein Grab geben, einen Stein mit seinem Namen darauf, und dann nichts mehr. »Du verdammtes Arschloch«, flüsterte Stick in die stickige Schrankluft. »Du hast einfach alles kaputt gemacht.«

Als Kind hatte er mal in einem Aufzug einen Anfall bekommen, hatte plötzlich keine Luft mehr gekriegt und panische Angst gehabt, dass er da nie wieder herauskomme. Jetzt spürte er, wie das gleiche Gefühl in ihm aufstieg, wie eine langsam leckende Flamme. Die Wände umschlossen ihn immer enger, die Decke senkte sich auf ihn herab, der Staubsauger eine drohende Gestalt, und der Mantel seiner Mum drückte ihm wie ein totes Tier heiß auf den Arm. Stick kniff die Augen zu, trotzdem sah er Mac vornüber ins Gras fallen und eine Gestalt über ihm. Als er nach der Tür griff, fiel ihm Mrs McKinley in ihrer Wohnung ein, die sich fragte, wo er geblieben war. Er verdiente es, sich beschissen zu fühlen, und so klemmte er die Hände unter die Achseln, ließ sich zurück auf den Boden sinken und rollte sich eng zu einem Ball zusammen. Er hatte das Gefühl, sein Kopf müsse explodieren und sein Gehirn käme ihm aus Augen, Nase und Ohren. Seine Lunge schien sich auszuschalten und ihn ersticken zu wollen. Reiß dich verdammt noch mal am Riemen, sagte er sich, Mac ist tot. Mac ist tot, und du kannst seiner Mum nicht mal 'ne Tasse Tee kochen.

Als er das Kabuff endlich aufmachte und sich im Flur wieder aufrichtete, hatte Stick einen Entschluss gefasst, aber zuerst warf er die Kartons und den Pavillon zurück in den Schrank. Auf dem Teppich blieben ein paar Pappfetzen, ein Blatt und etwas eingetrocknete Erde liegen. Mit dem Fuß versuchte er das Zeugs zur Seite zu schieben, aber es ging nicht.

Er schrieb seiner Mutter einen Zettel: *Fahre nach Spanien. Rufe an. Reg dich nicht auf*, legte ihn auf den kleinen Tisch im Flur, holte seine Sporttasche vom Bett, nahm seinen Schlüssel und ging hinaus.

Das Auto keuchte und spuckte, sprang jedoch an. Stick drehte und fuhr den bröckeligen Asphalt der Sackgasse hinunter, rechts und dann noch mal rechts, an der Schule vorbei. Das Lenkrad fühlte sich kühl an. Er sah nicht hoch zu Macs Wohnung, sondern trat aufs Gas, passierte den eingezäunten Garten vorne vor dem Wohnblock, die ordentlichen roten Ziegelhäuser und das Clarendon mit seinen hässlichen Mauern und den verwitterten Holzbänken. Er knallte über die Temposchwellen und hielt erst, mit quietschenden Bremsen, hinter dem Bus, der die ganze Straße einnahm. Eine Frau mit Kopfhörern sah aus dem Rückfenster zu ihm herunter, und er erwiderte ihren Blick, bis sich der Bus in Bewegung hievte und um die Ecke verschwand.

Manchester. Birmingham. Dover. Calais. Seine Mum würde ausflippen, aber wenn sie von der Arbeit nach Hause kam, würde er schon weit weg sein. Stick stellte das Radio an. Als er die Musik lauter drehte, krachte und zischte es im Lautsprecher, und es war eine scheiß Musik. Er kannte die Musik noch nicht mal, aber sie half dabei, sich den Kopf mit Krach zu füllen. Noch besser wurde es, als er auf die Autobahn kam und die Überholspur hinunterraste. Er spürte den Wagen ächzen und keuchen, während er das Gas bis aufs Bodenblech durchdrückte.

Zwei Stunden später kroch er in einem Stau in der Nähe von Birmingham dahin. Der Keilriemen des Autos quietschte wie ein eingesperrter Vogel. »Nordausques, St. Omer, Aire-sur-la-Lys«, sagte er fast zu leise, um es durch den Radiolärm zu hören. »Bordeaux, Bilbao, Madrid.« Und dann: »Hey Mann! Was ist das denn für 'ne scheiß Musik?« Er versuchte, wie Mac zu klingen.

Er stellte sich vor, wie seine Mum den Zettel las, eine Kippe in der einen Hand, mit der anderen an ihren Sachen herumfingernd. Wahrscheinlich rief sie die Polizei an, damit die ihn von der Autobahn holten und zurück nach Hause brachten. Er war siebzehn. Fast achtzehn. Es war nicht verboten, nach Spanien zu fahren. »Ich fahre nach Spanien.« Er schlug mit der Faust aufs Lenkrad, und seine Augen standen so voller Wasser, dass er kaum mehr etwas sah. »Du verdammtes Arschloch«, sagte er mit brechender Stimme. »Du verdammtes, verficktes Arschloch. Warum bist du nicht hier?«

Er nahm die nächste Ausfahrt, fuhr schnell um den Kreisverkehr und fädelte sich in der Gegenrichtung neu auf die Autobahn ein. Er stellte das Radio aus, und damit war da nur noch das Geräusch des keuchenden Motors und des aufs Blech schlagenden Windes. Seine Augen waren müde. Sein Kopf schmerzte. Er hatte gerade noch genug Sprit, nahm er an, um zurück nach Hause zu kommen.

8

Als Stick zurück nach Hause kam, war es früher Abend. Sein Zettel war weg, und seine Mum stand bei der Hintertür und rauchte. Sie drehte sich zu ihm um, und er sah, wie sie die Zähne zusammenbiss. Ihre Augen funkelten panisch.

Er ging durch den Raum und stellte sich neben sie. »Kann ich eine Zigarette haben?«

Sie starrte zu ihm hin, klopfte eine aus der Packung und steckte sie an.

Stick sog den Rauch in die Lunge und sah in den gepflasterten Garten, zum Schuppen und dem Blumenbeet mit den übergroßen Gänseblümchen auf ihren dünnen Stengeln hinüber. Die Kinder nebenan traten einen Ball gegen den Zaun.

»Du solltest nicht rauchen«, sagte seine Mum.

Stick nahm noch einen Zug. »Ich weiß.«

Schweigend standen sie da und lauschten dem Rumsen des Fußballs und dem Klappern der Zaunlatten.

»Ich hab mir überlegt, dass du zum Doktor gehen könntest«, sagte Stick. Er spürte, wie sie sich versteifte, fuhr aber fort. »Damit du besser schläfst. Ich glaube, er kann dir dabei helfen. Ich könnte einen Termin für dich ausmachen.«

Sein Mum drückte ihre Zigarette an der Mauer aus, sie zermalmte sie förmlich. »Ich hab Lammkoteletts für dich gemacht«, sagte sie.

»Mum?«

»Ich kann den Teller in die Mikrowelle stellen. Ja, das mache ich jetzt.« Sie ging nach drinnen, und Stick blieb, wo er war, rauchte langsam und dachte, wie schön es wäre, wenn Mac von den Toten auferstünde und er ihm eine reinhauen könnte.

Beim Essen saß sie ihm gegenüber, und er wartete, dass sie etwas zu seinem Zettel und zum Auto sagte, doch sie sah ihm nur schweigend zu, und erst als er ins Bett wollte, sagte sie: »Oh, beinahe hätte ich es vergessen«, und gab ihm eine weiße Plastiktüte. »Mrs McKinley hat sie vorbeigebracht«, sagte sie und sah ihn prüfend an. »Ich glaube, sie hatte gehofft, dich hier zu sehen.«

Stick nahm die Tasche. Ein Paar rote Nike-Turnschuhe. Macs rote Nikes. Er sah seine Mum an, und sie zuckte mit den Schultern.

»Ich weiß auch nicht, Schatz. Sie wollte, dass du sie bekommst. Ich konnte nicht nein sagen.«

Stick starrte die Schuhe an. Er wusste noch, wie Mac sie vor ein paar Monaten zum ersten Mal angehabt hatte. Wie er immer rumstolzierte, wenn er was Neues hatte.

»Sie steht unter Schock. Wie wir alle.«

»Und die Polizei?«

»Die hat nichts gesagt, Schatz.«

Sticks Fingerspitze berührte die Innenseite des Turnschuhs, zuckte jedoch gleich wieder zurück. »Ich geh ins Bett.«

»Du kannst mit mir reden, Kieran.«

Einen kurzen Moment lang wünschte er sich, auf dem Sofa zu liegen, den Kopf auf ihrem Schoß, so wie er es früher getan hatte, als er klein war, während sie ihm dabei über das Haar strich und sie beide zusammen über eine Sendung im Fernsehen lachten. Er versuchte zu lächeln. Er versuchte, danke zu sagen, schüttelte am Ende aber nur den Kopf und ging nach oben. Macs Schuhe schlugen ihm gegen das Bein.

Den ganzen nächsten Tag über lagen die Schuhe in der Plastiktüte neben Sticks Bett. Immer wieder hob er das offene Ende der Tüte an, damit er die Schuhe betrachten konnte, aber jedesmal, wenn er sie nehmen wollte, sah er Mac vor sich auf einer Metallbahre liegen, das Gesicht mit einem weißen Tuch bedeckt, die nackten Füße hervorragen.

Doch am Dienstagmorgen setzte er sich auf den Rand des Betts, schnappte sich die Schuhe und fuhr hinein. Zog die Schnürriemen fest und mühte sich, ruhig zu bleiben. Sie passten ganz gut.

Seitdem er von der Schule abgegangen war, war er nicht mehr laufen gewesen, und vorher hatte er es auch nicht wirklich getan. Mr Brazey hatte sie immer angeschrien, ganz rot im Gesicht, als dächte er, er sei in der Armee. Stick und Mac schlenderten dann davon und rauchten eine. Stick wartete mit dem Loslaufen, bis er auf der Queen's Road war. Seine Bewegungen fühlten sich falsch an, als könne er das eine Bein nicht auf das andere abstimmen, aber er lief weiter, lauschte seinem Atem, der ihm in der Kehle kratzte, lief unten am Park vorbei und auf die Brücke. Blieb stehen, keuchte und sah über die niedrige Ziegelmauer auf die Bäume und den Fluss hinunter. In Spanien sollte er sein, mit einem Bier am Strand sitzen und Mac zuhören, der irgendeine Scheiße erzählte.

Er lief weiter, bog von der Hauptstraße ab, lief einen kleinen Hügel hinunter und eine Straße entlang, deren Häuser dem seiner Mum ähnelten, nur dass diese vorne kleine Veranden hatten und so 'nen hubbeligen Putz. Runter zur Eisenbahnbrücke, auf deren uneinheitlich roten und grauen Ziegeln ein langer nasser Fleck war – es sah aus, als hätte da ein Riese auf dem Nachhauseweg vom Pub hingepinkelt. Stank auch so. Auf der anderen Seite waren dann Schotter und Gras und dann eine Straße mit hohen Ziegelmauern links und rechts. Pflanzen und Bäume ragten dicht gedrängt oben drüber.

Er lief weiter, immer noch keuchend, als rauchte er fünfzig am Tag und nicht drei. Stick sammelte die Spucke im Mund und rotzte sie gegen die rechte Mauer. Warum hatte Mac nicht die Kokosnüsse abnehmen, die Bastdinger und den verdammten scheiß Hut loswerden können? Warum musste er immer die Aufmerksamkeit auf sich ziehen? Die Schuhe begannen, an seinen Fersen zu reiben, die Haut wurde heiß und wund. Wieder eine Eisenbahnbrücke und dann ein Industriegebiet. Blaue Sicherheitszäune und Schlangen von Lieferwagen. Sie hatten noch nicht mal jemanden festgenommen. Vier Tage und keine Festnahme. In den *Manchester Evening News* hatte etwas gestanden, das örtliche Fernsehen hatte die Sache kurz erwähnt, das war alles. Beide hatten dasselbe Bild gebracht: Mac, grinsend und mit Kapuze auf dem Kopf. Wäre er ein Mädchen, würde es Fernsehaufrufe geben, und alle würden die Hände ringen und sagen: »Oh, ist sie vergewaltigt worden? Oh, hat sie gelitten? Oh, was für eine Tragödie.« Es war verdammt ungerecht.

Auf einer Hügelkuppe standen drei Wohnblocks, die vor ein paar Jahren instand gesetzt worden waren. In der Senke, wo Stick sich befand, gab es nichts als Stacheldraht, Sicherheitsfensterläden, Metallgitter, hier eine Reklame für eine Hüpfburg-Vermietung, dort eine für ein Hundeshampoo und eine, handgemalt, für Autoreparaturen. Er entdeckte einen Pfad, der rechts abging, und folgte ihm zum Fluss. Er war schmutzig, Toilettenpapier und Stofffetzen hingen in den Bäumen, eine verblichene Chipstüte, ein Schokoriegelpapier wirbelten im Kreis. Er nahm einen schmalen, matschigen Weg am Fluss entlang, Äste kratzten ihm über die Arme.

Seitenstechen durchfuhr ihn, und er krümmte sich. Ein starker, reißender Schmerz in seiner linken Seite. Stick konnte nicht atmen, ohne dass es fürchterlich stach. Er drückte die Finger tief in den Muskel, doch es half nichts. Er saugte die Luft durch die Zähne und stieß sie wieder aus. Es fühlte sich an, als drückte ihm jemand Nägel in die Seite. Macs Schuhe waren voller Matsch. Mac wäre stocksauer, wenn er das sähe. Er putzte ständig an seinen Turnschuhen herum und blieb auch mal mitten auf der Straße stehen, um ein bisschen Schmutz abzuwischen.

Er befand sich fast in der Stadt, bei der Eisenbahnbrücke, wo sie rechts neue Wohnungen gebaut hatten. Er machte langsame, vorsichtige Schritte und mühte sich, tief und ruhig zu atmen. Oben auf der Anhöhe konnte er den Turm vom Strangeways-Gefängnis sehen. Rote Ziegel, gerade aufragend, ein Balkon und eine schmalere, gerundete Spitze. Sieht aus wie ’n Schwanz, sagte Mac immer. Wenn du Ärger mit den Bullen kriegst, kommste in den Schwanz. Stick hatte den Turm im Jugendclub mal gegoogelt. Es soll ein Ventilationsschacht sein, hatte er Mac erklärt, aber ich glaube, er dient zur Überwachung. Ein Schacht, ein Schaft, hatte Mac gesagt und sich vor Lachen bepisst. Von da oben kannst du alles sehen, hatte Stick gesagt. Da brauchst du aber ein Fernglas, hatte Mac erwidert, da bist du so hoch, dass ohne Fernglas alle gleich aussehen.

Das war immer die Drohung in der Schule: Wenn du dich nicht zusammenreißt, endest du in Strangeways, wenn du nicht aufhörst, Blödsinn zu machen, wenn du dich nicht hinsetzt, den Mund hältst und aufpasst. Rickys Dad war zweimal drin gewesen, sein Bruder auch.

Er versuchte, erneut loszulaufen, doch der Schmerz war immer noch da, und plötzlich war er auch geschafft. Du brauchst etwas Ruhe, sagte seine Mum immer, du siehst müde aus, Schatz. Und es stimmte, er hatte nicht richtig geschlafen. Kaum hatte er die Augen geschlossen, hatte er Mac vor sich gesehen, mit aufgeschlitztem Bauch. Dabei war er gar nicht in den Bauch gestochen worden, sondern in die Brust, direkt in eine Arterie, wenigstens sagten das alle. Wenn es eine Arterie erwischte, war man gearscht. Trotzdem, in Sticks Halbschlaf-Träumen war es Macs Bauch, aufgeschlitzt, ein klaffendes Loch, die Innereien rot und voller Blut.

Er ging weiter und kam auf der Cheetham Hill Road heraus, direkt neben einem Schnapsladen, der billigen Wodka im Angebot hatte. Er ging hinein, stellte eine Flasche neben die Kasse und sah dem Kassierer in die Augen. In der Rechten hielt er einen zerknüllten Zehner. Der Mann zuckte nur mit den Schultern und ließ ihn bezahlen. In weniger als drei Wochen würde er achtzehn sein. Nur dass er nicht achtzehn werden wollte, nicht ohne Mac.

Stick ging durch Nebenstraßen und hielt nach dem Fluss Ausschau, er wusste nicht, wie er wieder hinfinden sollte. Der Schmerz war weg. Selbst wenn er die Finger in seine Seite drückte, kam er nicht wieder. Er dachte an seinen Dad und die Wochen nach Sophie, wie er mit toten Augen zusammengesunken auf dem Sofa gehockt hatte. Bierdosen überall auf dem Teppich. Er dachte an Mac, wie er eine Flasche Red Square an die Lippen hob, lachte und hustete, während ihm das Zeugs in der Kehle brannte.

Er ging eine Straße entlang, die schon tausendmal ausgebessert worden war. Hier und da waren Pflastersteine zu sehen, wo der Teer abgebröckelt oder abgerissen worden war. Bei der Einmündung zu einer anderen, kleineren Straße lag ein schlecht eingezäuntes Stück Abbruchgelände voller Löwenzahn, lila Blumen und Müll. Er blieb stehen und entdeckte eine Lücke unter einer Zaunlatte, wo ein Stück Mauer eingebrochen war. Der Ort eignete sich zum Saufen genauso gut wie jeder andere. Er bückte sich und schob sich seitlich durch das Loch.

Auf der Erde lagen überall Plastikbruchstücke, halb zerschlagene Ziegel und haufenweise alte, wie es schien, Klamotten, nass und verdreckt. Eine Budweiser-Flasche, ein Video mit herausgerissenem Band, ein billiger Plastik-Joystick, eine Gürtelschnalle, die Stick aufhob. Das Ding war so stark verrostet, dass sich der Dorn kaum mehr bewegte. Er drückte und zog, bis er abbrach.

»Komm einfach rein und mach alles kaputt, warum auch nicht?«

Eine Mädchenstimme. Stick wandte sich um und wieder zurück. Er konnte niemanden entdecken und ließ die Schnalle fallen.

»So ist's recht, immer schön alles zumüllen.«

Da, links von ihm, war eine hohe rote Ziegelmauer, ein Überbleibsel eines alten Lagerhauses oder so, und da war sie, hockte in einer Fensteröffnung, in der lange schon kein Fenster mehr war. Er sah die Sohlen eines weißen Paars Converse, Jeans, schwarzes Haar mit einer rosa Strähne und zwei große, dunkle Augen.

»Zutritt verboten!«, rief sie.

Stick drehte sich um und ging, nicht in Richtung Straße, sondern weiter auf das Grundstück, was immer es mal gewesen sein mochte. Schmutzige blaue Teppichfliesen waren von alten, verzogenen Holzdielen gefault. Darunter befanden sich in ordentlichen Reihen Holzblöcke, die spitze Vs formten. Einige hatten sich gelöst, und er konnte Einkerbungen in den Seiten sehen, als sollten sie dort vernutet werden.

»Ich meine es ernst.« Sie stand hinter ihm, die dünnen braunen Arme vor dem Körper verschränkt, trug eine ärmellose Steppjacke und hatte einen kleinen silbernen Stecker in der Oberlippe.

»Verschwinde.« Sie zeigte auf das Loch im Zaun.

»Dir gehört das hier nicht.« Stick trat mit dem rechten Fuß gegen einen zersprungenen Ziegel.

»Ich möchte, dass du gehst.« Sie zog an ihrem Pony, der rosa Seite. »Wenn ich schön bitte, bitte, biiitte sage?« Sie dehnte das letzte Wort ein bisschen und hob die Mundwinkel zu einem falschen Lächeln.

Stick musterte sie von Kopf bis Fuß. Sie war fast so dünn wie er. Keine nennenswerten Brüste. Kein nennenswerter Arsch.

»Ich sagte, ich möchte, dass du gehst.« Sie kam näher, und er fing den Geruch von Zigaretten und etwas Süßem auf.

Er drehte sich um und entfernte sich von ihr, über einen Haufen Ziegel, verrottetes Holz und zermahlenes Sonstwas, setzte sich auf einen Betonklotz und ließ einen Fuß auf und ab tanzen, auf und ab. Sie beobachtete ihn, er spürte es, sah aber nicht zu ihr hin. Öffnete stattdessen den Wodka und nahm einen Schluck direkt aus der Flasche, wie die Typen auf der Straße. Die spülen ihre Sorgen weg, wie seine Mum sagte. War weniger ein Wegspülen als ein Ertränken. Es brannte in seiner Brust. Ließ dich spüren, dass du Innereien hattest. Erinnerte dich daran, dass es einen Schlauch von deinem Mund bis zum

Schwanz gab. Er spürte den Wodka bis ganz nach unten brennen. Jetzt, wo das Seitenstechen weg war, taten ihm die Beine weh, die Schenkel spannten und die Schienbeine fühlten sich wund an. Er rollte sich eine Zigarette. Dann noch eine.

»Willst du eine?«, rief er und hielt sie hoch.

Sie antwortete nicht.

Stick steckte sich die Kippe in den Mund und zündete sie an. Er versuchte Rauchringe zu blasen, wie Mac es immer tat, hatte es aber noch nie gekonnt.

»Du musst die Zunge hinten im Mund halten.« Sie kam um ihn herum und stellte sich vor ihn.

Stick zog kräftig an seiner Zigarette und sah sie mit schmalen Augen an.

Sie nahm die zweite Kippe und hielt die Hand auf, damit er ihr das Feuerzeug gab.

»Ich bin J«, sagte sie, nachdem sie die Zigarette angezündet und einen perfekten Ring geblasen hatte, der langsam in die Luft stieg und sich auflöste. »Wie der Buchstabe.«

»Wofür steht er?«

»Sich selbst.«

»Deine Eltern haben dich nach einem Buchstaben des Alphabets benannt?«

Sie blies noch einen Ring. »Kann ich was von dem Wodka haben?«

Stick gab ihr die Flasche. »Was jetzt? Jennifer? Julie? Jessica? Jody?«

Er sah, wie sie die Flasche an den Mund hob und einen Schluck nahm, ohne das Gesicht zu verziehen. Sie hatte ein spitzes Kinn und ein dunkles, knochiges Gesicht. Kein Make-up. Braune Sommersprossen auf den Wangen. Er nahm an, dass sie immer so aussah, als sei sie sauer.

»Und wer bist du?« Sie gab die Flasche zurück.

»Ich dachte, du willst, dass ich gehe? Ich dachte, ich wär hier unerlaubt eingedrungen.«

»Ich hab beschlossen, dass ich dich mag. Wie heißt du?«

Stick zögerte einen Moment lang. »Kieran.«

J nickte. »Schön, dich kennenzulernen, Kieran. Willkommen in meinem …«, sie machte eine Pause, lachte dann und schnaubte leicht, »in meinem Domizil.«

»Was?«

»Meinem Zuhause.« Sie bewegte den Arm in einem Halbkreis.

»Hier wohnst du?«

»Natürlich wohn ich hier nicht. Komm, ich zeige dir den besten Ausblick.« Sie führte ihn zu einem roten Sessel, der hinter der Wand stand, wo er sie entdeckt hatte. Das Leder war zerschlitzt und mit schwarzem Edding bemalt. Stick stieg auf die Lehne und zog sich neben J in die Fensteröffnung.

»Cool, was?«, sagte sie. »Ich glaub, das war mal 'ne Handtaschenfabrik. Du kannst sie noch sehen.« Sie streckte den Arm aus.

Stick ließ den Blick über die Zerstörung gleiten, und sie hatte recht: Die Dinger lagen unter all dem anderen Müll verstreut, Hunderte billiger Taschen aus Lederimitat.

»Sie sehen aus wie tote Tiere«, sagte J. »Als wären sie alle umgebracht worden und lägen jetzt einfach so da.« Sie nahm noch einen langen Schluck aus der Flasche. »Ich hab hier auch Ratten gesehen, eine war groß wie eine Katze«, sagte sie. »Die Viecher tun mir leid. Alle denken, sie sind übel, dabei tun sie nichts, als ihr Leben zu leben.«

»Hässlich sind sie schon.«

Ein weißer Transporter fuhr vorbei, Techno wummerte aus dem Fahrerfenster, und sie hörten zu, bis er außer Hörweite war.

»Woher kommst du?«, fragte Stick.

J zog die Brauen zusammen. »Von hier.«

»Ich meine …«

»Du meinst, weil ich nicht weiß bin.«

»Ich meine nur …«

»Dad ist aus Ghana, Mum aus Cheetham Hill.«

»Leben sie zusammen?«

Sie zuckte mit den Schultern. »So grade.« Ihre Knie berührten sich, als er nach der Flasche griff. Als er sie ihr zurückgab, spürte er ihre Hand über seine streichen.

Stick sah auf die Lagerhäuser mit ihren roten Ziegelwänden und den dreieckigen Dächern. »Ich fahre nach Spanien«, sagte er. »Mit meinem Kumpel Mac.« Er schluckte und sah zu J hin. Sie schraubte den Flaschendeckel zu, auf, wieder zu. »Wir fahren mit dem Auto«, sagte er. »Runter nach Dover, dann Calais und durch Frankreich: Tours, Bordeaux, Spanien: Bilbao, Madrid, Malaga.«

Sie fragte nicht, warum sie nicht flogen. Sie gab ihm nur die Flasche zurück und lächelte. Sie war zu dünn, aber sie hatte ein schönes Lächeln.

»Mac hat einen Kumpel in Malaga, mit einer Wohnung direkt am Strand. Wir wohnen erst bei ihm und suchen uns dann was Eigenes.« Stick blinzelte und schluckte wieder. »Sonntag geht's los.«

J legte den Kopf gegen die Mauer. »Klingt gut«, sagte sie. »Besser als Cheetham Hill.«

»Du solltest mitkommen«, sagte Stick, ohne nachzudenken.

Sie sah ihn überrascht an und lachte. Stick spürte, wie er rot anlief. »Ich meine nicht … Ich meine nur …« Er holte seinen Tabak heraus und drehte noch zwei Kippen, damit er sie nicht ansehen musste.

»Ich werde mal am Meer leben«, sagte sie nach einer Weile, nahm eine Haarsträhne zwischen Daumen und Zeigefinger und steckte sie in den Mund. »Ich liebe das Meer. All der Platz, und alles riecht anders, schmeckt anders und hört sich anders an. Weißt du, was ich meine?« Haare klebten ihr auf der Oberlippe, während sie sprach.

Er sagte ihr nicht, dass er noch nie am Meer gewesen war. Er sagte ihr nicht, dass Mac tot war. Stattdessen wandte er sich ihr zu und beugte sich vor, um sie zu küssen. Sie war überraschend schnell und traf ihn mit der Faust auf den Wangenknochen. Heftig.

»Was soll das? Scheiße!« Er wich zurück, fasste sich an die getroffene Stelle und hielt sich mit der anderen Hand am Sims fest. Rauher Ziegel unter seiner Hand.

»Hab ich dir nicht gesagt, du sollst verschwinden? Ich hab gesagt, verpiss dich, Mann.«

Und dann sprang sie vom Fenstersims und verschwand. Weiße Gummisohlen liefen über den Schutt. Das Brett im Zaun klapperte, als sie sich drunterherdrückte. Er blieb in der Fensteröffnung sitzen, sein Gesicht schmerzte, sah sie die Straße hinaufeilen, die Hände in den Taschen, die Schultern fast an den Ohren. Ihm wollte nichts einfallen, was er ihr hinterherrufen konnte.

9

Als er zurück nach Hause kam, die Haut schweißig kalt unter den Kleidern, dazu leicht benebelt vom Wodka, war seine Mutter ausgehfertig. Weiße Jeans, rote Sandalen, eine blaue, mit kleinen Blumen bedruckte Bluse. Sie hielt ihm vorwurfsvoll sein Handy hin.

»Wir hatten eine Abmachung«, sagte sie.

»Ich war laufen.«

»Du gehst nicht laufen.«

Stick hob die Brauen.

»Wir hatten abgemacht, Kieran, dass du dein Handy mitnimmst und es eingeschaltet lässt. Da versuch ich, dich anzurufen, und es klingelt oben.«

Er hätte weiterfahren sollen. Stick stellte sich die Fähre vor, wie sie den kleinen roten Schrotthaufen von einem Wagen verschluckte und wie er die Metallstufen hinauf auf Deck stieg. Den Wind im Gesicht, die Gischt, die seitlich den Rumpf hochspritzte.

»In fünf Minuten ist Abfahrt.« Sie verdrehte die Augen, als sie Sticks fragenden Ausdruck sah. »Ich hab's dir zehnmal gesagt, Kieran. Zu Oma. Und ja, du musst mit. Sie haben vor allem dich eingeladen. Deine Oma scheint zu denken, es könnte helfen.«

»Wobei?«

Seine Mum zuckte nur mit den Schultern. »Ich habe einen Kuchen gebacken«, sagte sie. »Schokolade.«

Früher hatte sie ihm zum Geburtstag immer einen Schokoladenkuchen gemacht. Zwei dunkle, mit Zuckerguss zusammengeklebte Biskuitscheiben und dann noch mal Guss obendrüber. Sie hatte Sachen gekauft, die sie draufsteckte: Lego-Astronauten, Kerzen, zwei Rennautos auf einer Rennbahn aus Esspapier. »Ich dachte, Oma isst keinen Zucker mehr«, sagte er.

Seine Mum lachte. »Ich kann mir nicht vorstellen, dass sie das länger als fünf Minuten durchgehalten hat. Du etwa? Aber los jetzt.« Sie klatschte in die Hände. »Unter die Dusche und umziehen. Wir kommen sonst zu spät.«

In der Ashton Old Road, wo seine Oma wohnte, öffneten Stick und seine Mum die Tür zum Eingangsbereich und stiegen die flachen, mit Teppich ausgelegten Stufen zu der Wohnung hinauf. Stick trug die Schachtel mit dem Kuchen, seine Mum hielt eine Flasche Weißwein in der Hand. Zwei Äste waren an der Wohnungstür befestigt worden, um eine Art Torbogen zu formen. Unten waren sie mit einem breiten gelben Band umwickelt.

»Lainey sagt, wenn sie ihn in den ersten vierundzwanzig Stunden nicht schnappen, dann sinkt die Chance, dass sie ihn überhaupt kriegen, um fünfzig Prozent«, sagte Stick.

Seine Mum hatte gerade die Klingel drücken wollen. Sie ließ die Hand sinken. »Sie kriegen ihn«, sagte sie, drehte sich zu ihm hin und sagte es noch einmal, lauter jetzt, als klänge es so überzeugender. »Das werden sie. Sie haben doch 'ne Spurensicherung und die ganze Technik. Bestimmt werden sie das.«

Sticks Blick war starr auf die helle Rinde und die grünen Blätter gerichtet, die sich bereits einrollten. »So was funktioniert doch nur im Fernsehen.«

»Nein, Schatz. Sie werden ihn finden. Das werden sie.«

Sie legte ihm eine Hand auf die Backe, wo J ihn getroffen hatte. »Hast du dich geprügelt?«

Stick entwand sich ihr.

»Kieran?«

»Is schon okay.« Stick drückte den Klingelknopf, und sie lauschten dem elektronischen Klingeln, das durch die Wohnung schallte.

Seine Oma öffnete die Tür. Sie trug einen langen gelben Rock und ein orangefarbenes Top voller Stickerei. Sie war einundsechzig, sagte Stick aber gern, dass sie sich wie achtzehn fühle, und seit sie Alan kennengelernt hatte, trug sie diese seltsamen wallenden Sachen, durch die man ihre Unterwäsche sehen konnte. Dazu Armreife bis halb zu den Ellbogen rauf und drei, vier Halsketten gleichzeitig.

»Kuchen.« Stick hielt ihr die Schachtel hin. Sie guckte hinein und verzog das Gesicht.

»Oh, das ist lieb, aber heute essen wir nur frisches Obst und Gemüse.« Sie warf Sticks Mum einen Blick zu. »Ich hab's dir doch gesagt.«

Sticks Mum lächelte dünn. »Soll ich den Wein auch wieder mitnehmen?«

Seine Oma sah sie entschuldigend an. »Es geht um einen Neuanfang, verstehst du.«

Stick stellte die Kuchenschachtel auf die weiße hölzerne Kommode im Flur.

»Vorsicht.« Seine Oma sprang herbei, nahm die Schachtel, stellte sie auf den Teppich und ordnete die Steine auf der Kommode neu. »Bernstein und Quarz«, sagte sie. »Heilung, Reinigung, neue Energie.« Dann drehte sie sich um und umarmte Stick. Sie roch nach Spülmittel und Räucherstäbchen. Er hatte sich ewig lang die Zähne geputzt, aber wahrscheinlich konnte sie den Wodka noch riechen. Sie hielt ihn länger als gewöhnlich an sich gedrückt, nahm dann seine Hände und sah ihm in die Augen.

»Und Iain. Der arme Iain. Ich darf gar nicht daran denken«, sagte sie und schüttelte den Kopf. »Und du. Eure Reise. All die Pläne. Ach, mein armer Junge.«

Stick sah auf den Teppich.

»Heute ist Sonnenwende, der längste Tag. Hat deine Mum dir das gesagt?«

Stick schüttelte den Kopf.

»Alan vollführt ein Ritual. Deswegen wollten wir, dass ihr kommt. Es geht um Freude, Kraft und Mut. Wir verbannen alles Negative.« Sie warf einen Arm zur Seite.

Stick sah seine Mum an. Die riss die Augen auf und hob die Schultern, und einen Moment lang wollte er lachen.

»Meine lieben Mitsuchenden.« Alan kam aus der Küche. Er war älter als Sticks Oma, ein kleiner Mann mit einem gebräunten, runzeligen Gesicht. Ein langes weißes Hemd hing ihm über den Bierbauch, und er trug Perlenketten und Lederbänder um Hals und Handgelenke. In der Hand hielt er die Glasschüssel, in der Sticks Oma normalerweise Eier steif schlug. Die Schüssel war voller Wasser, und ein Yoghurtbecher schwamm darin. Alan trat näher, füllte den Becher mit Wasser, und ehe sich Stick wegducken konnte, hatte er es ihm schon über den Kopf gegossen.

Stick warf sich zurück, eine Hand auf dem Kopf. Das Wasser rann ihm über die Nase, in die Falte hinter dem linken Ohr und vorne über sein T-Shirt.

»Sonnenwasser«, lächelte Alan. »Öffnet das Kronen-Chakra. Reinigt die Aura. Amanda?« Er wandte sich Sticks Mum zu.

»Nenn mich Mandy«, sagte sie. »Und danke, aber nein danke.«

»Wir sind bei Sonnenaufgang aufgestanden, um es zu machen«, sagte Alan. »Fühlt sich doch prächtig an, Kieran, oder?«

»Alan, ich bin nicht …«, protestierte Sticks Mum, aber Alan hatte den Yoghurtbecher bereits ein zweites Mal gefüllt und warf das Wasser halb in ihre Richtung. Es platschte ihr ins Gesicht, und sie prustete und fluchte und wischte sich mit der Hand über die Augen.

»Und jetzt …«, verkündete Sticks Oma gelassen, als liefe alles normal nach Plan, »… kommt ihr herein.« Sie führte sie ins Wohnzimmer. »Nehmt Platz.«

Alan setzte sich in den Sessel beim elektrischen Kamin, legte die Hände auf die Knie und beugte sich vor. »Und jetzt lasst mich euch erzählen, was heute für ein besonderer Tag ist. Heute richten wir unseren Blick nach vorn und schauen auf alles, was kommen wird. Kieran, dich wollten wir hierhaben wegen Iain und was ihm passiert ist.«

Mac war tot, und keiner hatte auch nur 'nen scheiß Schimmer, wer ihn umgebracht hatte. Ricky sagte, er habe herumgefragt, aber keiner wusste was.

»Wir befinden uns an einem besonders energetischen Zeitpunkt des Jahres. Die Dinge scheinen unüberwindlich. Die Welt fühlt sich aus den Fugen geraten, furchterregend und falsch an. Aber wir haben Kraft. Wir konzentrieren uns auf unser Innerstes und finden dort eine unermessliche Kraftquelle …«

Stick dachte an J, wie sie in der Fensteröffnung saß und auf die verrottenden Handtaschen zeigte. *Sie sehen aus wie tote Tiere.* Und er hatte Unsinn geredet von wegen nach Spanien fahren und so weiter. Dabei hatte er es nicht mal an Birmingham vorbei geschafft.

»Glaubst du diesen Scheiß wirklich?«, sagte er und sah seine Oma an. Sie wurde rot, und er fühlte sich sofort schlecht, schien sich jedoch nicht zurückhalten zu können. »Sonnenwasser, Shaker und Kristalle?«

»Chakras«, sagte Alan. Er schaute zu Sticks Oma und schüttelte den Kopf. »Er ist zornig, natürlich ist er zornig«, sagte er und wandte sich wieder Stick zu. »Natürlich bist du zornig, mein Sohn.«

»Ich bin nicht dein Sohn.«

»Also, ich weiß nicht, ob das wirklich eine gute Idee ist«, sagte Sticks Mum. »Kieran steht noch unter Schock. Ich hätte nicht …« Sie beugte sich auf dem Sofa vor, aber Alan hob die Hand und fuhr fort.

»Dein Freund Iain ist einfach auf die andere Seite gewechselt. Er ist dir immer noch nahe, aber auf der anderen Seite.«

Stick stellte sich vor, dass Mac draußen vorm Fenster schwebte, furzte, das Gesicht verzog und den Mund bewegte, als wollte er etwas sagen, wusste aber, Stick konnte ihn durch das Glas nicht hören.

»Ich weiß, du willst helfen, Alan …«, versuchte es Sticks Mum noch einmal.

»Es ist ein Kontinuum, das ist es, was die meisten Leute nicht verstehen.« Alan drückte die Finger gegeneinander. »Er wurde aus seinem Körper gehoben, aber sein Geist …« Er hob die Hände in die Höhe, trennte sie und spreizte die Finger. »Sein Geist ist frei. Das ist das Wunderbare – von der Zeit und der Angst befreit zu werden.«

»Wunderbar«, sagte Stick mit ruhiger Stimme und sah Alan in die Augen.

Er spürte, wie seine Mum ihn beobachtete. »Vielleicht sollten wir gehen. Möchtest du gehen, Schatz?«

»Es ist echt voll wunderbar, dass mein bester Freund

erstochen wurde und allein in der Dunkelheit, fünf Minuten von zu Hause, verblutet ist. Und jetzt liegt er in der Leichenhalle, und ich sitze hier in Manchester fest. Das ist echt das Wunderbarste, was ich je erlebt hab.«

Alan schüttelte den Kopf. »Nein, es ist eine Tragödie. Eine schreckliche, schreckliche Tragödie. Aber ich möchte, dass du weißt, er ist noch da.«

Stick stand auf. Er spürte, wie er zitterte. »Scheiße noch mal, er ist eben nicht da. Wenn er noch da wäre, wäre ich nicht hier.« Er machte eine Geste durchs Zimmer. »Dann wäre ich in Spanien, würde in einer Bar ein Bier trinken und müsste mir nicht deine Scheiße anhören.«

»Kieran, komm, wir gehen.«

Stick schüttelte die Hand seiner Mutter ab. »Nein«, sagte er. »Wenn Alan so gut Bescheid weiß, kann er mir vielleicht auch sagen, wer Mac erstochen hat.«

»Kieran, komm, wir gehen eine Pizza essen. Sehen uns einen Film an. Damit du auf andere Gedanken kommst.«

Stick starrte Alan an. »Wenn Mac noch hier ist, kann er doch sagen, wer's war, oder? Wer war's also?«

»Ich fürchte, das geht etwas über meine Fähigkeiten hinaus, junger Mann«, sagte Alan, als hätte Stick einen Witz gemacht. »Ich hab allerdings eine Freundin, die …«

»Das reicht.« Sticks Oma stand auf, die Hände in den Hüften. »Es reicht jetzt.« Sie zeigte auf die hässliche Messinguhr über dem elektrischen Kamin. »Es wird außerdem Zeit«, sagte sie. »Und ich für meinen Teil habe vor weiterzumachen, wobei ich mich sehr freuen würde, Kieran, wenn du bleiben würdest.«

Sticks Mum war bereits dabei, ihn zur Tür zu schieben, aber Stick sah seine Oma an, extra schick angezogen und mit hoffnungsvollem Blick, und er stellte sich Mac neben dem Kamin vor, wie er den Kopf schüttelte und sagte: *Stick, Alter! Chill doch mal, Mann,* und seine Wut verflog so schnell, wie sie in ihm hochgekocht war. Er ließ sich zurück aufs Sofa plumpsen.

»Bleibst du?«, fragte seine Oma.

Stick zuckte mit den Schultern.

Sie lächelte. »Wir machen es in der Küche«, sagte sie. »Ich denke, da geht es besser.«

Es war, wie Alan erklärte, ein Kompromiss: eine Metallschüssel mit Wasser und roter und gelber Lebensmittelfarbe. »Das ist das Feuer«, sagte er. »Normalerweise macht man ein richtiges Feuer, aber wir dachten …« Er sah zu Sticks Mum, strich sich das Haar über dem Nacken glatt und starrte in die Schüssel. »Feuer symbolisiert die Sonne. Wir springen über das Feuer und stärken die Kraft der Sonne.«

Sticks Mum legte ihm den Arm um die Schultern und drückte ihn an sich. Er machte sich nicht los. Die Lebensmittelfarbe drehte sich rauchwirbelgleich durchs Wasser und wurde orange, wo Gelb auf Rot traf. Die Schüssel stand auf einem hölzernen Schneidebrett mitten auf dem Fußboden.

»Wir springen drüber«, sagte Alan, »und dann schreiben wir auf, was wir brauchen … unsere Wünsche. Und verbrennen den Zettel in den Flammen. Du zuerst, Kieran.« Alan winkte Stick zur Schüssel. »Die Füße hoch. Die Knie hoch. Spüre die Kraft der Sonne.«

Mac würde sich bepissen vor Lachen, mit roten Backen und wabbelndem Bauch würde er sich auf die Schenkel schlagen. Mac würde springen, ohne lange nachzudenken, und so sprang auch Stick. Die Füße hoch, die Knie hoch.

Alan klatschte in die Hände. »Toll gemacht. Mandy?« Alan hob die Hand, doch sie schüttelte den Kopf. Sticks Oma trat vor und sprang.

Alan war der, der die Schüssel umstieß. Blieb mit den Hacken daran hängen, und das farbige Wasser ergoss sich über den hellen Boden.

»Verdammte Scheiße«, schimpfte er. Stick und seine Mum wichen in Richtung Schrank aus.

»Deswegen geht die Welt nicht unter, das lässt sich einfach wieder aufwischen. Geht und schreibt eure Wünsche auf.« Sticks Oma scheuchte sie ins Esszimmer.

Vier Stücke Papier, hellrosa mit blass aufgedruckten Blumen, lagen wie Platzdeckchen auf dem Glastisch, daneben vier gespitzte Bleistifte.

»Setzt euch, setzt euch.« Alan sah angefressen aus. »Schreibt etwas auf, das ihr in euer Leben einladen wollt.« Er deutete auf die Zettel.

Sticks Mum schrieb etwas auf ihren und faltete ihn zusammen, bevor Stick es lesen konnte.

Stick starrte lange auf das Papier. Er lauschte Oma in der Küche, dem Wischen und Platschen und wie sie leise vor sich hin summte.

»Fertig?«, fragte Alan.

Stick faltete seinen Zettel einmal und noch einmal.

»Ich denke, wir müssen sie jetzt einfach ins Wasser stecken.« Alan klang nicht überzeugt.

Sticks Oma erschien in der Tür. »Alles wieder wie neu«, sagte sie.

»Wir gehen zuerst.« Alan winkte Stick zu, und der folgte ihm in die Küche. Alan schloss die Tür hinter ihm. Die Schüssel war wieder voll, aber mit ungefärbtem Wasser. Stick sah einen schwach orangefarbenen Fleck auf dem Boden.

»Nehmen wir den Herd«, flüsterte Alan.

Stick fragte sich, wie er wohl als Teenager gewesen war. Vielleicht teils Freak, teils Goth. Bestimmt war er gemobbt worden.

Alan entzündete die kleinste Flamme und streckte die Hand nach Sticks Zettel aus. »Ich les ihn nicht«, sagte er, und Stick gab ihn ihm und sah zu, wie er den Zettel über die Flamme hielt, bis er Feuer fing, und ihn, kurz bevor er sich die Finger verbrannte, auf den Herd fallen ließ, wo er zu weicher, grauer Asche zerfiel.

»Sage mir nicht, was du aufgeschrieben hast«, sagte Alan. »Du darfst es niemandem verraten.«

Stick sah auf die Überreste seines Zettels. Asche zu Asche, Staub zu Staub, sagten sie das nicht bei Beerdigungen?

»Jetzt meiner.« Alan wiederholte den Prozess mit seinem eigenen zusammengefalteten Zettel. »Und dann mache ich das noch wieder weg.« Er nahm einen Lappen, wischte die Asche und die verbrannten Reste zu einem nassen grauen Klumpen zusammen und wusch alles den Abfluss der Spüle hinunter. »Das war's.« Er sah Stick an und lächelte, und Stick sagte ihm nicht, dass sein Zettel leer gewesen war, denn obwohl er überlegt hatte, wie er es sagen sollte, wie er es ausdrücken konnte, war es ihm nicht gelungen, die richtigen Worte zu finden.

10

Bereits unmittelbar nach der Tat hatten die Leute angefangen, Sachen auf den Zaun draußen vor Macs Betonburg zu legen. Neuigkeiten verbreiteten sich immer sehr schnell in dieser Nachbarschaft, und nach einer knappen Woche war alles voll, von oben bis unten, links bis rechts: Es war eine Farbexplosion aus Blumen, Teddybären, Fotos und Karten.

Stick hatte lange gebraucht, bis er wusste, was er beigeben sollte, und jetzt stand er da, atmete den schweren Blumenduft ein und suchte nach einem Platz. Er hätte Tesafilm mitbringen sollen, dachte er und schob vorsichtig einen Strauß gelber Rosen zur Seite, von dem das Preisschild vom Supermarkt nur halb abgerissen war. Er versuchte, die Straßenkarte von Europa zwischen zwei Zaunstäbe zu klemmen. Einen Moment lang blieb sie hängen, fiel dann aber nach hinten aufs Gras auf der anderen Seite, so dass er ganz außen herum musste, um sie wiederzubekommen. Er wollte sie auffalten, auf der Erde ausbreiten und warten, dass es auf sie regnete, damit das Papier weich wurde und zerfiel. Stattdessen stellte er sie oben auf ein gerahmtes Foto von Mac mit Nikolausmütze und zog einen blauen Teddy etwas tiefer, damit er sie festhielt.

Stick trat einen Schritt zurück, um das Ergebnis zu begutachten, und fragte sich, ob der hässliche Zaun vorm Haus seiner Mum auch so vollgepackt worden wäre, hätte es ihn erwischt und nicht Mac. Klar, auf ihrem Zaun ließen sich all diese Sachen deutlich schwerer ablegen und festmachen, aber das allein hätte es nicht erklärt. Mac war einfach bekannt wie ein bunter Hund. Und alle mochten ihn.

Er war nie dahintergekommen, warum sich Mac ausgerechnet ihn als Freund ausgesucht hatte. Denn so hatte es sich angefühlt. Sie waren beide zehn gewesen. Sophie war seit zwei Monaten tot, und Sticks Zuhause kam ihm wie das Beerdigungsinstitut vor, in dem er mit seiner Mum gewesen war, still, zum Frösteln und etwas unwirklich. Stick hatte angefangen, nach der Schule hoch zur Bahn zu gehen, hatte sich neben die Gleise gesetzt und darauf gewartet, dass die Züge vorbeikamen und mit ihren Luftwirbeln an ihm rissen. Seine Mum schien nicht zu merken, dass er später kam und sein Essen auf dem Teller herumschob, statt zuzulangen. Seine Lehrer fragten ihn immer wieder, ob alles in Ordnung sei oder ob er eine Auszeit brauche. Die anderen Kinder ignorierten ihn entweder, sahen ihn komisch an oder stellten Fragen, die er nicht beantworten konnte. Wie ist es passiert? Warst du's, der da gezündelt hat? Hast du sie gesehen? War sie, na ja, so richtig verkohlt?

Und dann kam Mac, laut und voller Selbstvertrauen. Er war fett. Das allein hätte ihn schon zur Lachnummer machen sollen, aber da er rotzfrech, dreist und witzig war, schloss er schnell Freundschaften. Und aus irgendeinem Grund wollte er mit Stick befreundet sein, der damals noch Kieran hieß. Eines Mittags hing Stick unter einem der Fenster der Fünften ab und bohrte mit dem Fingernagel im Mörtel zwischen den Steinen. Mac kam dazu und sah sich an, was er da machte. »Was machst du da?«

Stick ließ die Hand sinken. »Nichts.«

»Ich bin Mac. Also eigentlich Iain, aber Mac für meine Freunde.« Er hielt ihm die Hand hin wie ein erwachsener Mann. Das war sicher ein Trick. Er konnte Karate oder so was, würde Stick packen, und schon läge er auf der Erde. »Deine Hand«, forderte Mac, und was konnte Stick anderes tun, als sie ihm geben?

Mac schüttelte sie. »Soll ich dir was zeigen?«

Stick nickte.

Mac öffnete die andere Hand, da lagen zehn silberne Kügelchen. »Gewehrkugeln«, sagte er. »Für extrakleine Leute.«

»Das sind so Dinger zur Verzierung für oben auf einen Kuchen.«

»Nee.« Mac nahm eins zwischen die Zähne, biss drauf und spuckte es aus. »Das ist Metall, ganz klar.«

Stick betrachtete die silbernen Kügelchen und sah dann Mac an. »Meine Schwester ist gestorben«, sagte er.

Macs Gesicht wurde ernst, und seine hellen Augenbrauen zogen sich zusammen. Lange sagte er nichts, dann öffnete er die Arme und legte sie um Stick, der sich heftig auf die Zunge beißen musste, um nicht an Macs Schulter loszuheulen. Er zwang sich von ihm weg, auch wenn er es nicht wollte.

»Bist du schwul?«, fragte er.

Mac lachte. »Ich hab schon Mädchenmöpse angefasst.« Und dann nahm er eins von den Silberkügelchen und warf es gegen das Klassenfenster. Es knallte lauter, als man bei so einem Winzding hätte glauben sollen. Mac hielt auch Stick eines hin, und der machte es ihm nach. Schon tauchte ein Lehrer auf der anderen Seite der Scheibe auf und fing an zu schreien.

Mac hielt die Hand ans Ohr. »Ich kann Sie nicht hören«, sagte er laut und langsam und sprach jedes einzelne

Wort überdeutlich aus. »Es tut mir leid, aber ich kann Sie wirklich nicht hören.« Dann drehten sie sich um und liefen lachend davon, hinüber zum großen Metallzaun an der Straße.

Seitdem waren sie Freunde. Stick hatte Mac nie gefragt, warum er sich gerade ihn ausgesucht hatte, und jetzt war es zu spät. Mac war tot, und der Zaun voller Blumen und Teddybären bewies es. Stick betrachtete einen Strauß Lilien, die sich gerade erst öffneten und ihr grellrosa Inneres zeigten. Es war eigentlich gar nicht so wichtig, aber jetzt konnte er ihn nicht mehr fragen, und deshalb wollte er es wissen.

»Kieran!« Das war Macs Ma. Sie kam die Straße entlang auf ihn zu. Sie sah aus, als habe sie sich seit Tagen das Haar nicht mehr gewaschen. Stick widerstand dem Drang, davonzulaufen.

»Mrs McKinley«, sagte er und lächelte.

»Ist das nicht …« Sie machte eine Geste den Zaun entlang. »Ich habe alles gelesen. Alle Karten.«

Stick streckte die Hand aus, um über den Rand der Straßenkarte zu fahren. »Es tut mir leid wegen neulich«, murmelte er.

»Sie haben ihn festgenommen«, sagte Mrs McKinley.

Stick starrte sie an.

»Einen Mann namens Owen Lee. Er hat meinen Jungen ermordet.« Sie sagte es, als wäre sie eine Erstklässlerin, die zu lesen versuchte. »Rob sagt, sie erheben Anklage.« Sie sah Stick an und nickte. »Rob sagt, morgen klagen sie ihn an. Wegen Mordes.« Sie lachte und drückte sich die Hand auf den Mund. »Das hat er gesagt. Wegen Mordes und nicht wegen Totschlags. Und die Zeitungen. Morgen steht es in den Zeitungen. Er hat gesagt, ich soll mir keine kaufen. Ich soll es mir nicht ansehen, aber …«

Stick hörte das Dröhnen in seinem Kopf. Die Welt fühlte sich plötzlich so zerbrechlich an, als könnte sie in winzige Teile zerspringen, wenn er sich bewegte.

»Warum?«, fragte er.

Mrs McKinley hatte eine weiße Ledertasche über der Schulter und machte den großen goldenen Verschluss auf und zu, auf und zu. *Klick, klick, klick.* »Sie haben Sachen gefunden«, sagte sie. »In seiner Wohnung haben sie Sachen gefunden.«

Stick wollte sich übergeben. »Warum hat er ihn ermordet?«, fragte er. »Wer ist er?«

»Sie klagen ihn an, und dann ...«, sie ließ noch ein kurzes Lachen hören, »dann machen sie eine Autopsie. Noch eine.« Sie sah Stick an. »Ich weiß nicht, warum sie das tun müssen.«

Er konnte sie nicht ansehen und blickte stattdessen zum blauen, metallenen Raster der Balkone hoch. Fahrräder und Besen, Pflanzen und Möbel drückten sich gegen Milchglas. Reihen zusammengeschobener Netzvorhänge. Er erinnerte sich an das erste Mal, als er Mac besucht hatte. Oben im fünften Stock hatten sie gestanden und Erdnüsse auf die Straße geworfen.

»Aber dann, wenn ... wenn überhaupt. Ich weiß nicht. Aber dann geben sie ihn frei«, sagte Mrs McKinley.

Sticks Kopf war einen Moment lang klar. »Sie können den doch nicht freilassen! Einen Mörder?« Das Wort klang falsch. Als hätte er es gerade erst erfunden.

»Meinen Jungen«, fuhr sie fort, ohne auf seine Worte zu achten. »Sie geben meinen Jungen frei. Die Beerdigung ist am Mittwoch.« Sie nickte. »Das ist ein guter Tag. Mittwoch. Oder?« Sie sah Stick an und wartete, dass er etwas sagte.

Er versuchte zu lächeln, versuchte ja zu sagen, Mittwoch ist gut, aber was herauskam, war: »Owen Lee? Owen Lee hat Mac ermordet? Wer zur Hölle ist Owen Lee?«

»Ich will in die Stadt, um mir ein Kleid zu kaufen.« Sie fasste seinen Ellbogen so fest, dass es weh tat. »Ein Kleid für die Beerdigung meines Jungen. Kannst du das glauben? Ich hab nichts Schwarzes.« Zwischen den Worten schnappte sie nach Luft.

Stick sah seine Mutter bei Sophies Beerdigung vor sich, in einem ordentlichen schwarzen Kleid. Sein Dad trug einen Anzug, den Stick nie zuvor gesehen hatte und auch danach nicht wieder sah. Stick hatte seine Schuluniform mit der schwarzen Krawatte angehabt, und er ging hinter seinen Eltern. Sie sahen weder ihn noch sich gegenseitig an, hielten sich nicht an den Händen. Sie gingen nahe beieinander, und doch war jeder ganz für sich allein.

Mrs McKinley beugte sich zu ihm vor. »Du kommst mit.«

»Was?«

Sie nickte. »Du kommst mit und hilfst mir, eins auszusuchen. Du weißt, was ihm gefallen hätte.«

Stick spürte Panik in sich aufkommen. »Mrs McKinley, das kann ich nicht. Tut mir leid.« Er schüttelte den Kopf und wollte ein Stück von ihr weg, aber sie hielt immer noch seinen Arm.

»Ich brauch dich«, sagte sie. »Um mir aussuchen zu helfen.«

»Meine Mum vielleicht?«, sagte Stick. »Oder Ihre Schwester. Die wären gut dafür. Die können das besser als ich.«

Sie schüttelte den Kopf.

»Ich habe keine Ahnung von Kleidern, Mrs McKinley.« Er konnte lügen und sagen, die Firma habe ihn wieder genommen und er müsse runter auf die Baustelle, doch bevor er den Mund aufbekam, sagte sie noch einmal: »Ich brauch dich«, und er musste daran denken, wie sie in der Wohnung gestanden, aus dem Fenster gestarrt und er sich wie ein Feigling davongeschlichen hatte.

»Also gut«, sagte er, und ihm gelang ein Lächeln. »Ich kann Sie fahren, wenn Sie wollen.«

Sie schüttelte den Kopf. »Da unten zu parken kostet mehr als 'ne halbe Wochenmiete.« Einen Moment lang klang sie wieder wie sie selbst. »Wir nehmen den Bus. Ich zahle.«

So überquerten sie die Grasfläche hinter dem Queen's Pub, wichen Hundedreck und Scherben aus, und Mrs McKinley lehnte sich halb auf seinen Arm. Er nahm den langen Weg, was ihr nicht aufzufallen schien. Doch dann, an der Bushaltestelle angekommen, fragte sie: »Glaubst du, es hat weh getan? Glaubst du, dass er gelitten hat? Rob sagt, wahrscheinlich nicht, aber ich weiß nicht.«

Stick sah über die Straße zur Paget Street hinüber. »Nein«, sagte er. Seine Stimme fühlte sich an, als sei er wieder im Stimmbruch, er konnte ihr nicht trauen. Er schluckte. »Es wird schnell gegangen sein, da bin ich sicher. Sie sagen, es tut nicht weh.«

Sie sagen, es tut nicht gleich weh. Sie sagen, es ist, wie wenn du einen Schlag abkriegst und merkst es erst, wenn du das Blut siehst. Aber wenn unser Verstand erst einmal begriff, was vorging, tat es bestimmt weh. Und Mac hasste Blut, wurde ganz grün und schwindelig, wenn er welches sah.

»Wer ist Owen Lee?«, fragte Stick.

Sie antwortete nicht.

»Mrs McKinley?«

Sie blinzelte und sah ihn an, als hätte sie seine Anwesenheit völlig vergessen. Der Doppeldeckerbus kam, bevor er noch einmal fragen konnte.

Sie setzten sich unten hin, Stick ans Fenster, und er blickte auf die Rochdale Road hinaus, die wie ein langsam ruckender Film an seinen Augen vorbeizog. Vorbei an der Paget Street, der Schule, dem Parkplatz und dem Lagerhaus, vorbei an den verriegelten Wohnungen, die darauf warteten, abgerissen zu werden. Sie waren einmal in eine von ihnen rein. Macs Kumpel Faisal brach ständig in leere Häuser ein. Campierte da mit ein paar Joints, einer Acid-Pille und einigen Dosen billigem Bier. Manchmal schlief er da sogar, und niemanden schien es groß zu stören. Er war auch in die Wohnungen in der Rochdale Road eingebrochen, und Mac und Stick hatten ihn irgendwo unten im Erdgeschoss getroffen. Die Fenster waren mit Brettern vernagelt, Strom gab es keinen, und es roch klamm, nach Pisse und Gras. Faisal räkelte sich auf einem zerfledderten Sofa, und zwischen seinen Lippen knisterte rot eine Zigarette.

»Ich könnte euch beide hier abmurksen, und ihr würdet erst nach Monaten gefunden werden«, sagte er lachend. Sie saßen da, rauchten und redeten über all die Mordfälle, die ihnen einfallen wollten und wo einer in eine Wand eingemauert, im Keller vergraben oder auf einem Speicher versteckt worden war, nur um erst Jahre später als Skelett, an dem nur noch Fleischreste hingen, entdeckt zu werden.

»Hat die Polizei gesagt, warum er's getan hat?«, fragte Stick.

Er dachte, sie hätte ihn nicht gehört, aber als er seine Frage noch einmal wiederholen wollte, sagte sie: »Er will nichts sagen.« Ihre Stimme zitterte. »Zur falschen Zeit am falschen Ort, sagen sie. Sie glauben nicht, dass er ihn kannte.« Sie sah Stick an. »Du kennst ihn doch auch nicht, oder?«

Stick schüttelte den Kopf.

Mrs McKinley kratzte mit einem Fingernagel über ihre Jeans. »Im Bus hat es einen Streit gegeben«, sagte sie leise. »Vielleicht war es wegen der Verkleidung. Einige Männer …«, sie zögerte, »können so was nicht vertragen.« Sie schniefte und wischte sich mit der Hand übers Gesicht. »Dabei wollte Iain immer nur seinen Spaß, stimmt's?«

Stick lehnte den Kopf gegen die Scheibe und klopfte mit einem Fuß auf den Boden. Er dachte an Macs Bett, das voller Hemden und Shorts gelegen hatte, voller Blumen, Flipflops und Plastik-Sonnenbrillen. Wenn er die Zeit noch mal zurückdrehen könnte, würde er alles anziehen und nichts für Mac lassen.

Mrs McKinley legte eine Hand auf seinen Schenkel.

Er erstarrte.

»Das macht mich nervös«, sagte sie. »Wenn jemand so mit dem Bein zappelt.«

»Entschuldigung.«

Sie ließ ihre Hand dort liegen, *eins*, *zwei*, *drei*, *vier*, und dann schwenkte der Bus zur Seite, und sie nahm sie wieder in ihren Schoß.

»Sieh dir meine Nägel an«, sagte sie und hielt beide Hände in die Höhe. »Ich muss sie mir machen lassen, für Mittwoch.«

»Ihm wär's egal«, sagte Stick. Er hielt den Blick auf den Boden gerichtet und gab sich Mühe, das Bein ruhig zu halten.

Samstagnachmittag in der Stadt. Es erinnerte ihn an früher. Wie er sich mit seiner Mum die Market Street hinunterdrängte und um Geld für Süßes bettelte. Später mit Mac: Wie sie Gras rauchten und über die Typen mit den weißen Gesichtern lachten, die so taten, als wären sie aus Stein. Sie gaben das Geld von Sticks Dad für Cider und Kippen aus. Stick nannte es Schuld-Geld. Mac sagte, er solle nicht so ein Kotzbrocken sein und wenigstens etwas Dankbarkeit zeigen.

»Sieh dir das an«, sagte Mrs McKinley, blieb bei der rund laufenden Ziegelmauer vorm Arndale-Parkhaus stehen und zeigte auf einen roten Metallkreis mit weißer Schrift. »Hunger-Unruhen. 1757. Vier Tote. Das wusste ich gar nicht.« Sie stand da und starrte das Schild an, als habe sie vergessen, dass sie in der Stadt war. Als sei ihr nicht klar, dass sie im Weg stand.

Als er zwölf, dreizehn war, waren Stick und seine Mum an den Wochenenden immer ins Arndale Centre gegangen. Er bekam einen Zehner für was immer er wollte, wenn er brav gewesen war und seine Mum das Geld erübrigen konnte. Sie zogen durch die Läden und aßen bei McDonald's was zu Mittag. Seine Mum saß dann da und beobachtete die Mädchen – sie entdeckte immer eine, die etwa so alt war, wie es Sophie gewesen wäre, und folgte ihr mit hungrigem Blick. Stick merkte es, sagte aber nichts, sondern aß seinen Burger und schob sich die Pommes in den Mund, während sich sein Magen verkrampfte.

»Gehen wir ins Arndale?«, fragte Stick, und Mrs McKinley sah ihn an, als sei sie überrascht, dass er bei ihr war und wartete.

»Harvey Nichols«, sagte sie. »Da war ich noch nie.«

Stick zuckte mit den Schultern und folgte ihr am Arndale Centre entlang. Als sie an der Dantzic Street und The Printworks mit seinen Kneipen, Kinos und anderen

Lokalen vorbeikamen, hielt er den Blick nach links gerichtet und den Atem an. Owen Lee? Wer verdammt war Owen Lee? Vielleicht war er auch in dem Schuppen gewesen und hatte Mac wie ein Psycho beobachtet. Vielleicht hatte er Stick und das Mädchen mit dem blauen Paillettentop ins Klo stolpern sehen. Vielleicht hatte Stick ihn gesehen.

Harvey Nichols lag im feinen Teil der Stadt, bei der aufgepeppten ehemaligen Getreidebörse und dem offenen Platz mit den abfallenden Betonbänken und einem künstlichen Wasserlauf, der ganze Platz geprägt von hellgrauem Stein und riesigen Glasfronten. Ein Wachmann in schwarzer Hose und schwarzem Hemd verengte die Augen, als Stick auf die Tür zuging, sagte aber nichts. Die Luft drinnen war voller Parfüm und das Licht so hell, dass alles glitzerte.

Macs Ma schien neben ihm etwas kleiner zu werden.

»Sind Sie sicher, dass es hier …«, sagte Stick.

»Er war ein guter Junge.«

»Ja.« Stick dehnte das Wort. »Aber …«

»Das Mindeste, was ich tun kann, ist, etwas Anständiges zu tragen.«

Stick schlängelte sich hinter ihr an lauter Make-up-Inseln vorbei, wo Frauen in weißen Arztkitteln mit Töpfchen und Bürstchen herumtaten. Drei Stufen und dann die Rolltreppe hoch in die Damenabteilung. Stick hielt den Blick auf den dicken grauen Teppich gerichtet.

»Viele Kleider gibt's hier aber nicht«, sagte Macs Ma.

Es war ziemlich leer, mit verschieden angeordneten kurzen silbernen Ständern. Macs Ma ging wie in Trance von einem zum anderen. Stick folgte ihr mit gesenktem Kopf und hörte das Klackern der Bügel, wenn sie etwas herausnahm und kopfschüttelnd wieder zurückhängte.

»Was denkst du?« Sie hielt ihm ein schwarzes Kleid aus glänzendem Stoff mit einem tiefen Ausschnitt hin.

Stick spürte, wie er rot anlief. Er zuckte mit den Schultern.

»Ein bisschen freizügig?« Sie hängte das Kleid zurück und zog ein anderes heraus. »Und das hier?«

Es sah ziemlich gleich aus.

»Such du mir eins aus, Kieran.«

Stick griff nach dem erstbesten schwarzen Teil, das er sah, allerdings hatte es Schulterpolster und kleine silberne Plättchen um den Ausschnitt und die Ärmelansätze. Er dachte an das Mädchen, J, mit dem silbernen Stecker in der Oberlippe. Er war noch ein, zwei Mal zurückgegangen, doch sie war nicht da gewesen. Oder sie hatte sich irgendwo versteckt.

»Meinst du echt?«, sagte Macs Ma.

Stick hängte es zurück. Er brauchte Mac. Mac konnte so was. Er würde durch den Laden tanzen, alles Mögliche anschlepppen und mit den Verkäuferinnen herumalbern. Er würde selbst so ein verdammtes Kleid anziehen, wenn sie ihn ließen.

»Sie müssen ihn dazu bringen, dass er es gesteht«, sagte Stick. »Sie müssen ihm die Fingernägel herausziehen oder so was. Mrs McKinley, die Polizei muss doch was gesagt haben, warum er es getan hat?«

Sie schüttelte nur den Kopf.

»Aber er kommt vor Gericht? Er wird es erklären müssen?«

»Ja, schon.« Ein halbes Lächeln.

Stick nahm ein langärmeliges, schlicht aussehendes Kleid und hielt es in die Höhe.

»Haben sie das in vierundvierzig?«

Er suchte das Etikett. »Das ist Größe vierunddreißig.«

»Wer hat schon Größe vierunddreißig? Sieh nach, ob noch ein anderes da ist?«

Er suchte, fand ihre Größe aber nicht.

»Fragst du bitte jemanden für mich?«

Stick suchte sich eine Verkäuferin mit einem leuchtend orangefarbenen Kleid und gelben Schuhen aus. Sie reagierte nicht, als er auf sie zutrat. Er spürte, wie er rot anlief.

»Haben Sie das in vierundvierzig?«, sagte er.

Sie nahm das Kleid, sah aufs Etikett und dann ihn an.

»Es ist für sie.« Er nickte mit dem Kopf in Richtung von Macs Ma.

Die Verkäuferin würdigte sie keines Blickes. »Ich gehe nachsehen, aber so große Größen haben wir eher selten auf Lager.«

Sie stolzierte davon, und Stick wartete mit gesenktem Kopf. Er fuhr mit den Füßen über den hellgrauen, hier und da von den Schuhen der Leute leicht verschmutzten Teppich. Da lagen ein paar Matschbröckchen, und ein Stück weiter musste jemand etwas verschüttet haben.

Sie kam mit zwei Kleidern zurück und hielt ihm eines hin. »Sie haben Glück.«

Er nahm es und ging zurück zu Macs Ma. »Besonders nett sind die hier nicht.«

»Sie langweilen sich, die Ärmsten«, sagte sie. »Stehen den ganzen Tag herum und haben nichts zu tun.«

Macs Ma arbeitete in einem Pflegeheim. Da putzt sie den Alten den ganzen Tag die Hintern ab, hatte Mac immer gesagt. Sie musste eine Woche freibekommen haben.

»Komm, ich probiere es an, und ich habe auch noch ein anderes gefunden.« Sie legte sich die Kleider über den Arm und ging in Richtung Umkleidekabinen.

»Er hilft mir beim Aussuchen«, sagte Macs Ma zu der

Frau am Eingang zu den Kabinen und lachte wie ein Mädchen oder als wäre sie betrunken. Stick stellte sich vor, mit ihr in einer Kabine zu stehen. Da würde nicht genug Platz für sie beide sein, nicht ohne sich zu berühren. Er schluckte.

»Ich warte hier«, sagte er.

»Lauf nicht weg. Du musst mir helfen.«

»Alles gut«, sagte Stick. »Ich warte.«

Und dann war sie weg, und damit waren da nur noch er und die Frau, die ihm den Rücken zuwandte und Kleider vom Tisch neben sich zurück auf Bügel hängte. Es war zu heiß und zu hell. Sie hätten zu Primark gehen sollen.

Er hörte ein Räuspern und sah Macs Ma in einem zu kurzen und zu engen Kleid vor sich. Stick warf der Verkäuferin einen Blick zu und sah, wie sie ein verächtliches Grinsen unterdrückte. Scheiß Kuh.

»Haben Sie das andere schon anprobiert?«, sagte er.

Mrs McKinleys Mundwinkel sanken etwas herab. »Du wartest hier?«

»Ja, sicher.«

Das nächste Kleid schien etwas besser, aber was wusste er schon von solchen Sachen?

»Ich sehe dick darin aus, oder?« Ihre Stimme schwankte.

»Sie sehen gut aus«, sagte er und wurde rot wie ein Idiot.

»Es kostet dreihundert Pfund.«

»Heilige Scheiße«, entfuhr es ihm, und die Verkäuferin schnappte missbilligend nach Luft. Stick senkte die Stimme. »Ich meine, das ist teuer, oder? Für ein Kleid.« Sie hatte nicht so viel Geld, das wusste er. Er dachte an die Euros in der Sporttasche in seinem Zimmer. Selbst die würden dafür nicht reichen.

»Es ist für Iain.«

»Aber er ist …« Er hielt inne. »Glauben Sie nicht, etwas Billigeres tut's auch?«

Sie strich sich mit den Händen über die Hüften. Das Kleid hatte einen tiefen V-Ausschnitt, und er konnte die Ansätze ihrer Titten sehen. Er versuchte nicht hinzugucken.

»Ich habe seit Jahren kein Schwarz mehr getragen«, sagte sie. »Früher schon. Als die Entschuldigung eines Ehemannes noch da war.« Sie lachte kurz auf. »Sobald ich ihn los war, hab ich angefangen, Farben zu tragen. Das sagt einiges.«

Das war nicht Macs Version der Ereignisse. »Sie sagt, sie hat ihn rausgeworfen, aber so war's nicht«, hatte er Stick einmal erklärt. »Er hat sie verlassen und ist dann wieder zu ihr zurück, und sie hat's mitgemacht, dann ist er wieder weg und kam wieder zurück, und so ging's immer weiter. Erst als er eine von seinen Tussen geschwängert hatte, ist er weggeblieben.«

»Vielleicht sollten wir es noch woanders versuchen?«, sagte Stick.

Sie war wie ein Kind, dachte er, sah ihn an und nickte.

Als sie der Verkäuferin das Kleid gab, sagte sie: »Könnten Sie mir das zurücklegen? Ich muss mir das noch überlegen.«

»Ich kann das aber nur für eine Stunde zurücklegen.«

»Danke.« Macs Ma lächelte, als hätte sie nicht bemerkt, was für eine hochnäsige Zicke die Frau war, und Stick führte sie nach draußen.

»Marks & Spencer«, sagte er. »Das ist gleich da drüben. Die haben sicher was.«

»Ich bin doch nicht alt«, sagte sie, aber sie gingen hinein, und es war das Gleiche, nur dass diesmal die Preise niedriger waren. Und diesmal musste sie weinen, als sie in einem Kleid, das in der Mitte etwas stark auftrug, vor der Kabine stand, und alle Welt sah zu. Stick wusste nicht, was er mit den Händen anfangen sollte, sein Gesicht brannte. Aber die Verkäuferin hier war keine Zicke, und als er sie ansah, verzweifelt, lächelte sie und eilte zu Hilfe, strich Macs Ma über den Rücken, setzte sie auf einen Hocker und schickte ihn eine Flasche Wasser kaufen. Als er zurückkam, war ihr Gesicht fleckig, aber sie weinte nicht mehr. Sie nahm das Wasser, machte es allerdings nicht auf.

»Ich nehme das andere«, sagte sie.

»Sind Sie sicher?«

»Es ist für Iain.« Sie drückte die Flasche so fest, dass sie knackte.

Mac hätte gewusst, was er sagen sollte. Sticks Mum hätte es gewusst, und wahrscheinlich auch dieses Mädchen, J. Er sah nach der Verkäuferin, doch die war schon unterwegs zu einer anderen Kundin.

»Okay«, sagte er.

Also gingen sie zurück zu Harvey Nichols. Die Frau in der Anprobe war eine andere, kleiner und netter. Ihre Kollegin hatte das Kleid nicht zurückgelegt, und Macs Ma war ganz aufgeregt, als sie es zu finden versuchten. Dreihundert Pfund. Es wäre besser gewesen, wenn es jemand anders bereits gekauft hätte, aber es war noch da.

Die Frau an der Kasse verbrachte Ewigkeiten damit, das Kleid zusammenzufalten und in Seidenpapier zu wickeln, wozu sie kleine Stücke Tesafilm benutzte, als wäre es ein Geburtstagsgeschenk.

»Für einen besonderen Anlass, nicht wahr?«, sagte sie munter.

»Es ist für eine Beerdigung«, sagte er, bevor Macs Ma

etwas sagen konnte. Die Frau senkte den Blick und sagte. »Das tut mir leid.«

»Es ist für Iain«, sagte Macs Ma.

Die Frau steckte das Kleid in eine elegante Tragetasche mit Satingriff und Schleife und gab den Betrag in die Kasse ein. Er wusste, er sollte Mrs McKinley nicht so viel Geld ausgeben lassen, aber er sah zu, wie sie ihre Kreditkarte in die kleine Maschine steckte, ihre PIN eingab, und das war's dann. Vielleicht, wenn er es seiner Mum erzählte, oder Lainey, konnten die sie überzeugen, dass sie das Kleid zurückgab.

Macs Ma hielt die Tasche umarmt statt an den Henkeln. Schweigend gingen sie hinauf zur Haltestelle Shudehill. Am Riesenrad und den sich drehenden Metallskulpturen, an Next und direkt an The Printworks vorbei, und plötzlich war er da: Mac – ein Mädchen an jedem Arm und mit zwei Baströckchen übereinander, drei Blumenketten und diesen verdammten Kokosnüssen. Er drehte sich kurz um und lächelte, und Stick wollte zu ihm rennen und ihn anschreien, du Scheißkerl, wo warst du, du hast uns alle zu Tode erschreckt. Nur dass er natürlich nicht da war und Stick auf eine Straße voller Leute sah, die er nicht kannte.

11

Am nächsten Tag war ein Foto in der Zeitung. Ein Mann mit dunklem Haar und einer langen, spitzen Nase. Owen Lee. Vierunddreißig, zwei Kinder, früher bereits gewalttätig, frisch geschieden. Er lächelte, nicht in die Kamera, sondern zu jemandem neben sich – einem seiner Kinder, dachte Stick, oder seiner Frau. Die Person war aus dem Bild geschnitten worden. Klar.

Stick las den Artikel dreimal. Im Bus sei es zu einem Streit gekommen, stand da, es gebe Bilder von einer Überwachungskamera und Zeugen, die es mitbekommen hätten. Diese Zeugen hatten auch gesehen, wie die beiden ausgestiegen waren und der Ältere dem Jüngeren die Rochdale Road hinunter gefolgt war.

Als er jedes Wort auswendig kannte, riss Stick das Foto mit dem Artikel aus der Zeitung und klebte es sich an die Wand, in die Mitte, wo die Straßenkarte gehangen hatte.

Am Sonntagmorgen klopfte seine Mum an seine Tür, und als er aufmachte, erklärte sie, wenn er sich nicht beeile, komme er zu spät. Sie sah an ihm vorbei, und ihr Blick fiel auf den Zeitungsausschnitt an der Wand, aber sie sagte nichts. Bevor er ging, nahm er ihn wieder ab, faltete ihn zusammen und steckte ihn in die Tasche.

Das Haus seines Vaters, das tatsächlich Jens Haus war, roch nach Soße, Braten und Kuchen.

»Die Schuhe«, sagte Jen mit ihrer blitzeblanken, trällernden Alles-ist-gut-Stimme, und Stick bückte sich und zog Macs Turnschuhe aus.

»Dein Dad tranchiert gerade das Hähnchen«, sagte sie. Und dann: »Es tut mir so leid, Kieran. Es war ein schrecklicher Schock, davon zu hören.«

Stick tastete nach dem zusammengefalteten Stück Papier in seiner Tasche und strich es glatt. Er folgte ihr ins Esszimmer und setzte sich auf den Platz, auf dem er immer saß, neben Jen, gegenüber von Bea und schräg von Rosie. Sein Dad saß am Ende des Tisches, am Kopf der Tafel, das Hähnchen vor sich auf dem gezackten Servierblech. Stick wich seinem Blick aus.

»Flügel, Keule oder Brust, Kieran?«

Stick zuckte mit den Schultern. »Egal.«

Bea legte die Hand auf den Mund, sah Stick mit großen Augen an und kicherte. Er lächelte ihr zu. Sie waren in Ordnung, die Mädchen. Bea mit ihrer vornehmen Ausdrucksweise redete zu viel, und Rosie war noch zu klein, um was zu sagen, das viel Sinn ergab, aber sie waren in Ordnung.

Sein Dad schenkte ihm ein Glas Rotwein ein und nickte ihm zu, als er es ihm gab, als teilten sie ein Geheimnis. Stick wollte das Glas umstoßen, auf die schrecklich weiße Decke mit den elegant bestickten Rändern. Bevor er Jen kennenlernte, hatte sein Dad nie Wein getrunken.

»Nur das eine, ja?«, sagte Jen. Als Stick sie ansah, schenkte sie ihm ein falsches Lächeln. »Nicht, dass er sich bei uns das Trinken angewöhnt«, spaßte sie.

Stick trank das Glas in einem Zug halb aus, und Jen verzog das Gesicht, sagte aber nichts.

Während des Hauptgerichts sah Bea plötzlich von ihrem Teller auf und sagte: »Mum sagt, dein Freund ist umgebracht worden.«

»Beatrice«, fuhr Jen sie an und wurde rot.

Stick spürte, wie sein Dad ihn ansah.

»Warum ist er umgebracht worden?«, sagte Bea.

Stick stach seine Gabel in ein Stück Röstkartoffel. »Ich weiß es nicht, Bea.«

»Bea, Schatz, warum erzählst du Kieran nicht von deinem Schwimmunterricht?«, sagte Jen mit hoher, gepresster Stimme.

Bea starrte Stick an und zog die Stirn kraus. »Wirst du auch umgebracht?«, sagte sie.

»Beatrice, du lässt das jetzt sofort sein.«

»Was denn?«

»Nein, ich werde nicht umgebracht«, sagte er.

»Warum nicht?«

Jen wedelte mit der Hand vor ihrem Gesicht herum, als versuche sie, sich abzukühlen. »Gary, bitte.« Sie warf einen Blick zu Sticks Dad hinüber.

»Noch mehr Fleisch?« Sticks Dad versuchte, sie zu übertönen. »Kommt schon, Mädchen. Esst, esst.« Er klatschte in die Hände. »Wir wissen alle, was es zum Nachtisch gibt.«

»Weil ich nicht glaube, dass mich jemand umbringen wollen würde, deshalb«, sagte Stick. Weil ich mir keine Kokosnüsse aufs T-Shirt klebe. Weil ich Unbekannten gegenüber nicht das Maul aufreiße, wenn ich besoffen bin.

»Mehr Kartoffeln?«, ging sein Dad wieder dazwischen.

»Aber deinen Freund, den wollte jemand umbringen?«

Stick hatte es zu verstehen versucht. Er war zurück in die Paget Street gegangen, war den Weg vom Bus zu der Stelle gegangen, wo das Absperrband gewesen war. Hatte versucht, es sich vorzustellen – das gelbe Licht der Laternen und die dunklen Schatten der Bäume, Schritte, die sich von hinten nähern. Mac musste sich zu Owen Lee umgedreht haben, musste ihm ins Gesicht gesehen haben, als das Messer ihn traf. Das Blut. Konnte man spüren, wie es herauslief? Das musste man, wenn so viel kam, dass nicht mehr genug für einen blieb.

»Ich will darüber am Essenstisch nicht reden«, zischte Jen.

Stick legte seine Gabel zur Seite und sah Jen an. Ein schmaler Plastikhaarreifen hielt das Haar aus ihrem runden Gesicht. Sie hatte rote Flecken auf den Wangen und dem Hals. Er nahm die Flasche Wein und schenkte sich nach, auch wenn er den Geschmack nicht mochte. Dann nahm er das Stück Papier aus der Tasche und strich es auf dem Tisch glatt.

»Das ist der Mann«, sagte er und drehte den Artikel um, damit Bea ihn sehen konnte.

»Dein Freund?«, fragte sie.

»Der Mann, der ihn umgebracht hat.«

Beas Augen füllten sich mit Tränen.

»Kieran, wirklich.« Jen griff über den Tisch und legte ihre Hand auf Beas. »Beatrice, du musst nicht weinen. Da gibt es nichts zu weinen. Der böse Mann sitzt jetzt im Gefängnis, Liebes.«

Stick nahm einen großen Mundvoll Wein. Er fing Beas Blick auf und zwinkerte ihr zu, doch sie lächelte nicht. Er stellte sich Owen Lee in seiner Zelle bei der Polizei vor, wie er grinste und sich weigerte, ihre Fragen zu beantworten. Jen faltete den Zeitungsausschnitt sorgfältig wieder zusammen und gab ihn Stick.

Bea schniefte, rieb sich über das Gesicht und sagte: »Ich bin ein Pinguin.«

»Echt?«, sagte Stick.

»Im Schwimmkurs«, sagte Jen. »Sie ist in der Pinguin-Gruppe, und sie ist sehr gut, nicht wahr, Bea?«

»Im Sommer mach ich noch einen Kurs, dann werde ich ein Delphin«, erklärte Bea. »Dann gibt es eine Vorführung, und da schwimmen wir alle, und dann kriegen wir Medaillen. Kommst du auch, Kiery?«

Stick sagte nichts, und ihre Augen füllten sich von neuem. »Okay«, sagte er. »Okay, ich komme.«

Jen hatte einen Zitronenkuchen mit dickem, weißem Zuckerguss gemacht, und Bea und Rosie hatten mit winzigen silbernen Kügelchen Smileys daraufgemalt.

»Der soll dich aufmuntern«, sagte Bea und schob ihn Stick hin. »Wegen deinem Freund«, flüsterte sie gut vernehmbar.

»Smiley«, sagte Rosie und zeigte auf den Kuchen. »Smiley.«

Stick dachte an Mac an jenem Tag auf dem Schulhof, wie er die Hand geöffnet und ihm die kleinen silbernen Kugeln gezeigt hatte.

»Gefällt er dir?« Beas Stimme zitterte.

»Natürlich gefällt er mir.« Er boxte ihr ganz leicht, aber vielleicht nicht leicht genug, auf den Arm. »Ich finde ihn toll. Schau.« Und er verzog das Gesicht zu einem Clowns-Grinsen.

Sie beugte sich zu ihm und legte ihm die Hand ans Ohr. »Tut das weh, umgebracht zu werden?«, flüsterte sie. Er spürte ein paar Spuckespritzer auf der Backe.

»Ich weiß es nicht«, sagte er, sah ihr besorgtes Gesicht und fuhr fort: »Nicht so sehr, ich glaube nicht. Da musst du dir keine Sorgen machen.«

Der Kuchen war sauer und süß zugleich. Stick aß zwei Stücke und trank dazu noch ein Glas Wein.

»Nun, ihr zwei wolltet reden.« Jen stand auf. »Kommt

mit, Mädchen.« Sie griff nach der Weinflasche und nahm sie mit in die Küche. Bea sah beim Hinausgehen zu Stick hinüber.

Jetzt waren es nur noch er und sein Dad.

»Das war nicht meine Schuld«, sagte Stick.

Sein Dad rutschte mit seinem Stuhl vom Tisch zurück. »Das habe ich auch nicht behauptet.« Er schüttelte den Kopf. »Jen ist nur … Es ist schwierig mit den Kleinen. Sie möchte Bea keine Angst machen.«

»Ihr könnt die große, böse Welt aber nicht vor ihr verstecken!?«

Sein Dad hob die Brauen. »Warte, bis du Kinder hast«, sagte er. »Du wirst schon sehen.«

Stick und Mac hatten mal über Kinder geredet. Mac wollte fünf, Stick drei.

»Wie geht's dir?«, sagte sein Dad.

Stick schloss die Augen. So etwas konnte er jetzt nicht gebrauchen. »Gut.«

»Es ist schwer, ich weiß, aber du machst das gut, und es wird leichter. Nimm einfach jeden Tag, wie er kommt.«

Er wollte nicht, dass es leichter wurde.

»Ich habe gehört, sie haben Anklage gegen jemanden erhoben?«

»Kann ich euer Internet mal benutzen?« Stick brauchte mehr als diesen beschissenen Zeitungsartikel. Er wollte Owen Lees Facebook-Seite finden. Er wollte wissen, was die Leute über ihn sagten. Die Anhörung vor Gericht war erst in fünf Tagen, bis dahin konnte er nicht warten. Stick stand auf und kratzte mit seinem Stuhl über die Dielen.

»Einen Moment noch. Setz dich. Setz dich bitte.« Sein Dad klopfte auf den Tisch. »Ich möchte dich fragen, was du für Pläne hast. Jetzt, wo eure Reise nicht …«, er rieb sich das Kinn, »nicht stattfindet. Ich möchte wissen, was du jetzt machen willst. Setz dich, Kieran. Bitte. Das Internet läuft dir nicht weg.«

Stick setzte sich wieder, wippte mit der rechten Ferse. »Ich hab keine Pläne«, murmelte er.

Sein Dad nickte. »Weil ...«, er dehnte das Wort, »ich einen Vorschlag habe.«

Stick starrte die Reste des Kuchens an. Auf der einen Hälfte der Platte lagen nur noch Krümel, ein wenig verschmierter Zuckerguss und ein paar silberne Kügelchen.

»Was würdest du davon halten, für GC Windows zu arbeiten?« Er sagte das, als verkündete er einen Lotteriegewinn.

Stick musste daran denken, wie Macs Ma in ihrem viel zu teuren Kleid aus der Kabine gekommen war. *Tataa!*

»Eine Trainee-Stelle«, fuhr sein Dad fort. »Ich habe mit John geredet, und er ist okay damit. Sechs Monate Probezeit und danach vielleicht sogar eine Gehaltserhöhung.« Er redete sehr schnell, er war offenbar aufgeregt. »Ich sehe doch, dass das College nichts für dich war. Ich verstehe das, du willst raus in die Welt, auf eigenen Füßen stehen und nicht alle fünf Minuten kommen und mich um Geld bitten müssen.« Er lachte nervös.

Stick verschränkte die Arme.

»Der Job bei deiner abenteuerlichen Bautruppe drüben in Gorton, der ist auf Dauer doch auch keine Lösung.«

Dazu kam, dass sie ihn da auch gar nicht mehr wollten. Er war diese Woche schon auf der Baustelle gewesen, weil ihm nichts anderes einfallen wollte und er das Herumgetue seiner Mum nicht ertrug, die Katze, die ständig spuckte, und Lainey, die ihm eine SMS nach der anderen schickte und wollte, dass er mit ihnen ausging. Aber obwohl er das mit Mac erklärt hatte und alles, hatte der

Polier nur mit den Schultern gezuckt und gesagt, sie hätten schon einen anderen. »Da, wo du herkommst, gibt's noch reichlich mehr, Junge.«

»Erst gehst du mit mir in den Außendienst, verkaufen, die Leute bei sich zu Hause besuchen«, sagte sein Dad. »Dann bist du eine Weile im Laden, anschließend fährst du mit John Fenster vermessen, und am Ende hilfst du den Jungs beim Einbauen. Du schmeckst überall rein. Ein richtiges Trainee-Programm eben, ohne Sonderbehandlung, weil du mein Sohn bist.« Er hob die Hände und grinste. »Aber es wird gut. Du packst das bestens.« Sein Dad legte die Hände auf den Tisch und sah Stick an. »Was meinst du?«

Nein, sagt er. Willst du mich verarschen, sagt er. Fensterverkäufer, soll das ein scheiß Witz sein? Er sah Mac vor sich, das Kinn auf die Hand gestützt: »Yeah, das könntest du machen, Vertreter für Fenster, warum nicht?«

Sein Dad hob die Hände wieder. »Ich weiß, das kommt ein bisschen unvermittelt. Du hast eine Menge anderes im Kopf. Ich meine, lieber Gott, du stehst noch unter Schock, natürlich tust du das. Aber ich dachte, es könnte dir helfen, jetzt, wo sich alles geändert hat.«

Stick starrte in sein leeres Weinglas.

»Denk drüber nach.« Sein Dad räusperte sich. »Ich meine, das Angebot steht nicht ewig. Aber trotzdem, nimm dir Zeit.«

Stick streckte den Arm aus und kratzte ein wenig Zuckerguss vom Rest des Kuchens. »Ich will keine Fenster verkaufen.« Er leckte seinen Finger ab, der Zucker löste sich unter seinem Gaumen.

»Du musst dich jetzt nicht entscheiden.«

»Ich will das nicht, Dad.«

»Ich habe mit deiner Mum geredet.« Er zögerte. »Sie

hält es für ein tolle Idee. Und Jen, sie denkt auch, dass es gut für ... dass es eine gute Sache ist.«

»Nein.« Stick schüttelte den Kopf. »Nein.« Er nahm noch ein Stück vom Zuckerguss.

»Kannst du das vielleicht lassen?«, fuhr ihn sein Dad an.

Stick saugte an seinem Finger und wischte ihn sich an der Hose ab.

Sein Dad seufzte. »Das ist ein gutes, achtbares, verlässliches Geschäft, der Verkauf von Fenstern.«

»Ich sagte nein.«

Sein Dad nahm das Messer und schnitt ein schmales Stück Kuchen ab, das in Krümel zerfiel. Er wischte sie sich in die eine Hand und stopfte sie auf einmal in den Mund. »Vielleicht könntest du mich ins Bild setzen«, sagte er, kaute und schluckte.

»Was?«

»Wenn du dieses Angebot ablehnst, ohne auch nur eine Minute darüber nachzudenken, nehme ich an, dass du bereits eine andere Idee hast.«

Stick starrte auf den Tisch, den Kuchen, sein leeres Weinglas, die dummen Salz- und Pfeffermühlen, die aufleuchteten, wenn man sie benutzte.

»Ich weiß, du hast gerade 'ne Menge anderes im Kopf, Kieran.« Sein Dad hielt seine Stimme gesenkt, als versuchte er ein Tier zu beruhigen. »Aber in, wann?, drei Wochen?, wirst du achtzehn, und ich weiß, ich weiß, Iain ist tot und es ist schrecklich, aber die Welt bleibt für dich nicht stehen. Ich möchte dir nur helfen.«

Stick kratzte sich die Backe und sah nicht auf. »Ich brauche deine Hilfe nicht«, murmelte er.

»Ich kann dich nicht verstehen, wenn du so nuschelst, Kieran.«

»Ich sagte, ich brauche deine scheiß Hilfe nicht.« Stick

erwiderte den Blick seines Vaters und hielt ihm mit zusammengebissenen Zähnen stand.

»Alles in Ordnung hier drin?« Jen trat in die Tür. »Hast du ihm von dem Trainee-Job erzählt?«

Sticks Dad nickte.

»Toll, was?« Sie sah zwischen Stick und seinem Dad hin und her, und ihr Lächeln erlosch.

»Sag's ihr, Kieran«, sagte sein Dad, und als Stick stumm blieb, sah er zu Jen hin. »Offenbar will er den Job nicht.« Sticks Dad klang verletzt.

»Dein Dad hat alle Register gezogen, um das möglich zu machen, Kieran.«

Stick schob seinen Stuhl zurück und stand auf. »Wenn ihr zwei damit fertig seid, mein Leben zu organisieren und euch darüber einig zu sein, dass ich zu blöd bin, irgendwas anderes zu tun, als verdammte Doppelglasfenster zu verkaufen, sagt Bescheid, okay?«

»Kieran.« Jen funkelte ihn an. »Dafür entschuldigst du dich bei deinem Vater.«

»Ich gehe nach Hause.« Die Betonung lag auf dem Ende seines Satzes.

»Ich sagte, entschuldige dich bei deinem Vater.«

»Und ich sagte, ich gehe nach Hause.«

Jen stand zwischen ihm und dem Flur. Er war größer als sie.

Er zog die Kapuze über den Kopf. »Ich muss da durch.«

Sie sah seinen Dad an, als wollte sie sagen, komm schon, tu was, wehr dich. Aber das würde er nicht, das tat er nie. Er würde da sitzen bleiben, mit den Händen auf dem Tisch und leidender Miene. Jen blinzelte und trat zur Seite, und Stick ging langsam den Flur zur Haustür hinunter, wobei er betont cool daherschlenderte.

»Bye, Mädchen«, rief er.

Bea kam aus dem Wohnzimmer gelaufen und schlang die Arme um seine Knie. »Du hast noch nicht Kitzeln gespielt.« Sie sah ihn finster an. »Du hast gesagt, du spielst Kitzeln mit uns.«

Stick warf einen Blick zur Küche hinüber. Jen sah zu ihnen her. Er machte Beas Arme von seinen Beinen los. »Ich muss gehen, Bea-Bärchen«, sagte er.

Bea grinste und fing an, laut brummend den Flur hinauf- und hinabzulaufen. »Ich bin ein Bär, brumm, brumm, ich bin ein Brummbär«, rief sie, aber als er die Tür öffnete, rannte sie wieder zu ihm und sagte: »Bitte, kitzeln, Kieran, du hast es gesagt.«

»Nächstes Mal.« Stick schenkte ihr ein schwaches Lächeln. Sie verzog das Gesicht. Stick sah zu Jen, die immer noch zu ihnen herblickte. »Es tut mir leid, Bea, wirklich«, sagte er und ging.

12

Mrs McKinley fragte Stick, ob er den Sarg vom Leichenwagen zum Grab tragen würde.

»Natürlich nicht allein«, sagte sie und versuchte zu lachen, doch es klang eher wie ein Schluchzer.

Stick nickte. »Ja, natürlich, das wäre eine Ehre«, sagte er und biss sich auf die Lippe, weil er genau wie sein Dad geklungen hatte. Sie standen auf dem Balkon ihrer Wohnung, sie mit dem Rücken zum Wohnzimmerfenster, die Hände um eine Tasse Tee. Stick lehnte ihr gegenüber am Geländer.

»Wir halten die Trauerfeier am …«, sie räusperte sich, »am Grab ab. Ich kann nicht …« Sie schüttelte den Kopf. »Ihr seid zu sechst«, sagte sie. »Du, Aaron, Keith, Mikey, sein Onkel Tim …« Sie zögerte. »Und Paul.«

»Paul?«

»Sein Dad«, sagte sie. »Iains Dad.«

Stick zog die Brauen zusammen.

»Ich weiß«, sagte sie. »Aber ich musste ihn anrufen.«

Stick drehte sich um und sah auf das Viertel hinunter: auf den Queen's Pub mit der im Wind flatternden englischen Flagge und drei an der Hintertür rauchenden Typen, die er nicht kannte. Jemand hängte draußen am Talbot House ein Plakat auf. Im Garten der Sweeneys hing Wäsche zum Trocknen und formte ein V. Er konnte die Bagger hören, die hinter dem Haus an der Straßenbahnlinie arbeiteten. Es war alles wie immer. Stick wollte schreien: »Er ist tot, er ist fucking tot. Wisst ihr das denn nicht?«, laut genug, dass es von den Häusern widerhallte, laut genug, dass es alle in der Stadt hörten.

Seine Mum fragte ihn, ob ihm sein Dad Geld für einen Anzug gegeben habe, und als Stick nein sagte, holte sie ihr Portemonnaie und drängte ihm fünfzig Pfund auf. Dafür bekam er bei Primark einen. Die Jacke war unter den Armen etwas eng, aber sie war okay. Der reicht sogar für ein Vorstellungsgespräch, sagte seine Mum, mit einer anderen Krawatte. Stick überlegte, wie so ein Vorstellungsgespräch wohl aussehen würde, doch dabei hatte er immer nur den Gemeinschaftsraum des Colleges vor Augen, wo er es ein Trimester ausgehalten hatte, die zerschlissenen Sessel, den dunkelblauen Teppich, die Infotafeln aus Kork. Ihm wollte nicht ein einziger Job einfallen, für den er sich würde bewerben wollen.

Am Tag von Macs Beerdigung saß Stick in seinem Anzug in seinem Zimmer und starrte das Schwarzweißfoto von Owen Lee aus der Zeitung an, das er wieder an die Wand geklebt hatte. Mrs McKinley hatte angerufen, ob er wegen der Gerichtsanhörung mit Rob reden wolle – um zu erfahren, was ihn erwartete, aber er hatte abgewehrt. Er würde hingehen, um Owen Lee zu sehen. Er würde ein paar Antworten bekommen. Mehr musste er nicht wissen.

»Ist es okay, wenn du allein fährst, Schatz?«, sagte seine Mum, als er nach unten kam. Die Haustür stand offen, und Stick sah, wie das Taxi vorfuhr.

»Ich werde nicht gerade allein sein, oder?«

»Ich meine, im Taxi. Ich würde ja mitkommen, aber du weißt, wie sie bei der Arbeit sind.« Sie zog an seiner Jacke und strich ihm über die Rockaufschläge. »Du siehst toll aus«, sagte sie. »Wirklich toll.«

Es war der Friedhof, auf dem auch Sophie begraben war. Er lag im Norden der Stadt und war groß und gepflegt. Stick verfolgte aus dem Taxi, wie die Häuser immer nobler wurden, mit Erkerfenstern, ausgebauten Dachböden und neu verfugten Ziegeln. Er erkannte den Friedhof, sobald sie ihn erreichten, die goldene Schrift auf der schwarzen Tafel am Eingang, die niedrigen Tore, über die jeder klettern konnte, der wollte, die Wege, die sich zwischen ordentlichen Rasenrändern entlangschlängelten. Hier war alles ordentlich, daran erinnerte er sich gut. Es sah aus, als sei einer mit Lineal und Schere unterwegs gewesen und habe jeden Grashalm exakt auf die gleiche Länge gestutzt. Sie kamen an dem Teil mit den vielen Bäumen vorbei. Blumen waren um deren Stämme gebunden oder standen in Vasen um die Bäume herum. Da irgendwo lag Sophie, doch Stick begriff, dass er ihr Grab niemals finden würde, selbst wenn er den ganzen Tag danach suchte.

Schließlich bog das Taxi um eine Ecke, und Stick sah keine Bäume oder Tafeln mehr, sondern Grabsteine, in kleinen Gruppen auf einem sanft ansteigenden Hang, als drängten sie sich schutzsuchend zusammen. Er wollte weg, wollte die Autotür öffnen und zurück in die Stadt. Sollten sie das doch ohne ihn hinter sich bringen. Er wollte zurück auf das Gelände bei Strangeways, J suchen, ihr sagen, dass es ihm leidtat, und mit ihr Wodka trinken, bis er vergessen konnte, dass Mac tot war. Aber sie dachte, er sei in Spanien, und er hatte nicht mal ihre Telefonnummer.

Die Luft strich ihm kühl über Gesicht und Haar. Ein Stück weiter parkten zwei große schwarze Mercedes-Limousinen und ein Leichenwagen, in dem hinten ein weißer Sarg stand. Aaron und Shooter trugen beide schicke schwarze Anzüge und hatten sich das Haar nach hinten gegelt. Sie stießen die Fäuste gegeneinander und nickten. Keiner sagte etwas, das Schweigen war bedrückend.

»Ist sein Dad hier?«, flüsterte Stick, und Aaron neigte den Kopf zu einem großen Mann mit dünnem, blondem Haar hin, einem Bierbauch und Zügen, die eigentlich zu groß waren für sein Gesicht. Paul. Während Stick ihn betrachtete, redete Macs Dad, hob die Hand, bewegte sie zur Seite und gestikulierte genau so zum Himmel hinauf, wie Mac es getan hätte. Etwas in Stick verkrampfte sich.

»Seine Mum ist völlig zugedröhnt«, zischte Shooter und fuhr mit den Augen nach links.

Mrs McKinley wurde von ihrer Schwester und Lainey gestützt. Sie trug das zu teure Kleid und hatte sich die Lippen blutrot angemalt. Ihre Augen waren stumpf, der Mund hing schlaff herunter. Sie sah aus, als würde sie umfallen, wenn eine von den beiden sie losließ.

Ein Mann vom Beerdigungsinstitut versammelte die sechs um sich und verteilte weiße Baumwollhandschuhe. »Nehmen Sie jeder einen Griff«, sagte er mit leiser Stimme. »Heben Sie den Sarg auf die Schultern. Gehen Sie langsam und achten Sie auf die Person vor sich.«

Paul trat seine Zigarette aus und wandte sich der Gruppe zu. »Überprüft eure Schnürsenkel, Jungs«, sagte er. »Wir wollen nicht, dass einer stolpert.«

Stick sah nach unten. Er trug seine alten Schulschuhe. Seine Mum hatte sie poliert, aber sie sahen trotzdem abgewetzt aus. Die Schnürsenkel waren fest geschnürt.

»Und geht in die Knie. Ihr solltet immer in die Knie gehen, wenn ihr was Schweres hebt.«

Mac hätte darüber gelacht: »Er hat recht, ich wieg ’ne Tonne.« Stick sah, wie Shooters Mund zuckte. Er musste selbst fast lachen, aber wenn er anfing, würde er vielleicht nicht mehr aufhören können, also hielt er sein Gesicht unbewegt und wandte sich mit den anderen dem Sarg zu, der jetzt auf einem wackligen Metalltisch mit dünnen, ausziehbaren Beinen stand.

Der Sarg musste ein Vermögen gekostet haben. Poliertes weißes Holz. Jedes Paneel mit einem geschnitzten Rand verziert. Goldene Griffe. Er stellte sich vor, dass er innen mit weißem Satin ausgeschlagen war. Darauf lag Mac. Im Dunkeln. Eingenagelt. Stick wandte sich dem Mann vom Beerdigungsinstitut zu. Es gibt Geschichten, wollte er sagen, wo Leute noch leben, obwohl alle – Ärzte, Eltern, einfach alle – denken, sie sind tot, und sie kommen in einen Sarg, wachen auf und können nicht mehr raus. Fingernagelkratzer innen auf dem Holz. Stick verbiss sich seine Frage, aber als er die Hand um den Griff legte, der sich unecht anfühlte, ganz so, als würde er gleich abbrechen, stellte er sich vor, wie sich Mac nach draußen boxte, das Holz splitterte und er sich laut lachend aufsetzte.

»Eins, zwei, drei und anheben.«

Er wog wirklich ’ne Tonne. Stick schwankte und kämpfte, wie die anderen auch. Bekam das Ding auf die Schulter, das Holz drückte hart auf den Knochen. Langsam ging es den schmalen Weg links vom grasbewachsenen Hang entlang. Er war hinter Macs Dad und starrte auf dessen Hinterkopf, den ordentlichen Rand des frisch geschnittenen Haares und den roten Pickel auf dem Hals darunter.

Sie bogen nach rechts, gingen an einem mit Zahlen und Linien beschrifteten Streifen Beton entlang, den Sarg kantig und wacklig auf den Schultern. Das würde blaue Flecken geben, bei ihnen allen, das Blut würde ihnen die Haut verfärben. Mac war da, in der Kiste, direkt bei ihnen. Tot, sagte sich Stick. Tot. Aber begreifen konnte er es nicht.

Er sah das Loch nicht, bis sie fast drinstanden. Tief, präzise Kanten, mit Holzplatten, um die Seiten vor dem Einsturz zu bewahren. Fast noch schlimmer als das Loch war der riesige Haufen Erde daneben. Jemand hatte ihn mit einem Stück Kunstrasen abgedeckt, als sollten die Leute denken, es wäre ein kleiner Hügel und keine Unmenge Erde, tonnenschwer, die auf Mac und seinen teuren weißen Sarg geschaufelt werden würde.

Auf einem Betonstreifen war ein weiterer wackliger Metalltisch aufgestellt worden, und sie setzten Mac darauf ab. Ohne sein Gewicht auf der Schulter fühlte sich Stick zu leicht, wie losgebunden. Er warf einen Blick zu Macs Dad hinüber, der schon wieder eine Zigarette im Mund hatte, das Feuerzeug aufflammen ließ und den ersten Zug tief inhalierte. Die Fahrer in ihren grauen Anzügen und mit ihren schwarzen Handschuhen brachten die Blumen aus dem Leichenwagen und legten sie links neben das Grab. Nach ihnen kamen noch mehr Leute, legten Blumen dazu, und der Haufen wuchs immer weiter, rot, gelb, rosa, lila, wie in Mrs McKinleys Wohnzimmer. Zellophanhüllen und handgeschriebene Karten. Stick sah auf seine weißen Handschuhe. Er hatte nichts mitgebracht.

Neben dem Loch waren drei frische Gräber. Auf der trockenen Erde von zweien von ihnen stapelten sich noch die Blumen, tote Stengel in durchweichtem Papier. Stick dachte an die Särge darunter, lehmerstickt. Am Kopf von allen dreien stand ein Holzkreuz mit einer billig aussehenden Messingplatte. Stick kniff die Augen zusammen und las, was auf einem von ihnen stand: *Alice, entschlafen im April 2011.* Warum schrieben sie so einen Schwachsinn? *Iain McKinley, entschlafen am 18. Juni 2011.* Nein, *von einem Arschloch erstochen, als er Kokosnüsse und zwei Baströckchen trug.* Aber das würden sie nicht schreiben. Sollten sie aber.

Es mussten fünfzig, hundert Leute sein, die sich um das Grab drängten, und es kamen immer noch mehr. Sie standen eng zusammen und reckten die Hälse, um etwas zu sehen. Der Mann vom Beerdigungsinstitut fädelte Riemen durch die Sarggriffe und bedeutete den sechs, wieder näher heranzutreten.

»Nehmen Sie einen Riemen, und dann ganz langsam und gleichmäßig. Das wackelt ein bisschen, aber keine Panik. Sie müssen ihn nur über das Grab bekommen und dann lassen sie ihn langsam nach unten, okay?« Er sah jedem von ihnen in die Augen.

Stick versuchte seine Gedanken vom Abschweifen abzuhalten. Er nahm seinen Riemen und gab sich alle Mühe, nicht daran zu denken, wofür er bisher schon gebraucht worden war, für andere Tote, alte Leute, Kinder – es starben ständig Leute, oder? Ihm entwich ein Geräusch, als er Macs Gewicht spürte, ungewollt, aber einigen von den anderen ging es genauso, es war eine Art Ächzen. Langsam. Langsam. Es war nicht viel Platz zwischen dem Rand des Lochs und dem Sarg. Nach unten. Nach unten. Die Grube war fast zwei Meter tief. Sie mussten sie so tief ausgehoben haben, damit sie seine Ma mal oben auf ihm begraben konnten. Stick ließ seinen Riemen etwas zu schnell durch die Hand gleiten, und der Sarg ruckte und wackelte. Er griff fester zu, die Sache beruhigte sich.

Endlich war es geschafft. Mac lag unten im Loch, und der Mann vom Beerdigungsinstitut machte eine Geste zu Stick hin, den Riemen loszulassen, so dass er auf der anderen Seite herausgezogen und aufgerollt werden konnte, bereit für den nächsten armen Teufel, der ihn brauchte. Stick zog die Handschuhe aus, seine Hände fühlten sich kalt und nackt ohne sie an.

Ein Priester stand mit geöffneter Bibel am Kopf des Grabes bereit. Er sah alle an und begann, allerlei Unsinn zu labern über die Unsicherheit des Lebens und die tröstliche Gewissheit des Todes. Stick wollte ins Grab zu Mac springen, aber er blieb stehen, blieb ruhig und lauschte dem Trillern eines Vogels in den Bäumen oben auf der Anhöhe.

»Iain war ein beliebter Junge mit vielen Freunden.« Der Priester hatte eine pompöse Stimme, und er klang, als hätte er genau das Gleiche schon Tausende Male zuvor gesagt. »Ein guter Schüler, ein liebevoller Sohn, Iain wollte sich auf eine Reise in den Süden Spaniens begeben, bevor sein Leben ein so tragisches frühes Ende fand.«

Bevor er von einer Drecksau namens Owens Lee erstochen wurde. Stick wollte den Priester zur Seite stoßen und sagen: »Er war kein Junge und schon gar kein guter Schüler. Er war mein allerbester Kumpel, verdammte Scheiße.« Aber der Priester betete bereits. Vater im Himmel. Seele Christi. Mac glaubte nicht mal an Gott, also was sollte das alles?

Der Priester ließ die Bibel mit etwas zu entschiedenem Schwung zuklappen, nahm eine Handvoll Erde aus einer weißen Schachtel und warf sie auf Macs Sarg. Das Geräusch ließ Stick zusammenfahren. Dreckige Manchester-Erde, die auf poliertes, weißes Holz traf. Es sah aus wie verschütteter Kaffee. Es war eine Schweinerei.

Mrs McKinley nahm eine Handvoll Erde und machte es wie der Priester. *Rums. Schmutz.* Alle kamen nacheinander an der Reihe, im Uhrzeigersinn um das Grab. Stick wollte nur fort. Er wollte mit einem Joint unten am Kanal stehen und Steine auf ein Ziel werfen, das Mac ausgesucht hatte, eine Plastikflasche, ein verrottetes Stück Holz, ein aufgeblähtes Kondom.

Er wollte, dass dieses Mädchen, J, auch da war, neben ihm stand, die Hände in den Taschen vergraben, die mageren Schultern bis zu den Ohren hochgezogen. Der Silberstecker in ihrer Lippe. Die hellrosa Haarsträhne.

Die anderen warteten auf ihn. Jemand, den er nicht kannte, hielt ihm die weiße Schachtel hin. Er nahm sie, nahm eine Handvoll Erde. Trocken und körnig lag sie in seiner Hand. Alle warteten auf ihn. Scheiß auf sie. Scheiß auf das alles hier. Er wollte sich umdrehen und dem Priester die Erde ins Gesicht schleudern. In dieses selbstgefällige Gesicht mit der sanften Säuselstimme. Oder auf Aaron, der dastand und heulte, als sei das ganz in Ordnung. Vielleicht auch den Arm heben und sich die Erde auf den eigenen Kopf fallen lassen. Aber stattdessen tat er, was alle taten, hielt die Hand über das Grab und öffnete sie. *Rums. Schmutz.*

Stick rieb die Hände gegeneinander, um die Erde abzubekommen. Er starrte auf den Sarg. *Sei nicht tot.* Wir sollten in Spanien sein, Bier trinken, Teller waschen und bis Sonnenaufgang durch Clubs ziehen. *Sei nicht tot, du elender Arsch.* Die erste Gerichtsanhörung sollte am Freitag stattfinden. Owen Lee auf der Anklagebank. Ein Haufen blutiger Kleider in Plastikhüllen mit darangebundenen Papierschildern. *Sei nicht gestorben. Bitte. Sei verdammt noch mal nicht tot.*

Alle gingen in den Queen's Pub, zu Freibier und einem Büfett. Stick wollte auf dem Friedhof bleiben, wollte zusehen, wie sie das Grab mit der unter dem Kunstrasen versteckten Erde füllten, wollte nach Hause und sich ins

Bett legen, die Decke über den Kopf ziehen und seine Gedanken beruhigen. Aber Macs Onkel bot an, ihn mitzunehmen, und es war einfacher, mitzugehen, als sich eine Entschuldigung auszudenken.

Sie verfuhren sich auf dem Weg in die Stadt, und im Pub war es bereits alkohollaut, als sie ankamen. Sandwiches waren kaum mehr welche da, und Gurken- und Salatreste bedeckten die Platten. Stick nahm eine Handvoll Chips und kaute, ohne etwas zu schmecken.

»Kieran!« Macs Ma saß mit zwei Gläsern Weißwein vor sich an der Theke. Sie winkte ihn zu sich herüber.

»Kieran, Schatz«, sagte Mrs McKinley mit schwerer und immer noch erhobener Stimme, obwohl er doch direkt vor ihr stand. »Lass dich umarmen. Komm.«

Er ließ sich von ihr an sich ziehen, fest drückte sie ihn, setzte sich zurück, legte ihm die Hand auf den Kopf und strich ihm durchs Haar.

»So schön«, sagte sie.

»Ich muss es schneiden lassen.«

Sie schüttelte den Kopf und ließ die Hand, wo sie war. »Du hattest immer so schönes Haar. Schick saht ihr aus. Du und Iain, ihr zwei mit eurem schicken Haar und euren Schuluniformen, wie ihr zur Schule seid.«

Sobald sie außer Sicht gewesen waren, hatten sie sich von ihren Krawatten befreit und die Schuhe dreckig gemacht, damit sie nicht wie Idioten aussahen.

»Komm her, setz dich zu mir.« Sie nahm die Hand herunter und suchte in ihrer Tasche, holte einen zerknitterten Zehner heraus und ließ ihn auf die Frau hinter der Theke zuflattern. »Ich hab dreihundert für Getränke in den Topf getan«, erklärte sie Stick, »aber sie sagen, davon is nix mehr übrig. Was magst du? Komm, setz dich her und erzähl mir was.«

Stick bestellte ein Pint Foster's, nippte daran und versuchte nicht auf den Mayonnaisefleck auf ihrem Kleid zu starren.

Mrs McKinley trank eines ihrer Gläser aus und zog das andere heran. »Iain wollte Lkws fahren«, sagte sie, als hätte er sie danach gefragt. »Wie sein Dad«, sagte sie und sah hinüber zum Geldspielautomaten, in den Paul gerade ein weiteres Pfund steckte. Seine Finger tanzten über die aufleuchtenden Knöpfe.

Stick runzelte die Stirn. »Er arbeitet als Lkw-Fahrer?«

Macs Ma nickte ausdruckslos.

Im letzten Sommer hatten Stick und Mac unten am Kanal eine herausgerissene Tür gefunden. Sie war halb verkohlt, aber als sie sie ins Wasser brachten, schwamm sie und ging auch nicht unter, als Mac sich auf sie stellte. Stick lief auf dem Pfad nebenher, und Mac paddelte mit einem Ast, den er von einem Baum gerissen hatte. Seine Hose rutschte, und sein Arsch hing oben raus. »Ich bin Ihr Mann für Transport- und Logistik-Fragen«, rief er. »Braucht hier jemand einen Experten für Transport und Logistik?« Und später, als sie warmes Dosenbier tranken und zusahen, wie die Sonne die Unterseite der Wolken rosa färbte, hatte er Stick erzählt, dass er einmal seinen eigenen Lastwagen haben würde, nein, seine eigene Lkw-Flotte, und »Mac McKinley« würde mit zwei Meter großen Buchstaben auf den Seiten von jedem stehen.

Mrs McKinley klopfte mit den Fingernägeln auf die Theke und sagte: »Erzähl mir was, Kieran. Red mit mir.«

Der Pub stank nach Fürzen, Käse-und-Zwiebel-Chips und altem Teppich. Gerahmte Schwarzweißfotos hingen entlang der Wände, Bilder vom Bau der Hochhaussiedlung und von irgendeinem Fest im Pub mit Wimpeln und Fahnen. Der Büfetttisch sah deprimierend aus: schlaffe Salatreste, ein halbes Eier-Sandwich, Krümel und etwas Gelbes, das sich über die Papiertischdecke ergossen hatte.

»Eigentlich wollte ich einen Kuchen«, sagte Mrs McKinley. »Weil es doch 'ne Feier ist, weißte? Eine Feier seines Lebens.« Sie nahm einen großen Schluck Wein. »Ich wusste aber nicht, was für einer es sein sollte. Beerdigungskuchen haben sie nicht immer im Programm.« Sie lachte.

Stick sah zu Macs Dad hinüber, der jetzt mit zwei anderen Männern zusammenstand und beim Sprechen mit den Händen wedelte, sie auf ein imaginäres Lenkrad legte, wieder hob und die Finger spreizte. Mac hatte nie erzählt, dass er Lkw-Fahrer war. Mac hatte nie etwas anderes über ihn erzählt, als dass er ein fauler Arsch sei, der den Schwanz nicht in der Hose halten könne.

Stick rollte sich eine Zigarette, und Mrs McKinley klopfte ihm auf den Arm. »Geh nur, Schatz«, sagte sie.

Draußen rauchte er langsam. Das Viertel war ruhig. Ein Mann stand da und sah seinem Hund zu, der auf der Wiese hinter dem Pub wie durchgedreht im Kreis rannte. Rickys kleine Schwester und ein Mädchen, das Stick nicht kannte, schoben einen rosa Plastikkinderwagen die Straße hinauf und um die nächste Ecke. Ein weißer Lieferwagen, an dem auf der Seite stellenweise die graue Grundierung durchschien, stand mit laufendem Motor am Straßenrand, und der Fahrer hatte die Zeitung über dem Lenkrad aufgeschlagen. Stick stellte sich Owen Lee in einem Gerichtssaal vor, und wie sich ihm die Handschellen ins Fleisch gruben.

»Du hast nichts auf seine Facebook-Seite geschrieben.« Plötzlich stand Lainey vor ihm. Sie trug glänzend schwarze, an Knie und Bauch leicht ausgeleierte Leggings, hochhackige schwarze Schuhe und ein enges schwarzes Top.

Sie hatte falsche Wimpern angeklebt, ihre Augen dick mit Kajal umrandet und sich die Haare aufgetürmt wie ein Filmstar von vor urlanger Zeit. Er hatte nicht gehört, wie sie herausgekommen war.

»Ich dachte, du wärst sein bester Kumpel«, sagte sie.

»Das bin ich auch. Ich wusste einfach nicht …«

Lange genug darüber nachgegrübelt hatte er. Hatte im Bett gelegen und in Gedanken verschiedene Sätze geschrieben, aber nichts davon klang richtig. Er hatte überlegt, ob er das Foto von Mac und Lainey, Aaron und Malika hochladen sollte, es aber nicht getan.

Lainey wischte sich mit dem Zeigefinger unter dem einen, dann unter dem anderen Auge her. »Es war okay, oder?«, sagte sie.

Stick warf seinen Zigarettenstummel auf den Beton und zertrat ihn mit dem Schuh. »Der Priester war ein Idiot.«

Lainey zog die Brauen zusammen. »Ich fand ihn süß. Und es war schön, dass Macs Dad gekommen ist.«

Stick blickte sie düster an. »Es nützt nicht viel zu kommen, wenn einer tot ist, oder?« Stick dachte an Mac, wie sie vor The Printworks gestanden hatten und sein Freund mit der Zigarre in seine Richtung gestochen und gesagt hatte, er solle sich vor ihrer Fahrt mit seinem Dad vertragen.

»Alle sind drinnen«, sagte Lainey. Stick zuckte mit den Schultern und folgte ihr zurück in den Pub, zu der großen Nische gegenüber der Theke, wo Shooter, Ricky, Aaron und Malika saßen und sich über die Unruhen in Griechenland unterhielten. Molotowcocktails, Tränengas und Straßenkämpfe mit der Polizei. Stick setzte sich dazu, hielt den Kopf gesenkt und sagte nichts.

»Hey, Stick.« Aaron klopfte ihm auf die Schulter. »Ich hatte eine Idee, wegen Ranger.«

»Nicht jetzt.« Malika schlug ihm auf den Arm.

»Ich dachte, ich taufe ihn um«, sagte Aaron. »Auf Mac. Du weißt schon, zum Gedenken.«

Mac würde vor Lachen ausrasten, dachte Stick – ich sterbe, und sie benennen einen Hund nach mir.

»Das ist ja wohl voll daneben.« Lainey lehnte sich über den Tisch, und ihre Brüste standen kurz davor, sich aus dem Top zu befreien. »Völlig krank.«

»Nee, das ist ein Kompliment.« Aaron tat so, als zöge er an einer Leine, und sagte: »He, Mac, sitz.«

Malika schlug ihn noch einmal.

Stick nahm einen Bierdeckel und drehte ihn wieder und wieder zwischen Daumen und Zeigefinger.

»Ey Mann, alles in Ordnung?«, fragte Aaron.

Stick war nicht derjenige, der flennen musste und die Fassung verlor. Er wollte einfach nur sein Bier trinken und in Ruhe gelassen werden.

»Ich hab mich mal erkundigt«, sagte Ricky. Seine schwarze Yankees-Kappe saß ihm hoch auf dem Kopf. »Wir sollten das Schwein ausknipsen, wenn ihr mich fragt.« Er hob die rechte Hand, streckte zwei Finger wie einen Lauf vor und tat so, als schösse er, wobei er die Lippen leise ploppen ließ. »Bevor sich was anderes ergibt.« Er grinste.

Stick nickte. »Die Anhörung ist am Freitag.«

»Scheiß Anhörung, solche Sachen regelt man selbst«, sagte Ricky und verlegte sich aufs Schattenboxen, *rechts*, *links*, *rechts*, *links*.

Stick verfolgte die winzigen bernsteinfarbenen Bläschen, die in seinem Glas an die Oberfläche stiegen, und fragte sich, woher sie kamen und ob sie, wenn er nur lange genug dasaß, je aufhören würden.

»Warum hat er es getan?«, sagte er.

Keiner antwortete. Vielleicht hatte er es ja nur in seinen Gedanken gesagt, nicht laut. »Warum hat er es getan?«, wiederholte er.

»Aus Hass«, sagte Lainey. »Es war aus Hass.«

»Niemand hat Mac gehasst«, sagte Stick. »Das Schwein kannte ihn ja nicht mal.«

»Weil er anders war«, sagte Lainey.

»Er war nicht anders«, sagte Stick.

»Vielleicht hat er den Typ im Bus angemacht«, sagte Shooter. »Dass er seine Mum gevögelt hätte oder so.«

Stick schüttelte den Kopf.

»Oder dieser Lee is ein Irrer«, sagte Aaron. »Einer, der am Wochenende mit dem Messer rausgeht und nach einem sucht, den er abstechen kann.«

Lainey machte *»tss-tss«* und nickte. Stick riss seinen Bierdeckel entzwei, und Shooter hustete und sagte: »Was zu trinken? Der Mann braucht was zu trinken.«

»Schon gut, ich gehe«, sagte Stick und stand auf.

Aaron stand auch auf und versuchte Sticks Blick einzufangen. »Ey, Mann, Alter. Alles klar?«

Stick hielt den Kopf gesenkt und ging in Richtung Tür.

»Ey, Mann.« Eine Hand auf der Schulter.

»Heul doch«, sagte Stick und machte sich von ihm los. Draußen war es noch hell, aber der Himmel hatte sich zugezogen und die Luft war abgekühlt. Er ging zu den Gleisen und setzte sich auf die Erde, obwohl er seinen Anzug damit verdreckte. Er lehnte den Kopf zurück an den Zaunpfahl und lauschte dem lauter werdenden Flüstern eines Zuges. Als dieser dann an ihm vorbeirauschte, öffnete Stick den Mund und schrie jeden Fluch aus sich raus, der ihm einfallen wollte, einen nach dem anderen. Schrie, und als der Zug vorbei war, senkte er die Stimme zu einem Flüstern.

13

Der Umschlag von seinem Dad kam am Tag nach der Beerdigung. Braun. A4. Sein Name und seine Adresse standen in ordentlichen Großbuchstaben darauf. Stick trat ihn von der Matte auf den Teppich.

Er war müde. Zwar war er schon um neun ins Bett gegangen, hatte aber stundenlang wach gelegen und an Mac in seinem Sarg gedacht, an all die Erde auf ihm, und dann an die Anhörung und wie es sein würde, mit Owen Lee in einem Raum zu sein. Ob er wohl bis auf Reichweite an ihn herankommen würde? Gegen drei hörte er seine Mum unten, sah sie in ihrem blauen Morgenmantel und den Karnickelpantoffeln vor sich, das Haar schlafverstrubbelt, die Finger besorgt die Steckdosen abtastend. Er ging ihr nicht helfen, und irgendwann musste er eingeschlafen sein, weil er mit einem Schreck aufwachte, aus einem Traum, an den er sich nicht erinnern konnte, nur dass er in einem Bus gesessen und aus dem Fenster gesehen hatte, nein, nicht in einem Stadtbus, in einem Fernbus, und draußen waren nicht Häuser, sondern Felder vorbeigezogen.

Morgens, bevor die Post kam, hatte er seiner Mutter am Frühstückstisch gegenübergesessen, die dunklen Ringe unter ihren Augen gesehen und ein schlechtes Gewissen gehabt. Obwohl er wütend sein wollte, fühlte er sich nur schlecht.

Er sagte ihr, er wolle noch mal zur Baustelle und sehen, ob der neue Typ vielleicht wieder weg sei, die Arbeit verbockt oder sich ansonsten verpisst habe. Aber er fuhr in die andere Richtung, in die Stadt. Er wollte ihr eines von diesen Duftstövchen kaufen, mit einem kleinen Teller für den Duft und unten drunter einem Teelicht. Dazu eine kleine Flasche Lavendelöl. Seine Oma sagte, Lavendel sei gut zum Entspannen.

Auf der Market Street herrschte ein einziges Gedränge. Beine und Arme. Tief ausgeschnittene Tops. Knie. Überall Tätowierungen: Schmetterlinge und Pferde, Herzen und Pfeile, verschnörkelt geschriebene Worte – *Love*, *Kyle*, *Forever*, *Mum*. Vor Miss Selfridge stand ein Mann mit einer riesigen Traube silbriger Heliumballons, mit SpongeBob, Homer Simpson und ein mit Sternen bedecktes rosa Pferd, das Sophie toll gefunden hätte. Aus HMV schallte Lady Gaga heraus. Ein glatzköpfiger Typ mit einem Verstärkersystem und einer miesen elektrischen Gitarre sang *»Heartbreak Hotel«*. Die Straßenbahnen klingelten, und die Schaufensterpuppen mit ihren perfekten Kleidern und leeren weißen Gesichtern starrten ausdruckslos aus den Geschäften.

Stick verschwand im TK Maxx. Drinnen war es zu hell, alles voller Lichtleisten und glänzender Bodenfliesen. Sein Kopf schmerzte. Er musste immerzu an den Fernbus denken. Es fühlte sich wie eine Erinnerung an, aber er war ziemlich sicher, dass es keine war. Graue Stoffsitze. Der Geruch von Teppichreiniger und Füßen. Regen auf den Scheiben. Das Summen des Motors und das blecherner Scheppern der iPods um ihn herum. Das beruhigende Wiegen und Sichneigen des Busses, die Vorwärtsbewegung ohne besonderes Ziel, ewig während.

Er stand vor den niedrigen Regalen mit Toilettenartikeln und Kosmetik, Grußkarten und Porzellanvasen, als er J entdeckte. Ihr Haar war rosa. Komplett jetzt. Grellrosa. Sie hatte eine schwarze Tasche dabei und trug dieselben engen Jeans und weiße Converse wie zuvor. Stick hielt die Luft an, als könnte er so vermeiden, dass sie ihn entdeckte. Dabei sah sie nicht mal in seine Richtung. Sie stand vor einem Ständer mit Sonnenbrillen, probierte eine nach der anderen auf und betrachtete sich stirnrunzelnd im kleinen quadratischen Spiegel direkt über sich. Stick kam ein wenig näher, um sie besser sehen zu können, hielt aber immer noch etwas Abstand. Ihr Haar sah nicht echt aus, eher wie das einer Puppe. Er fragte sich, wie es sich wohl anfühlte.

Fast hätte er es nicht bemerkt. Eine gekonnte Bewegung, und eine Brille verschwand in ihrer Tasche, statt zurück auf den Ständer zu gelangen. Stick sah zu den Wachmännern hinüber, aber die begafften drei Mädchen in Hotpants, die bei den Handtaschen standen.

J probierte immer noch Sonnenbrillen auf, zog die Stirn kraus, schüttelte den Kopf und presste sich einen Finger auf die Lippen, als überlegte sie, ob sie nun die eine oder die anderen kaufen sollte. Dann ging sie an den Wachmännern vorbei hinaus auf die Market Street.

Stick lief ihr hinterher und fasste sie am Arm, als sie in die Spring Gardens bog. Sie sprintete los.

»J!«

Halb stolpernd kam sie zum Stehen und drehte sich um. »Du?« Ihre Wangen färbten sich etwas dunkler.

»Du hast die Brille nicht bezahlt.«

Ihre Hand fuhr zu ihrer Tasche, als wolle sie ihre Beute schützen. »Wolltest du nicht in Spanien sein?«

»Ja.«

J starrte ihn an, eine Ewigkeit wie ihm schien, und dann fing sie an zu lachen und hielt immer noch ihre Tasche an sich gedrückt. Ihr Gesicht verzog sich, und Stick lachte mit, er konnte nicht anders.

Als sie aufhörten, wurde es jäh still zwischen ihnen. Das Schweigen war misslich, und Stick wollte wieder lachen, aber es hätte gezwungen geklungen. Er wollte gerade sagen, dass er gehen und nach dem Duftstövchen suchen müsse, als sie meinte: »Ich schulde dir einen Drink.«

Stick fasste sich an den Wangenknochen, wo sie ihn erwischt hatte. »Ist nicht mal dick geworden«, sagte er.

»Ich weiß einen Laden«, sagte J. »Da kriege ich Wodka.«

Stick lauschte dem Lärm der Market Street hinter sich. Morgen würde Owen Lee im Gerichtssaal stehen, und er, Stick, würde auch da sein und die gleiche Luft atmen, nahe genug, um ihn zu berühren.

»Kieran?«

»Stick«, sagte er.

»Was?«

»Das ist mein Name. Mein richtiger Name. Meine Freunde nennen mich Stick.«

An dem Morgen mit den winzigen Silberkugeln waren Mac und er zum Zaun des Schulhofes gerannt, und Mac hatte sich umgedreht und gefragt: »Wie heißt du eigentlich richtig?«

»Kieran.«

»Nein, ich mein richtig.«

Er begriff nicht, was Mac meinte.

»Du kannst nicht einfach nur den Namen haben, den sie dir geben«, hatte Mac gesagt. »Du musst dir deinen eigenen aussuchen, der richtig zu dir passt.« Und dann hatte er Stick von Kopf bis Fuß gemustert und gesagt: »Wie wär's mit Stick, weil du so dürr bist? Stick. Das passt.«

J nickte. »Stick«, sagte sie. »Kommst du mit und trinkst einen Wodka mit mir?«

Er folgte ihr zwischen die hohen fensterlosen Gebäude von Springs Gardens, an der Post vorbei, durch ruhige, schattige Gassen, über die noblen gepflasterten Straßen mit ihren überteuerten Läden und schließlich in das Gewusel von Deansgate, wo sich vor Wetherspoon's bereits eine Menschentraube mit Biergläsern und Zigaretten gebildet hatte, und jedesmal, wenn sich die Tür öffnete, wehte abgestandener Pubgeruch auf die Straße hinaus.

Stick wartete vor dem Supermarkt, während J drinnen den Wodka kaufte. Er sah zu, wie die Dinge in der Stadt ihren Lauf nahmen und die Leute herumhasteten, als wäre das, was sie taten, wichtig. Er spürte Verzweiflung in sich aufkommen und wusste, er hätte heulen können, wenn er nur losließ.

J kam mit einer Plastiktüte und einem Grinsen aus dem Laden, und sie liefen die Deansgate in Richtung Beetham Tower mit seinen scharfen Ecken hinunter. All die kleinen Wohnungen, lauter verglaste Karnickelställe.

Sie führte ihn an der mickrigen römischen Befestigung vorbei, die Stick auf einem Schulausflug einmal hatte zeichnen müssen, unter den massigen Brücken mit ihren hoch aufstrebenden Bögen durch, schwang die Tüte mit dem Wodka hin und her und drehte und wand sich durch die Schatten. Er folgte ihr über einen schmalen gepflasterten Pfad am Kanal entlang bis zu einer niedrigen, an die Mauer gepressten Bank unter einer sichelförmig verlaufenden Fußgängerbrücke.

J setzte sich und stellte die Wodkaflasche neben sich ab. Stick blieb stehen und beobachtete zwei Zigarettenstummel, die in etwas, das wie ein Rotzflatschen aussah, auf dem Wasser herumtanzten.

»Das war hier mal ein Drecksloch«, sagte J, drehte den Verschluss vom Wodka auf und hielt ihm die Flasche hin.

Stick nahm einen Schluck, ließ ihn den ganzen Mundbereich umspülen und spürte, wie seine Haut prickelte. Er sah, wie sich die Stummel berührten und wieder auseinandertrieben, sich berührten und auseinandertrieben, und fragte sich, was es war, das sie antrieb.

»Es war dreckig hier und hat gestunken, sagt mein Dad«, erklärte J. »Bevor sie's aufgepeppt haben.« Sie streckte die Hand aus, und Stick gab ihr die Flasche zurück.

Sie befanden sich an einer Kanalkreuzung. Von hier bewegte sich das suppig grünbraune Wasser in vier Richtungen. Rechts von ihnen drängten sich drei Brücken aneinander, aus Metall und Ziegeln, Bögen in Bögen, die Oberleitungen der Straßenbahn wie Wäscheleinen darübergespannt. Stick sah zu einem Mann hin, der seinen Kahn festmachte und ein dickes Tau um einen Poller legte. Hinter ihm erhoben sich Lagerhäuser, ordentlich gefugt und mit Bogenfenstern. Daneben ein Biergarten mit roten und gelben Blumen, riesigen Stoffschirmen und einem steinernen Springbrunnen. »Unsere Siedlung haben sie auch saniert«, sagte er. »Als ich geboren wurde, haben sie damit angefangen.« Das Jahr, ab dem alles besser wurde, hatte seine Mum immer gesagt. Das hatte er schon lange nicht mehr gehört.

»Meine Mum denkt, es hat was gebracht«, sagte er. »Ich denke, sie sollten alles abreißen.« Er stellte sich vor, wie Macs Wohnblock in sich zusammenfiel. Er hatte mal im Fernsehen eine Sendung über Abrissprojekte gesehen, Männer mit gelben Jacken und Schutzhelmen, die darüber redeten, wie sie hier, hier und hier eine Sprengladung legten, damit niemand beim Einsturz verletzt und die Umgebung geschont wurde. Wieder und wieder hatten sie gezeigt, wie derselbe Wohnblock einstürzte, in Zeitlupe, das ganze Ding klappte in sich zusammen, als hätte ihm jemand in den Magen geboxt und es ginge besiegt in die Knie. »Na ja«, sagte er. »Es ist schon okay. Es ist, was es ist.« Es setzte sich neben J. »Und wo wohnst du?«

»In einem Haus.« Sie holte die Sonnenbrille aus der Tasche und setzte sie auf. »Ich frage dich, hast du meinen letzten Hollywood-Blockbuster gesehen, Schätzchen?«, sagte sie und warf ihr rosa Puppenhaar von links nach rechts.

»Du bist verrückt«, sagte Stick und dann, als sie die Lippen vorschob und ein Gesicht zog: »Aber die Brille ist schön. Du bist verrückt, aber du hast Geschmack.«

J schob die Brille hoch und setzte sich wieder, ihr Knie berührte fast das seine. »Was ist jetzt mit Spanien?«

Stick öffnete den Mund und schloss ihn wieder.

»Hast du dich mit deinem Kumpel zerstritten?«, fragte J.

Stick holte den Artikel über Owen Lee aus der Tasche und gab ihn ihr. Er bereute es sofort, doch dann sah er, wie vorsichtig sie ihn auseinanderfaltete und wie sie die Nase krauszog, als sie die Augen verengte und las.

»Er hat jemanden umgebracht?« J zeigte auf Owen Lee und warf einen Blick auf Stick. »Nein?« Sie sah wieder auf den Artikel. »Nein. Dein Kumpel ist dieser Iain McKinley«, sagte sie.

»Mac. Er heißt Mac. Hieß.« Stick rieb sich die Nase und dachte, dass sein Dad das immer tat, und so schob er beide Hände unter die Schenkel und starrte auf den Kanal hinaus.

»Ernsthaft?«, sagte J.

Eine Gans zeichnete ein V aufs Wasser und schrie laut. Der Mann, der vorher seinen Kahn vertäut hatte, tauchte wieder auf dem Trampelpfad auf. Er trug einen grünen

Pullover und darunter ein weißes Hemd mit hochgeschlagenem Kragen, redete in sein Handy und ging in Richtung Pub. Stick wünschte sich einen Moment lang, mit ihm tauschen zu können. Der Mann sah aus, als hätte er einen Job, Haus, Frau und Kind, ein Boot und eine gut gefüllte Brieftasche. Und einen besten Freund, der noch lebte.

»Aber sie haben diesen Kerl gefasst, diesen Owen Lee. Das ist gut«, sagte J.

Stick schluckte. »Aufhängen sollten sie ihn«, sagte er. »Das ist doch nicht richtig. Da bringst du einen um, und dann kriegst du 'n Bett umsonst und wirst auch noch jeden Abend bekocht.«

J lachte. »Auge um Auge.«

»Was?«

»Mein Dad hat's mit der Bibel. Er streitet sich mit meiner Gran deswegen, der Mum von meiner Mum. Sie sagt, zu viel Schlechtes ist von Leuten gekommen, die sich hinter der Bibel verschanzt haben. Meine Gran hat's mit der Politik und der Gerechtigkeit und schreibt Leuten im Knast.« J hielt inne. »Ich meine … Leuten, die … Scheiße, ich weiß nicht, aber nicht Leuten wie deinem Typen. Dem würde sie nicht schreiben.«

»Er kommt vor Gericht«, sagte Stick. »Morgen.«

»So schnell?«

»Es ist eine Anhörung oder so was.« Stick holte seinen Tabak und die Papierchen hervor, rollte zwei Zigaretten und gab J eine. Er steckte seine an und zog so kräftig daran, dass der Tabak knisterte und das Papier zerfiel.

»Du wirst ihn also sehen?«, sagte J. »Diesen Owen Lee?«

»Ich will hören, wie er es zugibt.« Stick sog wieder einen Mundvoll Rauch ein, nahm einen tiefen Schluck

Wodka. »Und ich will das Warum hören, ich will, dass er sagt, warum.« Er betrachtete das vom Wasser gespiegelte Licht auf der Unterseite der Brücke, schillernde weiße Linien mit dunklen, sich bewegenden Flecken. »Sie sperren ihn ein. Lebenslänglich, nehme ich an.«

J kratzte am Etikett der Wodkaflasche.

»Sie haben Beweise«, sagte Stick. »Aber er will nicht reden, wenigstens sagt das Macs Ma. Sitzt einfach da wie ein Vollidiot und sagt nichts.« Er sah auf den Kanal hinaus. Die Zigarettenstummel waren weg, dafür schwamm ein Plastikbecher vorbei, der die Sonne einfing. »Nicht, dass sie ihn gesehen hätte. Morgen sieht sie ihn. Sie war nicht auf der Wache oder so, bei ihm, aber da gibt's einen Polzisten, Rob, und der hält sie auf dem Laufenden.« Stick hielt inne.

Sie saßen schweigend da und betrachteten das Licht auf dem Wasser. Eine gelbe Straßenbahn flüsterte über die Brücke, und auf der anderen Seite vom Kanal mühte sich eine Frau mit einem Rollkoffer auf den Pflastersteinen ab.

»Ich habe gelogen«, sagte Stick.

J warf ihm einen Blick zu, sagte aber nichts.

»Das letzte Mal, als ich dich getroffen habe, da war Mac schon tot.« Stick sah die verrottenden Handtaschen und die kaputten Mauern vor sich, J in der Fensteröffnung. »Ich habe gesagt, wir wollten nach Spanien, aber da war er schon tot.«

J nickte und sagte: »Malaga, die Costa del Sol.« Sie lächelte. »Ich hab's gegoogelt, als ich nach Hause kam. Sieht nett aus.«

Mac hätte sie gemocht, dachte Stick. Mac hätte sie eindeutig gemocht.

»Hast du einen Freund?«, fragte er und spürte, wie er rot wurde. Er scharrte mit dem Fuß über die Erde.

J schüttelte den Kopf. »Warum?«

»Nur so.« Stick biss sich so fest auf die Unterlippe, dass es weh tat. Er starrte zu dem Kahn mit den schwarzen Seiten und den aufgemalten roten Blumen hinüber. »Würdest du mir deine Nummer geben?«, fragte er und versuchte die Worte schnell herauszubekommen. »Ich dachte … ich könnt dir 'ne SMS schreiben, sehen, wo du so unterwegs bist.«

»Ich habe kein Handy.« J trat nach einer Taube, die um ihre Füße herumpickte. Der Vogel wich zurück und schlug mit den Flügeln.

»Wie kannst du kein Handy haben?«

Sie drehte beide Hände, so dass die Handflächen nach oben zeigten.

»Ich kenne niemanden, der kein Handy hat«, sagte Stick.

»Jetzt schon.«

»Du bist nicht normal, weißt du das?«

J lächelte, als hätte er ihr ein Kompliment gemacht.

»Wenn ich dich also wiedersehen will, muss ich auf das Abbruchgelände und hoffen, dass du irgendwann auftauchst?«, fragte Stick.

»Willst du mich denn wiedersehen?«

Stick senkte den Blick. Winzige grüne Farnkräuter wuchsen zwischen den Steinen. »Ach, na ja, egal.«

»Früher hatten die Leute auch keine Handys«, sagte J.

»Ja, Fuck auch, aber wie sind sie ohne zurechtgekommen?«

J zuckte mit den Schultern. »Haben sich vorher verabredet.«

Stick sah sie an.

»Wie wenn ich zum Beispiel sage, ich treffe dich in den Piccadilly Gardens, Samstag um eins«, sagte sie.

»Und ich komme, und du bist nicht da.«

»Oder du kommst, und ich bin da.«

»Oder ich komme, und du bist da, aber ich kann dich nicht finden, weil du an einer Ecke bist und ich an einer anderen, und bis ich alles abgegrast habe, hast du die Lust verloren, weil du denkst, ich hab dich sitzenlassen, und du verpisst dich.«

»Oder ich sage, wir treffen uns an der Statue.«

Stick musterte sie. Sie war hübsch und gleichzeitig auch wieder nicht, dachte er, mit ihrem spitzen Gesicht, den Sommersprossen, den zu engen Klamotten und ihrem zu dünnen Körper.

»Samstag um eins«, sagte er.

»Yeah.« Sie zuckte mit den Schultern. »Warum nicht? Dann kannst du mir von der Gerichtsgeschichte erzählen.« Sie streckte die Hand aus. »Abgemacht?«

Er schüttelte ihr die Hand und achtete darauf, sie nicht zu lange festzuhalten, damit sie ihm nicht wieder eine verpasste.

»Ich muss jetzt gehen«, sagte sie und stand auf. »Du kannst den Rest behalten.« Sie zeigte auf die Flasche, und schon war sie weg. Stick wartete eine ganze Minute, bevor er sich umdrehte. Als er es endlich tat und sich auf die Bank kniete, um besser sehen zu können, war sie bereits verschwunden.

Der Umschlag lag noch im Flur, als er leicht angetrunken zurückkam. Er setzte sich auf die Treppe und riss ihn auf. Ein GC-Windows-Katalog und eine Nachricht von seinem Dad: *Kieran, etwas, um deinen Appetit anzuregen! Reden wir am Sonntag darüber? Dad x.* Der Katalog war auf dickem, glänzendem Papier gedruckt. Auf der Titelseite stand eine blonde Frau, die mit der Hand ein Wohnzimmerfenster berührte, den Mund zu einem falschen Lächeln verzogen.

Stick schob den Katalog und die Nachricht zurück in den Umschlag und nahm ihn mit in die Küche. Babs stand mit hoffnungsvollem Blick bei der Spüle. In ihrer Schüssel war noch Futter, aber er schüttete etwas mehr von dem Trockenzeugs darauf, hockte sich neben sie und strich ihr über Kopf und Nacken, als sie daran schnüffelte.

»Ich habe ein Mädchen kennengelernt, Babs«, flüsterte er.

Die Katze suchte sich einen braunen Keks in Fischform heraus und zerbiss ihn zwischen den Zähnen.

»Wir sind verabredet«, sagte Stick. »So was in der Art jedenfalls.« Er lächelte und stoppte sich dann. »Und sie kriegen den Wichser am Kragen, der Mac umgebracht hat. Der kriegt lebenslang, garantiert.«

Babs drückte den Kopf gegen seine Hand und schnurrte. Stick sah auf den Umschlag neben sich auf dem Boden. Sein Dad hatte den Absender hinten draufgeschrieben, wie ein Idiot.

»Er will, dass ich für ihn arbeite«, sagte Stick. »Er denkt, ich bin sein Wohltätigkeitsprojekt und dass ich mit meinem Scheiß alleine nicht klarkomme.« Babs senkte die Nase und fraß noch etwas, wandte sich von ihrer Schüssel ab und lief in den Flur hinaus.

Stick nahm den Umschlag vom Boden und holte den Katalog noch einmal heraus. Er versuchte, sich in einem Anzug zu sehen, mit einem Aktenkoffer, wie er an einer fremden Tür klingelte. *Hallo, kann ich Sie für neue Fenster gewinnen?* Er schüttelte die Vorstellung ab, faltete Katalog und Umschlag zusammen und warf beides in den Müll.

Juli 2011

14

Die Anhörung fand im alten Gerichtsgebäude statt, das wie eine hässliche Schwester neben dem neuen mit den vorspringenden grünen und gelben Glasquadern stand. Stick ging einen niedrigen, überdachten Durchgang entlang, vorbei an getönten Scheiben mit Lamellenvorhängen, und kam in ein Foyer, in dem überall fotokopierte Hinweise hingen. *Handys ausschalten. Leeren Sie Ihre Taschen für den Sicherheitscheck.* Stick legte sein Handy in eine Plastikwanne und ging durch den Metalldetektor. Niemand sprach ihn an und wollte wissen, warum er hier war.

Das Gebäude war düster beleuchtet und roch nach Staub. Lange blaue Teppiche führten ihn über Korridore und eine Treppe hinauf. Entlang der Wände standen dazu passende blaue Stühle. Mehr Schilder. *Handys im Gericht verboten. Essen und Trinken ist im Gericht untersagt.* Stick ging langsam. Er war mit einem Kribbeln im Magen aufgewacht, wie ein Kind an Weihnachten. Das hier war die Gerechtigkeit. Vor dem Richter würde Owen Lee die Aussage nicht verweigern können. Sie würden dafür sorgen, dass er redete, und ihn anschließend einsperren.

Macs Ma und Rob, der Polizist, saßen vor Verhandlungssaal zwölf. Sie trug das schwarze Kleid von Harvey Nichols, der Mayofleck war rausgewaschen, aber noch sichtbar. Stick hatte wieder seinen Primark-Anzug an, mit einer blauen Krawatte, die seine Mum tags zuvor mitgebracht hatte. Er mochte das Teil nicht, aber es war nett von ihr gewesen. Außerdem hatte sie gesagt, sie habe nachgedacht und beschlossen, den Arzt wegen der Steckdosen anzurufen, und dann hatte sie etwas panisch gelacht, so dass Stick schnell die Krawatte genommen, gelächelt und gesagt hatte: »Super, danke.«

Die Anhörung war für drei Uhr angesetzt, aber sie hockten bis zwanzig nach auf den blauen Stühlen, bis sich endlich die Tür zum Gerichtssaal öffnete und ein Mann in einem Anzug und einem schwarzen Umhang herausschaute und sagte: »Der Fall Mr Owen Lee, Saal zwölf«, ohne auch nur einen Blick auf die drei zu werfen, die da saßen und warteten.

Der Raum war kleiner, als Stick es erwartet hatte, eher wie eine drittklassige Schulaula, statt wie was Hohes, Großes, das die Leute zwang, Rechenschaft für ihre Taten abzulegen. Er suchte unter den im Raum anwesenden Leuten in Umhängen und Anzügen nach Owen Lee, konnte ihn aber nirgends entdecken. Die Anklagebank war leer. Stick stellte sich vor, dass er in einem orangefarbenen Overall hereingebracht wurde, in Handschellen und an beiden Armen von Wärtern gehalten, in einem Griff, der blaue Flecken hinterließ.

»Officer?« Ein Mann an einem Tisch vor dem Richter sprach in ein Tischmikrophon, neben dem eine Digitaluhr mit großen roten Ziffern die Sekunden herunterzählte. »Würden Sie bitte Mr Owen Lee hereinbringen?«

»Ich hole ihn«, sagte eine Stimme, und Stick sah, wie sich auf dem riesigen Plasmabildschirm an der gegenüberliegenden Wand etwas bewegte. Zu sehen waren ein leerer Raum, das abgerundete Eck eines Tisches, ein Plastikstuhl und dahinter ein dunkelgrauer Vorhang.

Stick wandte sich an Mrs McKinley, die starr nach vorne blickte. »Er kommt doch hierher, nicht wahr?«, flüsterte er. »Er ist hier?«

Sie antwortete nicht, und Stick sah einen Mann in den Kameraausschnitt kommen und sich auf den Stuhl hinter dem Tisch setzen.

Owen Lee. Er sah aus wie auf dem Foto in der Zeitung, nur in Farbe, und er trug einen Anzug. Er war blass, hatte kleine dunkle Augen und eine spitze Nase. Da war nichts Besonderes an ihm. Er sah aus wie irgendjemand, neben den man sich im Bus setzte.

»Sind Sie Owen Lee?«, sagte der Mann am Tisch in sein Mikrophon.

Der Mann nickte. »Ja.« Seine Stimme klang tonlos.

Stick spürte, wie die Haut auf seinen Backen brannte, sein ganzer Körper juckte, als krabbelten Ameisen über ihn. Er wandte sich wieder Macs Ma zu und zischte: »Warum ist er nicht hier?«

Rob beugte sich vor und legte den Finger auf die Lippen. »Video-Link.« Er formte die Worte lautlos.

»Video-Link?« Stick hob die Stimme, und einer der Umhang tragenden Männer schaute zu ihm herüber.

»Das ist normal«, flüsterte Rob. »Bei einer Vorverhandlung.«

In der unteren rechten Ecke des Bildschirms war der Gerichtssaal auf der Kamera zu sehen. Der Mann am Tisch stellte den Richter und die Anwälte vor. Jedes Mal, wenn er einen neuen Namen nannte, bewegte jemand die Kamera, so dass sie auf die betreffende Person zeigte. Auf Mrs McKinley und Stick fiel die Kamera nicht, sie wurden nicht vorgestellt.

Stick schwitzte jetzt und schüttelte den Kopf. Seine Hände waren zu feuchten Fäusten geballt.

Einer der Anwälte, grauhaarig und mit gebeugten Schultern, stand auf. »Dies ist eine Vorverhandlung«, sagte er. Er hatte eine samtige, vornehme Stimme. »Das

Gericht schlägt als vorläufigen Prozesstermin den 14. Februar 2012 vor. Eine Antrags- und Verlaufsanhörung wird auf Donnerstag, den 11. August angesetzt, die Unterlagen sind am 1. August zuzustellen.«

Februar? Stick klopfte Rob aufs Knie. »Im Februar?«, flüsterte er.

Rob nickte und sah zu Mrs McKinley, die immer noch starr vor sich hinblickte, als wäre sie aus Stein. »Es braucht Zeit«, flüsterte er zurück. »Sie müssen erst die Ermittlungen abschließen und feststellen, ob eine Straftat vorliegt.«

Stick zählte in seinem Kopf. Februar, das waren noch sechs Monate.

»Können Sie die wichtigsten Fakten des Falles darstellen?«, fragte der Richter. Er saß auf einem Stuhl mit hoher Rückenlehne, erhöht über den anderen, ein kleiner, ernst dreinblickender schwarzer Mann mit weißer Perücke und einem Umhang mit einem senkrechten lila Streifen vorn. Er klang gelangweilt. Stick schob die Hände unter seine Schenkel, presste die Lippen aufeinander und versuchte, seinen Atem zu beruhigen.

»Gegen den Beschuldigten liegen starke Indizien vor. Auf den Überwachungskameras ist zu sehen, dass er sich in unmittelbarer Nähe des Tatorts befand; zudem gibt es Zeugenaussagen, die in einem Bus einen Streit zwischen dem Beschuldigten und dem Opfer kurz vor dem tödlichen Angriff belegen.«

Die Paget Street. Stick war gestern noch einmal dort gewesen. Abgesehen von dem Laternenpfosten, an dem noch ein paar verwelkende Blumensträuße hingen, deutete nichts mehr darauf hin, dass da etwas passiert war. Keine Absperrbandreste, kein zertretenes Gras, kein Blut.

»Wie nahe war er am Tatort?«, sagte der Richter.

Der Mann blätterte durch seine Unterlagen. »Wir haben keine Aufnahmen des Vorfalles selbst, Euer Ehren, aber Bilder, wie der Mann sich dem Tatort nähert und wieder wegeilt, die zur geschätzten Zeit des Todeseintritts passen. Wir warten darüber hinaus auf Untersuchungsergebnisse des Blutes, das auf den Schuhen des Beschuldigten gefunden wurde, sowie von Fasern am Tatort und auf den Kleidern des Opfers, die, wie wir glauben, zu einem Pullover passen, den wir in der Wohnung des Beschuldigten gefunden haben und der auf den Überwachungsbildern zu erkennen ist.«

Stick starrte Owen Lee an, der die Hände vor sich auf dem Tisch liegen hatte. Sein Blick war völlig ausdruckslos. Das sind einfach nur Pixel, dachte Stick. Pixel auf einem Bildschirm. Das ist er nicht wirklich.

»Strafbefehl?«

Eine rothaarige Frau, deren Umhang an der Schulter einen Riss hatte, schüttelte den Kopf. »Nein, Euer Ehren.«

Der Mann stand wieder auf. »Der Beschuldigte kooperiert in keiner Weise.«

Der Richter seufzte, als nehme er die Verweigerung persönlich. Auf Owen Lees Gesicht ließ sich keine Regung erkennen. Da war nicht mal ein Zucken. Stick starrte ihn an, bis seine Augen schmerzten, als könnte er Owen Lee so dazu bringen, ihn zu sehen.

»Somit haben wir einen vorläufigen Prozesstermin, den 14. Februar 2012.«

Mrs McKinley ließ ein leises Husten hören, und Rob lehnte sich zu ihr hin und flüsterte ihr etwas ins Ohr.

»Für die Antrags- und Verfahrensanhörung wird der 11. August angesetzt«, fuhr der Richter fort. »Die Staatsanwaltschaft hat dann das Wort. Sämtliche Beweise sind bis Montag, den 1. August einzureichen. Hoffen wir, dass sie ausreichen. Die Unterlagen der Verteidigung kommen bis Freitag, den 5. August zu mir.« Er sprach langsam und schrieb selbst mit, legte den Stift zur Seite und hob den Blick zum Bildschirm. »Mr Owen Lee, können Sie mich hören?«

Owen Lees Augen weiteten sich um einen Bruchteil. »Ja.«

»Ihr nächstes Erscheinen vor Gericht via Video-Link ist auf Donnerstag, den 11. August angesetzt. Verstanden?«

Der Mann nickte. »Ja.«

Der Richter fuhr sich mit der Hand über Mund und Kinn. »Damit ist diese Anhörung beendet«, sagte er.

»Was?« Stick stand zitternd auf. »Beendet?«

Der Richter sah zu ihm hin, die Brauen leicht angehoben. »Wir gehen zum nächsten Fall über«, sagte er.

Stick sah, wie Owen Lee seinen Stuhl zurückschob und aufstand. Ein Mann in brauner Uniform trat zu ihm.

»Sie haben ihn ja gar nichts gefragt«, rief Stick.

»Kommen Sie, Kieran.« Rob bedeutete Macs Ma aufzustehen und ergriff Sticks Arm. »Kommen Sie.«

Stick riss sich los. »Sie haben ihn nur nach seinem scheiß Namen gefragt«, brüllte er. »Dabei weiß doch jeder, wie er heißt.«

»Könnte die Galerie bitte geräumt werden?«, sagte der Richter.

Rob fasste noch einmal Sticks Arm und zog ihn zur Tür, als ein großer, breitschultriger Mann in einem schwarzen Anzug hereinkam und streng zu ihnen herübersah.

»Wir gehen. Er geht«, sagte Rob. »Er ist nur etwas aufgebracht.« Er trat hinter Stick und schob ihn nach draußen.

»Sieben Minuten?« Er hätte die Kamera finden, sich direkt davorstellen und auf die Linse spucken sollen. »Sie haben ihm nicht eine Frage gestellt.«

»Es war nur ein Ermittlungsverfahren«, sagte Rob mit betont ruhiger Stimme. »Das ist eine rein formelle Sache.« Er sah Stick ins Gesicht, aber Stick hielt den Blick auf den blauen Teppich gerichtet. »Deshalb arbeiten sie mit einem Video-Link«, sagte Rob. »Um sich das Hin-und-her-Fahren zu ersparen. Tut mir leid, ich hätte Ihnen das vorher erklären sollen.«

»Das war doch 'ne Witzveranstaltung.«

»So sind die Abläufe.« Rob sah zu Mrs McKinley hinüber, die durchs Fenster auf eine Baustelle vor dem Gebäude hinausschaute. »Ihr helfen Sie aber so nicht«, sagte er leise.

Es fühlte sich an, als zerspringe etwas in ihm. Fast konnte er es Bersten hören. »Mir hilft auch kein Schwein«, sagte Stick, und seine Stimme zitterte, und selbst als sich Mrs McKinley vom Fenster abwandte, blass und elend, war es ihm unmöglich, seinen Atem zu beruhigen und zu verhindern, dass ihm der Blick verschwamm, ihn seine Beine aus dem scheiß Gerichtsgebäude hinaus in den viel zu hellen Nachmittag trugen und sein Mund die ganze Zeit »Fuck, Fuck, verfickte Arschlöcher« zischte, wieder und wieder und wieder.

Es fing an zu regnen, als er sich unter dem Zaun hindurchduckte. Dahinter hatte sich nichts verändert. Gähnende Leere. Überall Scheiß. Er trat gegen ein Stück geborstenes Plastik, das vielleicht einmal ein Eimer gewesen war, mit dem Kinder Sandburgen gebaut hatten. Es sprang über die Erde und blieb auf der Seite liegen. Er konnte nicht richtig atmen. Konnte nicht richtig denken. Der Regen trommelte unbeirrt seinen Rhythmus auf die

Blätter einer Pflanze mit violetten, kegelförmigen Blüten, auf den Zaun und die Müllhaufen. Feuchte Flecken breiteten sich auf Sticks Anzug aus, der Stoff klebte kalt und nass an ihm. Er wollte sich aus seiner Haut befreien, an einen ruhigen Ort flüchten, wollte den Lärm aus seinem Kopf loswerden, aber er wusste nicht, wie.

Warum sollte ein Mann wie Owen Lee, ein gewöhnlicher, langweiliger Typ mit einem gewöhnlichen, langweiligen Gesicht, der einen gewöhnlichen, langweiligen Anzug trug, Mac umbringen wollen? Das ergab keinen Sinn. Mac hatte doch nur seine Mac-Nummer abgezogen, den Irren gegeben, war ein bisschen zugesoffen gewesen und hatte vielleicht das Maul etwas aufgerissen. War eben einfach Mac gewesen. Stick trat nach einer der toten Handtaschen. Sie bewegte sich nicht, und so trampelte er darauf herum, trat immer wieder so fest er konnte zu und zermatschte das Teil.

Das reichte ihm nicht. Stick zog über die Einöde, sein Atem immer noch zu schnell und zu laut, seine Hände zitterig. Ganz auf der anderen Seite entdeckte er ein Gebäude, das ihm beim ersten Mal nicht aufgefallen war, selbst von oben nicht, als er mit J in der Fensteröffnung gesessen hatte. Es war kein Haus, eher ein Ziegelschuppen, und fast das gesamte Innere wurde von drei Metallboxen eingenommen, deren offene Seite mit einem Metallnetz geschützt war, während dahinter Ventilatoren lagen, die wie Propeller aussahen. Sie drehten sich, obwohl sie nirgends mehr angeschlossen sein konnten. Allein der Wind, der durch den kaputten Eingang hereinwehte, versetzte sie in Bewegung.

Stick trat gegen eins der Metallnetze, fest genug, dass es weh tat. Der Lärm hallte durch den kleinen Raum. Er trat noch einmal. Und wieder. Und wieder. Es half nicht. Es gab ihm das Gefühl, als seien die Glieder seines Körpers nicht richtig miteinander verbunden. Von dem Lärm bekam er Kopfschmerzen. Aber er machte dennoch weiter, kickte und trat, bis das Netz nachgab und riss und er gegen den scheiß Propeller treten konnte, bis der sich zu drehen aufhörte und er an den Blättern reißen und auf sie eintreten konnte. Sie wollten einfach nicht kaputt gehen, aber er gab nicht auf, riss, bis ihm die Arme und die Hände weh taten. Der Schweiß lief ihm den Rücken herunter, er trat mit der Ferse zu und mit der Fußspitze, er ging auf die Knie und stieß mit der Schulter gegen die Dinger, und die ganze Zeit ging sein Atem wie eine Dampfmaschine, und sein Kopf war ein einziges weißes Rauschen.

Er hörte nicht, als J ihn rief. Sie musste etwas gesagt haben, bevor sie in den Schuppen trat und eine Hand auf seine Schulter legte, aber er hörte sie nicht, und ihre Berührung ließ ihn zusammenfahren. Ein leiser Schrei entfuhr ihm, ohne dass er es gewollt hätte.

»Kieran? Stick?« Ihr Haar war blau, die Spitzen zu Regenlocken geringelt. Ihre Lider waren mit einem glänzenden blauen Puder bedeckt, und um ihre Augen war je eine dünne schwarze Linie gezogen, die in einem kleinen Schnipser endete, wo die Lider zusammentrafen. »Bist du okay?«, fragte sie durch den Lärm des Regens, der aufs Dach trommelte. Sie sah ihn an, als tue er ihr leid, aber er brauchte ihr Mitleid nicht.

Er wandte sich dem nächsten Ventilator zu und trat hart dagegen.

»Ich glaube nicht, dass das hilft.«

Stick trat erneut gegen das Metall.

»Du brichst dir den Fuß.«

»Verpiss dich.«

Sie legte ihm die Hand wieder auf die Schulter. Er wich

zurück. »Ich habe gesagt, verpiss dich. Verpiss dich, los, hau ab.«

Js Augen wurden größer, ihre Brauen hoben sich, doch sie blieb, wo sie war. Hinter ihr konnte er die Müllhaufen und eingestürzten Mauern sehen, und dahinter die schrägen Lagerhausdächer und das massige Strangeways-Gebäude. Sein Inneres passte nicht mehr in seinen Körper, sein Herz, seine Lunge und sein Magen waren aufgebläht wie Ballons, er konnte fühlen, wie sie von innen gegen seine Haut pressten, so fest, dass er zitterte.

»Es ist wohl nicht so gut gelaufen, oder?«, fragte sie.

Stick lachte, ein lautes, hartes Lachen.

J nickte, als verstünde sie. Aber das tat sie nicht. Das konnte sie nicht. Niemand außer Mac konnte das, und der war verdammt nicht da.

»Sie haben ihn überhaupt nichts gefragt«, sagte er.

Wieder nickte J.

»Seinen Namen wollten sie wissen, und dann haben sie gesagt, der Prozess findet erst im scheiß Februar statt. Im Februar? Ich bitte dich!«

»Sie müssen noch ermitteln, Beweise sichern, richtig? Eine gute Anklage aufbauen.«

»Er sollte ...« Stick fühlte sich wie der Wohnblock im Fernsehen, der in einem Wirbel aus Staub und Schutt in sich zusammengefallen war. Er musste einen Höllenlärm gemacht haben, aber so, wie sie es zeigten, aus der Entfernung, schien es in vollkommener Stille zu geschehen: Gerade ragte der Block noch unbeschädigt auf, im nächsten Moment war er verschwunden.

J holte eine Schachtel Zigaretten aus der Jackentasche. »Anwälte und Polizei und all das, die brauchen ewig.« Sie hielt ihm die Schachtel hin. »Willst du eine?«

Stick schüttelte den Kopf. Er sah zu, wie sie sich eine

anzündete, den Rauch inhalierte und drei perfekte weiße Ringe ausstieß. Es erinnerte ihn an Mac draußen vor der Kneipe, angezogen wie ein Idiot, mit Mr Dunnes scheiß Zigarre.

»Ich hab gesagt, verpiss dich, kapiert? Oder biste blöd? Hau endlich ab.« Seine Stimme brach um die Worte herum, doch er schrie weiter, weil er sonst angefangen hätte zu heulen.

Aber J ging nicht. Sie trat vor, öffnete die Arme und drückte ihn an sich, ihr nasses Haar an seiner Backe. Er wollte zurückweichen, aber seine Beine standen direkt vor dem Metalldings. Er spürte die Tränen unter seiner Haut. Es hilft zu weinen, hatte seine Mum nach der Beerdigung gesagt, es kann wirklich helfen. Aber wenn er jetzt anfing, hörte er nie wieder auf. Er bekam keine Luft, solange sie ihn so scheißfest hielt.

»Lass mich los!« Er wollte sich nur von ihr losmachen, doch am Ende stieß er sie zurück, und sie stolperte und krachte gegen den Türrahmen.

Er öffnete den Mund, um »Entschuldige, ich konnte nicht anders, hast du dir weh getan?« zu sagen, doch es kam nichts heraus. Sie hielt sich die Schulter und funkelte ihn an, wartete, aber er konnte nicht sprechen. Nach einer Minute drehte sie sich um und ging hinaus in den Regen. Er wollte sie aufhalten, wollte sagen, *nein, es tut mir leid, ich wollte doch nicht … das würde ich nie … ich hatte einen so beschissenen Tag, das sollte nicht so sein, es tut mir so leid,* doch stattdessen stand er nur da, malte mit dem Finger Kreise in den Staub auf der zertretenen Metallbox vor sich und spürte, wie sich seine Brust hob und senkte. Und dann hockte er sich hin, legte die Hände auf den Kopf, hielt sich fest und wiegte sich auf den Fersen vor und zurück.

15

Samstag. Ein Uhr. So war es verabredet. Zwar würde sie nach dem Vorfall sicher nicht kommen, aber er hatte gesagt, er werde da sein, und vielleicht hatte sie ja gemerkt, dass er sie nicht wirklich hatte wegstoßen wollen.

Es gab vier Statuen in den Piccadilly Gardens. Wie hatte er das nicht wissen können? Wie hatte J das nicht wissen können? Oder vielleicht hatte sie ja, dachte Stick und lief von einer zur anderen – von der fetten Frau mit der Krone zum Mann mit dem Buch auf dem Knie und den beiden anderen mit den Händen in den Hüften.

Er wählte die Fette mit der Krone, weil sie am tiefsten im Park stand und ihm am offensichtlichsten vorkam. Sie stand auf Steinstufen, auf denen überall Leute saßen. Stick drehte eine Runde. Eine Taube hockte auf dem Kopf der Statue, und noch etliche mehr saßen oben auf dem Thron, der Stein unter ihnen war mit weißer Scheiße gesprenkelt.

Überall waren Menschen, viele mit Einkaufstüten bepackt, von Primark, Debenhams, Boots, Schuh. Die Fontänen waren angestellt, Wasser schoss aus dem Boden, verteilte seine Tropfen wie Spucke, und die Kinder waren ganz verrückt danach. J war nicht da. Natürlich nicht.

Stick fand einen freien Platz auf den Stufen und setzte sich. Er sah zwei Mädchen zu, Zwillingen, die das Haar zu dünnen schwarzen Pferdeschwänzen gebunden hatten und zwischen den Fontänen spielten. Die eine streckte eine Hand aus, um das Wasser zu berühren, und zog sie gleich wieder zurück. Die andere rannte mitten durch die Wassersäulen und lachte. Beide trugen genau die gleichen Kleider, hellrosa mit schmalen Trägern, und die gleichen Schuhe, schwarz und glänzend. Wie komisch, dachte Stick, jemanden zu kennen, der genau ist wie du selbst. Einen anderen anzublicken und dich selbst zu sehen.

Er wartete bis Viertel nach und drehte eine weitere Runde zu den anderen Statuen. Setzte sich noch mal auf die Stufen und wartete bis halb. Viertel vor. Zwei Uhr. Suchte den kleinen Park nach blauen Haaren ab, einer engen schwarzen Jeans, dünnen braunen Armen.

Mac hätte gesagt, er sei ein Idiot und verdiene es nicht besser. Und dann würde er sagen: *Vergiss es. Vergiss sie. Es gibt noch andere Fische im Meer.* Und wenn Stick ihm darauf sagte, er wolle sich nur entschuldigen, würde Mac antworten: *Oh, Mann, komm schon, das war gestern. Vergiss es.*

Stick war am Morgen aufgewacht und hatte sich gefühlt, als hätte ihm einer das Innere mit dem Putzmittel ausgewaschen, mit dem seine Mum das Bad sauber machte, das, wo dir schon vom Geruch die Augen tränten. All der Druck vom Tag zuvor, der Lärm in seinem Kopf, das Gefühl, explodieren zu müssen, all das war weg, und er war nur noch weiß, leer und schwerelos. Und das bedeutete, dass er J, wenn sie denn auftauchte, alles erklären konnte. Er würde in der Lage sein, die richtigen Worte in der richtigen Reihenfolge herauszubringen, sie würde ihm zuhören, nicken und ihn schließlich anlächeln, und er würde eine Flasche Wodka kaufen, mit J zurück zum Kanal gehen, um die Flasche auszutrinken, und er würde J bitten, ihm Witze zu erzählen, würde den Kopf an die rauhe Steinmauer lehnen und ihr zuhören, würde die

Gänse schnattern und die Schritte über ihren Köpfen auf der Brücke hören.

Um Viertel nach zwei piepte das Telefon, eine SMS, und er fummelte es aus seiner Tasche.

Mit Shelia gesprochen (Medium). Iain gehts gut! Oma schickt Grüße. Freu mich auf gr. Gebparty! Alan.

Stick legte die Hand um den Bildschirm. Er wollte nicht, dass einer, der zu nahe saß, dies las und und dachte, er habe sie nicht mehr alle.

Iain gehts gut! Er las die Worte noch einmal und sah zu den Leuten in Shorts, T-Shirts und Sandalen, die durch den Park schlenderten. Ihm kam der Gedanke, dass sie auch alle jemanden kennen mussten, der tot war.

Iain gehts gut! Stimmt das? Geht's dir gut? Stick heftete seinen Blick auf die spuckenden Fontänen. Die Sonne glitzerte im Wasser, das über den Beton spritzte. Er fragte sich, wie Shelia aussehen mochte – ob sie wallende Kleider, Armreife und Kristallkugeln liebte oder vielleicht einen Anzug trug, kurze Haare hatte und sich die Lippen knallrot anmalte. Er schob das Telefon zurück in seine Tasche, legte das Kinn auf die Hände und wartete auf J.

Sie kam nicht. Er wartete bis halb drei. Viertel vor drei. Sie kam nicht, und er hatte keine Nummer von ihr und wusste nicht, wo sie wohnte. Das war's dann wohl, wie seine Oma sagen würde. Jetzt gilt's nach vorn zu schauen.

Um drei stand Stick auf und ging die Market Street hinunter, bog in die Spring Gardens und tauschte seine Euros in der Post wieder in Pfund um, steckte die neuen Scheine und das Kleingeld in die Tasche und kaufte bei TK Maxx das am wenigsten mädchenhafte Schreibpapier, das er finden konnte, cremefarbene A5-Bögen mit einem Zebramuster entlang der Ränder. In der Schlange an der

Kasse ließ er den Blick durch das Geschäft wandern, aber hier war sie auch nicht.

Schaden kann es nicht, sagte er sich im Bus zurück zur Rochdale Road. Schaden kann es nicht, es zu versuchen. Nur, dass er Schreiben hasste. Nur, dass sie es nie lesen würde. Aber scheiß drauf.

Liebe J,

Er strich das *Liebe* durch.

ich habe heute in den Piccadilly Gardens auf dich gewartet.

Was so klang, als sei er sauer auf sie, und dabei war's doch andersherum. Er zerknüllte das Papier und nahm ein frisches Blatt.

J, es tut mir leid, du warst nett zu mir, und ich war ein Wichser.

Er griff nach einem weiteren Blatt.

J, es tut mir leid, du warst nett zu mir, und ich war ein Idiot. Ich war im Gericht, und Owen Lee war nicht mal da, er war im Gefängnis, und sie hatten eine Kamera und dann einen Bildschirm im Gericht, so dass ich ihn nicht richtig sehen konnte. Der Prozess findet erst im Februar statt, aber ich hatte geglaubt, er würde da schon anfangen. Ich dachte, ich würde explodieren, wenn du weißt, was ich meine.

Es tut mir leid, schrieb er noch einmal und starrte auf die Zebrastreifen und seine fürchterliche Handschrift, zusammengequetscht und eckig. *Meine Mum sagt immer, »tut mir leid reicht nicht«, aber ich weiß nicht, was ich sonst sagen soll, nur dass ich ein Idiot bin, aber das weißt du.*

Stick

Er schrieb seine Telefonnummer darunter, las alles noch einmal und fügte hinzu:

PS: Ich mag dein Haar blau.

Er faltete das Blatt zusammen, steckte es in einen Umschlag mit dem Kopf eines Zebras hinten auf der Klappe und schrieb *J* vorne drauf. Es sah etwas verloren aus mitten auf dem Papier, und so malte er einen Kreis darum, und dann noch einen.

Zurück auf dem verlassenen Grundstück, wo er J zuerst getroffen hatte, nahm er einen Stein, stellte sich auf die Rückenlehne des aufgerissenen Ledersessels und zog sich in die Fensteröffnung. Zwischen zwei Ziegeln entdeckte er Zigarettenasche, die wahrscheinlich schon seit Wochen dort lag, trotzdem fühlte er sich bei ihrem Anblick sofort besser. Er legte den Umschlag über die Asche und den Stein oben drauf, aber so, dass man das *J* sehen konnte.

Du hältst dich wohl für einen scheiß Romeo, was?, würde Mac sagen. *Für so 'nen ganz Romantischen.* Stick betrachtete den Umschlag, und ohne jede Vorwarnung war das Dröhnen zurück in seinem Kopf, seine Haut wieder heiß, und das Herz tobte in seiner Brust. Er zwang sich, auf den Sessel zu springen und zu verschwinden, bevor er den Brief zerriss oder wieder was zerschlug. Bevor noch mehr kaputtging, als sowieso schon kaputt war.

16

Der Brief blieb eine ganze Woche unangetastet liegen. Stick ging regelmäßig hin, um nachzusehen, und jedesmal war der Umschlag weicher, schmuddeliger und sein Brief immer noch ungelesen. Aber dann, am Wochenende danach, war er verschwunden.

Stick kletterte hoch in die Fensteröffnung, um sicherzugehen. Kein Brief. Das bedeutet gar nichts, sagte er sich. Irgendein Arsch hatte ihn wahrscheinlich gefunden und würde jetzt anfangen, ihn mit Porno zuzutexten. Oder ein Vogel hatte ihn mit dem Schnabel gepackt und woanders wieder fallen lassen. Stick schwang ein Bein über den Sims, spähte nach links, nach rechts. Nichts. Aber dann sah er das Stück Glas auf seinem Stein, nicht irgendein Stück Glas, sondern eins, das vom Meer rundgewaschen worden war, keine scharfe Ecke mehr hatte und zu einem blassen, undurchsichtigen Grün verschliffen worden war.

Jetzt fing er auch noch an, sich Dinge einzubilden. Trotzdem nahm er das Glasstück, steckte es in die Tasche und legte es zu Hause in seinem Zimmer neben das Briefpapier mit dem Zebramuster. Und dann nahm er es und hielt es in der linken Hand, während er einen weiteren Brief schrieb.

J. Danke für das Geschenk. Wenn es von dir ist. Ansonsten vergiss es.

Fast hätte er das Blatt wieder zerknüllt, doch dann öffnete er die linke Hand und betrachtete das Glas, das vom

Schweiß seiner Hand dunkler geworden war, und er schrieb weiter.

Es hat mich ans Meer denken lassen. Du hast gesagt, du magst das Meer? Ich möchte dich nach Blackpool einladen, zu meinem Geburtstag. Kommst du? Samstagmorgen um 10, Bahnhof Piccadilly, vor Thorntons. Ich zahle. Stick.

Er faltete das Blatt zusammen, schrieb *J* auf einen Umschlag, zog zwei Kreise darum, faltete den Brief noch einmal auseinander und schrieb:

PS: Es ist mein 18. Ich bin kein Loser ohne Freunde, aber eigentlich wollte ich in Spanien sein, mit Mac. Er wird drei Tage nach mir 18. Wir hatten große Pläne. Nicht zu große. Bier, Strand, Clubs, so was in der Art. Egal, Samstagabend gibt's bei uns Chinesisch. Du könntest auch kommen (der Freund meiner Oma ist verrückt, nur als Warnung).

Mac hatte seinen achtzehnten fast verzweifelt herbeigesehnt. »*Verantwortung, Respekt*«, hatte er gesagt und sich in die Brust geworfen. »*Keine falschen Ausweise mehr, keine Blickgefechte mit dem Thekenpersonal und keine Leute, die denken, sie können dir einen Hungerlohn zahlen, obwohl du genauso hart arbeitest wie alle anderen.*« Stick dagegen dachte insgeheim, dass er lieber wieder in der Schule wäre. Nicht, dass er die Schule besonders gemocht hätte, nein, sicher nicht, aber wenigstens lief da alles ziemlich klar ab, und du musstest nicht ständig Entscheidungen treffen.

Er deponierte den Brief an der gleichen Stelle wie zuvor und blieb noch ein wenig da, doch J tauchte nicht auf. Er ging rüber zu dem Ziegelschuppen und sah sich die zertretenen Ventilatoren an. Zwei drehten sich immer noch müde im Luftzug. Den dritten hatte er so erwischt, dass er festhing.

Stick rieb sich die Augen. Er schlief schlecht, verbrachte die Nächte damit, an die Decke zu starren, auf den dort querlaufenden Riss, den Staub auf dem Lampenschirm und das Spinnennetz in der Ecke, das sich manchmal bewegte, als puste einer hinein. Sobald er die Augen schloss, begann er, an Mac zu denken, das Blut auf seinem Hemd, oder er sah Owen mit leerem Blick am Tisch sitzen. Oder J, die sich die Schulter hielt, während sich ihre Augen mit Tränen füllten.

Als er zurück nach Hause kam, roch es nach Schokoladenkuchen. Seine Mum spülte gerade die Rührschüssel.

»Ich dachte, ich mache zwei«, sagte sie, »und du bringst einen zu Iains Mutter. Was hältst du davon?«

Stick zuckte mit den Schultern.

»Es ist gut, wenn du mit ihr in Kontakt bleibst, Schatz. Solche Sachen sind wichtig, und Schokoladenkuchen hat doch was Tröstliches, oder?« Sie stellte die Schüssel auf das Abtropfgestell und drehte sich um. »Gehst du morgen zu deinem Dad?«

Stick verzog das Gesicht. »Eher nicht.«

»Hat er mit dir über …« Sie verengte die Augen, als versuche sie, seine Gedanken zu lesen.

»Ich verkaufe keine Doppelglasfenster.«

»Ich fand, das war ein tolles Angebot. Eine Ausbildung, eine anständige Bezahlung. Und noch dazu hier in der Gegend.«

Er hätte jetzt in Spanien sein sollen, in einer Bar arbeiten, sich bräunen lassen. Er hätte jetzt Spaß haben sollen.

»Du könntest es versuchen«, sagte sie.

Stick schüttelte den Kopf und rechnete mit einem Vortrag: Du wirst nächste Woche achtzehn, du brauchst einen Plan, du kannst nicht den Rest deines Lebens hier herumlungern, die meisten Leute bekommen keine solche Chance, sieh, wie es in Griechenland zugeht, Kieran, du solltest dich glücklich schätzen – aber die Predigt blieb aus. Seine Mum holte zwei Schokokuchen aus dem Ofen, stach mit einem Messer hinein, um zu sehen, ob sie fertig waren, und stellte sie zum Abkühlen auf einen Rost.

»Hast du dir einen Termin geben lassen?«, fragte Stick.

Seine Mum schüttete etwas Puderzucker in ein Sieb und schüttelte ihn in eine saubere Schüssel. In einer feinen weißen Wolke schwebte er herab.

»Beim Arzt?«, sagte Stick.

»Oh.« Sie lachte, als würde das seine Frage verschwinden lassen.

»Mum?«

»Ich bin noch nicht dazugekommen, Schatz, aber ich mache es. Bestimmt.« Sie gab einen Löffel Butter in die Schüssel und rührte ihn unter den Puderzucker. »Die sind in einer Minute abgekühlt. Bringst du einen zu Mrs McKinley rüber? Und grüß sie ganz lieb von mir, ja?«

Stick drehte sich um und ging ohne ein Wort in sein Zimmer. Er öffnete die Schublade des kleinen Schreibtischs, an dem er immer seine Hausaufgaben gemacht hatte und holte die Rolle Geldscheine hervor, die er in der Post bekommen hatte. Hundert waren eine runde Summe, dachte er, zählte fünf Zwanziger ab und legte den Rest zurück.

Sticks Mum stellte den Kuchen in eine Pappschachtel, sagte ihm, er solle sie mit einer Hand darunter tragen und vorsichtig gehen. Draußen lief der kleine Junge von nebenan in seiner Unterhose herum und kaute auf einem

Stück Toast, sonst war niemand zu sehen. Stick ging langsam. Der Kuchen roch gut, und die Sonne wärmte ihm das Gesicht. Stick dachte an Alans SMS. *Iain gehts gut!* Was wäre, wenn er bei Mrs McKinley klingelte und Mac machte die Türe auf? Mac würde sich den Kuchen schnappen, damit davonlaufen und sich ein Riesenstück abschneiden.

Mrs McKinley kam an die Tür. Sie sah nicht gut aus, ihre Augen waren blutunterlaufen, ihr Haar fettig. Sie trug einen Trainingsanzug, der ihr viel zu groß war, vielleicht war es sogar einer von Mac.

»Kieran!« Sie breitete die Arme aus, und als sie sich vorbeugte, um ihn zu küssen, konnte er den Schnaps in ihrem Atem riechen.

»Ein Kuchen«, sagte er. »Mum hat ihn gebacken.«

Mrs McKinley starrte in die Schachtel.

»Sie haben gesagt, alle bringen immerzu was zu essen, ich weiß. Aber …«

»Wie nett.« Sie sah ihn an. »Ist es nicht wahnsinnig nett?«

Stick folgte ihr in die Wohnung. Es sah aus, als hätte jemand eingebrochen und alles herausgerissen. Das Wohnzimmer war mit Macs Sachen übersät, Hosen, Hemden, Schuhen, DVDs und Xbox-Spielen, Kabeln und Kopfhörern. Auf dem schwarzen Ledersessel lagen zwei schwarze Hanteln. »Ich mache mich fit, Stick-Mann«, hatte Mac gesagt. Eine Woche hatte er durchgehalten, wenn überhaupt. Fünf Handy-Ladegeräte. Wer brauchte fünf Ladegeräte?

»Der Junge hatte so viele Sachen, du würdest es nicht glauben.« Macs Ma machte ein ausladende Geste durchs Zimmer und schüttelte den Kopf. »Ich ertrage das nicht«, sagte sie. »Überall. Er ist überall.« Ihre Stimme brach. »Ich dachte …«

Nach dem Brand waren zwei Leute gekommen und hatten Sophies winziges Zimmer, dessen einziges Fenster auf den Parkplatz der Schule hinausging, neu gestrichen. Die Versicherung hatte alles bezahlt. Blass cremefarbene Wände. Einen neuen weißen Teppich. Aber der Rauchgeruch war geblieben, nur halb überdeckt von dem der neuen Farbe. Und über dem Fenster, in der Ecke, gab es noch einen ganz schwachen Fleck, der nie erwähnt, geschweige denn überstrichen wurde. Die Versicherung bezahlte auch ein neues Bett, einen Schrank und einen Nachttisch, und als alles fertig war, gingen Stick, seine Mum und sein Dad nach oben, standen im Zimmer, das nach Farbe, Teppich, Plastikverpackungen und Rauch roch, und sagten nichts.

Wochen später ging Stick aus Langeweile nach der Schule noch mal in Sophies Zimmer, und da stand ein Foto von ihr in einem großen Silberrahmen auf dem Nachttisch, und etliches von ihren Sachen türmte sich rundum. Ihr Spielzeughund, rauchgeschwärzt, ihre Schuhe, ein Mantelknopf, eine Mütze, ein Schnuller. Das Armband, das sie von ihrer Oma zur Geburt bekommen hatte. Stick hatte dagestanden und seine Schwester angestarrt, war nach unten gegangen und hatte seine Mum gefragt, was mit den Menschen geschah, wenn sie starben, und sie hatte den Kopf geschüttelt und gesagt: »Ich weiß es nicht, Schatz. Es tut mir leid, ich weiß es nicht.«

Macs Ma stand mit hängenden Armen da und weinte. »Es ist so ruhig geworden«, sagte sie. »Ohne Iain … Da ist nur der Hund oben, der einen mit seinem Gebell in den Wahnsinn treibt.«

»Möchten Sie ein Stück Kuchen, Mrs McKinley?«, fragte Stick.

»Ich brauch was zu trinken«, sagte sie.

»Tee? Ich kann Ihnen einen Tee kochen.«

»Was Richtiges.« Sie sah ihn an, verstört. »Würdest du mir was holen? Nur einen kleinen Schluck. Der Wodka steht im Kühlschrank.«

Stick floh in die Küche, stellte den Kuchen zur Seite und schenkte zwei großzügige Gläser Wodka ein. Als er zurück ins Durcheinander des Wohnzimmers trat, dachte er an Sophies Zimmer und die Dinge um ihren Nachttisch. Sie waren nicht mehr da, wobei er sich nicht erinnern konnte, wann sie verschwunden waren. Er hatte nicht gefragt, und seine Mum hatte nichts gesagt. Vielleicht hatte sie einfach entschieden, dass es genug war. Vielleicht hatte sie alles noch in einer Kiste unter ihrem Bett stehen. Vielleicht ging sie auch deshalb nie auf den Friedhof. Weil sie nicht zurückblicken wollte.

»Was würde er von mir denken?« Mrs McKinley hielt ihr Glas vors Fenster, als wäre noch etwas anderes darin zu entdecken als nur Schnaps. »Nachmittags schon zu trinken.«

»Er hat nachmittags auch getrunken«, sagte Stick, und fast hätte sie gelächelt. Er sah es, ein ganz leichtes Zucken ihrer Lippen.

»Ich hab sein Zimmer …« Sie brach ab, musste aufstoßen und legte die Fingerspitzen auf die Lippen, als hätte sie etwas Falsches gesagt.

»Was ist mit seinem Zimmer?« Stick bewegte sich in Richtung Tür. Mrs McKinley versuchte nicht, ihn aufzuhalten, sie stand mit ihrem Glas da und starrte ins Nichts.

Er hätte nicht überrascht sein sollen, er hörte, wie es klang, als er die Tür öffnete.

Das Zimmer war leer.

Nicht, dass einfach nur die Regale und der Schrank leer geräumt waren. Da war kein Regal mehr, kein Schrank und kein verdammter Teppich. Nur ein schmuddeliger leerer Raum. Selbst die Vorhänge waren verschwunden. Die Decke hing plötzlich zu tief. Der Boden war mit Hartfaserplatten ausgelegt, und der Kleber, mit dem der Teppich darauf befestigt gewesen war, bildete große, schmutzige Flecken. Es musste an Js Ruine beim Gefängnis denken, den vom Regen verzogenen Boden und darunter all die ordentlichen Holzblöcke, die zu aufgeschwemmt waren, um noch zusammenzupassen.

Als er zurückkam, wich sie seinem Blick aus.

»Wo sind die Möbel?«, sagte er. »Mrs McKinley? Die Möbel?«

»Sie bringen sie weg«, sagte sie mit brüchiger Stimme.

»Wer?« Stick konnte nichts dagegen tun, dass seine Stimme zitterte.

Sie machte eine Geste, als wäre es nicht wichtig, und sah ihn an. »Seine Schuhe habe ich dir doch gegeben?«

Stick nickte, und sie lächelte, als wäre damit alles so, wie es sein sollte. Der Hund oben fing an zu bellen. *Kläff, kläff, kläff,* Pause. *Kläff, kläff, kläff,* Pause.

»Ist es, weil Sie kein Geld mehr haben?«, sagte er so ruhig, wie er konnte.

Sie legte die Stirn in Falten.

»Sind Sie pleite und verkaufen deshalb seine Sachen?«

Sie schüttelte den Kopf.

»Ich stelle alles zurück. Ich räume das Zimmer wieder ein, Mrs McKinley. Er ist noch keine zwei Minuten tot. Das können Sie nicht machen.« Es war, als hätte er drei Dosen Red Bull getrunken, er war wie elektrisiert und konnte nicht stillstehen.

Die Sachen waren in ihrem Schlafzimmer gestapelt.

Der Schrank, die Kommode, der schwarz-silberne Fernsehtisch. Das Bett stand zerlegt an der Wand, der Teppich war in Streifen zerschnitten und in Müllbeutel verpackt.

Er zerrte die Beutel zurück in Macs Zimmer, holte die Teppichstücke heraus und rollte sie eins nach dem anderen aus. Es war wie ein Puzzle, nur dass nichts wirklich zusammenpasste, am Ende hier und da das Holz sichtbar blieb und einzelne Teppichteile übereinanderlagen.

Er baute das Bett wieder auf und stellte den Fernsehtisch zurück. Als er mit dem Schrank in den Flur kam, sah er Mrs McKinley in der Tür zum Wohnzimmer stehen.

»Ich habe den Teppich rausgenommen«, sagte sie und rieb sich die Fingerspitzen. »All die spitzen Ecken bei den Fußleisten.« Das Hundebellen hörte nicht auf. »Und der Staub, der dabei hochwirbelte.« Sie rieb sich immer noch die Finger. »Er ist schwer, der Teppich.«

»Ich stelle den hier zurück«, sagte Stick und zeigte auf den Schrank. »Ich stelle alles zurück.«

Sie zuckte mit den Schultern, als wäre es ihr egal, und ging zurück ins Wohnzimmer. Stick baute alles wieder so auf, wie es vorher gewesen war, das Bett ans Fenster, den Fernseher vor die Wand, den Schrank in die Ecke gegenüber der Tür. Am Ende war er schweißgebadet.

Als er zurück ins Wohnzimmer kam, saß Mrs McKinley vorn auf dem Rand des Sofas, Glas und Wodkaflasche vor sich auf dem Kaffeetisch, daneben einen Stapel alter Schulbücher und eine Spielzeuggiraffe. Stick holte die Zwanzig-Pfund-Scheine aus der Tasche.

»Die habe ich Ihnen mitgebracht.« Er hielt ihr das Geld hin, und Mrs McKinley sah es an, als wären es immer noch Euros oder eine andere Währung, die sie noch nie gesehen hatte. »Es war für die Reise«, sagte Stick. »Ich dachte, dass Sie vielleicht ... Na ja, ich brauch's jetzt nicht mehr. Kommen Sie, nehmen Sie's.«

Sie schüttelte den Kopf, wieder und wieder, und sagte: »Nein, nein, das kann ich nicht. Nein.« Und dann fing sie an, Macs Sachen aufzuheben, Stofftiere, Xbox-Spiele, alte T-Shirts, und sagte: »Du musst was mitnehmen. Nimm, was immer du magst. Es ist so viel.« Damit war es an Stick zu sagen: »Nein, nein, das kann ich nicht. Und ich muss jetzt wirklich gehen, Mrs McKinley.«

Vorher ging er aber noch den Flur hinunter und warf einen letzten Blick durch Macs Tür. Das sah ganz und gar nicht wie Macs Zimmer aus, das war nur Scheiße, ein quadratischer Raum mit scheiß IKEA-Möbeln und einem aufgeschlitzten Teppich. Es sah nicht aus, als wohnte da einer. Stick legte die Zwanzig-Pfund-Scheine ordentlich aufs Kopfkissen und ging.

17

Mac würde ihn für einen Idioten halten, wenn er wüsste, dass er Nachrichten unter Steinen zurückließ und dann wie bestellt und nicht abgeholt vor Thorntons in der Piccadilly Station stand, zwanzig Minuten zu früh, an seinem eigenen Geburtstag, und auf ein verrücktes blauhaariges Mädchen wartete, das nicht auftauchen würde. Er hatte sich rasiert, auch wenn er es nicht allzu nötig hatte, und eine halbe Dose Deo versprayt.

Nach zehn Minuten ging er zu Thorntons rein und kaufte J eine von den zellophanverpackten Schokomäusen mit Pfefferminzfüllung und einem langen, schmalen Kopf. Als er wieder herauskam, sah er sie, ganz am Ende des Bahnhofs, und er spürte, wie es in seinem Magen zog. Ihr Haar war wieder rosa, zu einem Zopf gebunden, und sie trug einen schwarzen Stoffrucksack über der Schulter. Stick steckte die Schokomaus in die Tasche und ließ auch die Hand mit dort. Er starrte auf den Boden, auf die Anzeigetafeln und die Leute, die auf den Bänken saßen und mit den Aufzügen kamen – überallhin, damit sie ihn nicht auf sie warten sah und er womöglich sehnsüchtig wirkte.

J blieb vor ihm stehen. »Hi.«

Er konnte nicht sagen, ob sie immer noch sauer auf ihn war. »Oh, hi.« Er versuchte cool zu klingen, ganz so, als hätte er nicht wirklich damit gerechnet, dass sie käme.

»Blackpool«, sagte sie. »Eine gute Wahl.«

Stick unterdrückte ein Lächeln. »Ich bin im Moment flüssig«, sagte er. »Hatte es für die Reise gespart, aber …«

Sie nickte. »Rock-Zuckerstangen, Zuckerwatte, Doughnuts, Fahrgeschäfte.« Sie klopfte auf ihren Rucksack. »Ich hab auch was für dich dabei, ein Geburtstagsgeschenk. Aber …« Sie hob die Hand. »Das gibt's erst, wenn wir da sind.«

Im Zug saßen sie sich gegenüber, zwischen sich einen kleinen Tisch, der ganz klebrig war. Da musste einer sein Getränk vergossen haben. J fuhr rückwärts, weil sie sagte, das gefalle ihr: zu sehen, wo du schon warst, und nicht zu wissen, was als Nächstes kam. Sie ratterten durch die Stadt. Oxford Road, Deansgate, Castlefield, am Beetham Tower und den Gerichtsgebäuden vorbei, dann östlich in Richtung Salford, über Flächen mit struppigem Gras, größere Straßen und an den drei Hochhäusern an der Rochdale Road vorbei.

»Du hast meine …«, kam es endlich aus Stick heraus.

J nickte.

»Du solltest dir ein Handy anschaffen.«

Sie hob die Brauen.

»Ich hab mich gefühlt wie so'n Typ aus'm Theater«, sagte Stick, und sie lächelte, und ihr Gesicht wurde weicher. »Es tut mir leid«, fuhr er fort. »Ich wollte nicht …«

J schüttelte den Kopf. »Schon gut«, sagte sie. »Damit sind wir quitt.«

Stick holte die Schokomaus heraus. Sie sah klein und billig aus. »Ich hab dir eine Maus gekauft«, sagte er und legte sie auf den Tisch vor sie hin.

J sah ihn an. »Danke.« Sie riss das Zellophan auf und knabberte an der Mäusenase.

Stick saß da und sah ihr zu, wie sie die Maus aß, Stückchen für Stückchen, während sich draußen die Landschaft veränderte. Aus Straßen und Lagerhäusern wurden Felder mit Hecken und Schafen. Er fühlte sich leicht, wie wenn man mit der Schaukel hoch genug kam, um für eine Sekunde seinen Magen zurückzulassen. J aß das letzte Stückchen Maus, leckte sich die Finger einen nach dem anderen, stand auf und schob das Fenster auf. Der Zug saugte den Wind in sich herein, warf ihn ihnen in die Gesichter, und sie saßen da und lauschten dem Lärm der Räder auf den Schienen.

»Zum Meer«, sagte J und zog Stick durch die helle Bahnhofshalle auf die Straße hinaus.

Sie trug eine ausgefranste Denim-Shorts, von der ihr einzelne Fäden auf die Beine hinunterhingen, dazu ein schwarzes, ärmelloses Top, das so weit war, dass man immer wieder ihren BH sah. Stick ging hinter ihr, sah, wie sich die Haut in ihren Kniekehlen zu dunklen Falten zusammenschob, und lauschte den über ihnen in der Luft kreischenden Möwen.

Achtzehn. Er war achtzehn. Stick drückte den Rücken durch, weitete seinen Schritt ein wenig nach außen und bewegte die Schultern nach links, rechts, links, rechts.

»Jetzt bist du ein Mann«, hatte seine Mum am Frühstückstisch gesagt und ein Specksandwich in seine Richtung geschoben. Sie klang so, als gebe sie sich große Mühe, sich nicht anmerken zu lassen, wie traurig sie war.

Er folgte J vorbei an einem riesigen Pub, der außen Fotos von innen zeigte. Vorbei an einem Elektroladen mit einem Schaufenster voller Toaster, Wasserkessel, Glühbirnen und Fernseher, in denen sich Männer T-Shirts um die Köpfe gewickelt hatten, Gewehre im Anschlag hielten und eine staubige Straße hinunterrannten. Vorbei an Banken, Wohltätigkeitsläden und einem für den Tag geschlossenen Nachtclub. Vorbei an Plakaten für Körperpiercings, Karaoke und Cabaret-Shows, die Hälfte so weit heruntergerissen, dass man nur ahnen konnte, um was es tatsächlich ging. Vorbei an Reklametafeln mit Bildern von Leuten in eleganten Wohnungen – einem Mann in einer Küche mit einem Teller Pasta in der Hand, zwei Kindern auf einem weißen Teppich. Vorbei an noch mehr Wohltätigkeitsläden und noch mehr Banken, links reckte sich der Blackpool Tower, und endlich dort, am Ende der Straße, das Meer.

Stick blieb stehen und starrte es an. Ein schmaler Streifen Strand, graue Kiesel und etwas gelber Sand, dann nichts als Wasser. Die Wellen brachen zu langen weißen Streifen und schickten Gischtfetzen in die Höhe.

»Riech es«, sagte J und saugte die Luft durch die Nase ein.

»Ich rieche Pommes.«

»Nein, dahinter.«

Stick versuchte es zu riechen. Vielleicht war da etwas, salzig, leicht schmuddelig, wie nasse Socken.

Sie liefen runter zum Strand, und J ließ sich auf die Kiesel fallen, ihren Rucksack zwischen den Knien. Sie holte eine silberne Thermoskanne hervor und hielt sie Stick hin. »Bist du gerne high?« Sie grinste.

»Von Tee?«, sagte Stick und setzte sich neben sie, während sie eine braune Flüssigkeit in den Becher schüttete und ihn ihm hinhielt.

»Mushrooms«, sagte sie. »Mein eigenes Rezept. Alles Gute zum Geburtstag.«

Stick roch an der Flüssigkeit. Sie sah aus wie Tee, roch aber nach Schweißfüßen. »Ich trinke keinen Tee.«

»Das ist keiner.«

»Das Zeugs riecht übel.«

»Dann halt dir die Nase zu.«

Stick sah aufs Meer hinaus und dachte an seine Mum,

wie sie ihm gegenüber am Frühstückstisch gesessen und an ihren Nägeln gekaut hatte. Er hob den Becher und trank ihn mit einem bitteren Schluck aus, kniff die Augen zusammen und streckte die Zunge heraus.

J lachte, nahm den Becher und schüttete sich auch selbst etwas ein. »Auf das Meer«, sagte sie, trank aus und wischte sich die Lippen mit dem Handrücken ab. »Besorgen wir uns Doughnuts, bevor wir was spüren.«

»Wie lange dauert es?«

J zuckte mit den Schultern. »Zwanzig Minuten? Komm.«

An einem Kiosk gab es welche, Stick bezahlte, und sie gingen zum Essen auf den Pier hinaus. J setzte sich auf die Lehne einer langen metallenen Bank, die Füße auf den modrig aussehenden Sitzlatten. Es sah ein bisschen gefährlich aus, und einen Moment lang wollte Stick ihren Arm fassen und sie halten.

Sie aß ihren Doughnut genauso, wie sie die Maus gegessen hatte. Stick setzte sich neben sie und schluckte seinen mit zwei Bissen. Jetzt konnte er ihn riechen, den salzigen, dunkelgrünen Rand des Meeres.

»Jedesmal, wenn wir in Blackpool waren, habe ich Unmengen Rock gekauft, es in einer riesigen Plastiktasche mit nach Hause geschleppt und so etwa in zwei Tagen gegessen. Ein Stück habe ich allerdings immer aufbewahrt, eins für jeden Geburtstag. Ich hab sie noch alle«, sagte J. Eine Möwe landete vor ihren Füßen und sah sie an. J trat in ihre Richtung, aber die Möwe zuckte nicht mal. »Sie sind verblichen und klebrig, aber ich kann sie nicht wegwerfen.« J warf das letzte Stück ihres Doughnuts der Möwe hin, die danach schnappte, als könnte J es sich noch mal anders überlegen. »Ich bin wie mein Dad«, sagte J. »Nur nicht ganz so schlimm.«

»Sammelt er Süßigkeiten?«

»Er sammelt alles. Aber das reicht ihm noch nicht, er verbringt sein Leben damit, Scheiß zu kaufen, den wir nicht brauchen. Ernsthaft, unser Haus ist so voller Schrott, dass man sich nicht mehr bewegen kann. Mum sagt, es liegt daran, weil er ohne alles aufgewachsen ist, aber ich denke, er ist einfach durchgeknallt.«

Stick sah über das Wasser zu einem anderen Pier mit einem Riesenrad und Fahrgeschäften ganz am Ende über dem Meer.

»Der Freund von meiner Oma ist ein Spiritualist«, sagte er.

»Was ist denn das?«

»Er hat Kumpel, die mit Toten reden. Glaubst du, das stimmt?« Er hielt den Blick auf den Horizont gerichtet.

»Ich glaube, das ist Quatsch«, sagte J. »Tote sind tot, oder? Ich meine … ich meine das jetzt nicht böse, aber …«

»Nein, du hast recht.« Stick knibbelte Farbfetzen von der Bank und schnipste sie auf den Pier. »Es ist Quatsch.«

Er sah zum Himmel hinauf. Hellblau. Fast schon nicht mehr blau. Wolkenschichten am Horizont, eine gegen die andere geschoben. Er verspürte das plötzliche, wilde Bedürfnis, sich rückwärts über das Geländer fallen zu lassen. Da ging es tief nach unten, er würde sich das Genick brechen. Sie müssten ihn aus dem Wasser ziehen. Er fragte sich, ob J hinterherspringen würde.

»Wie fühlt es sich an, achtzehn zu sein?«, fragte J.

Stick nahm den letzten Doughnut aus der Tüte, biss ihn in zwei Hälften und gab ihr eine. »Ich weiß nicht«, sagte er. »Genau wie mit siebzehn, nur dass du mir diesen komischen Tee gegeben hast.«

»Spürst du schon was?«

Stick schloss die Augen und lauschte dem Meer, das unter ihnen gegen den Pier schlug. »Nee.«

»Gehen wir zurück.« Sie zeigte auf den Strand. »Hier sind zu viele Leute. Es ist besser, für sich zu sein. Beim ersten Mal.«

Es fing mit einem Druck mitten auf der Stirn an, als legte einer einen Finger darauf. Nur einen Moment lang. Dann eine prickelnde Vorahnung.

»Du musst ruhig bleiben, wenn es anfängt«, sagte J. »Denk an gute Dinge. Nicht an deinen Freund, okay?«

Sie saßen Seite an Seite an der Stelle, wo die Kiesel aufhörten und der Sand anfing. Es ging eine kühle Brise, und J holte eine weite kakigrüne Jacke aus ihrem Rucksack und legte sie sich um die Schultern.

Stick blinzelte. Blinzelte wieder. Über dem Meer lag eine Schicht Grün, Blau, mit roten Kleksen. Über dem Sand, seinen Händen, wenn er sie vor die Augen hielt. Er konnte sehen, aber es war wie auf einem Bildschirm und mit dem Signal stimmte was nicht. Er schloss die Augen, die Farben waren immer noch da. Er öffnete sie, jetzt wurden sie klarer, kantiger.

»Ich kann …« Sein Mund war trocken. Er bewegte seine Zunge darin herum, damit er sich wieder richtig anfühlte.

J fing an zu lachen.

»Es ist rot, grün und blau«, sagte Stick.

J nickte und lachte weiter. »Sieh.« Sie zeigte aufs Meer. »Als hätte jemand die Wellen angemalt, mit Buntstiften.«

Stick folgte ihrem Blick, aber alles, was er sehen konnte, waren farbige Quadrate, und die Wellen bewegten sich herein und heraus. Herein.

»Als hätte ein Kind sie gemalt«, sagte J.

Stick sah sie an. »Deine Haare.« Er streckte die Hand aus, um sie zu berühren. Sie fühlten sich wie Seide an, wie das Fell von Babs. »Sie sind so rosa«, sagte er. Wie Farbe frisch aus der Dose. Er hätte ihre Haare ewig ansehen können.

J saß da, ließ ihn ihre Haare befühlen, und nach einer Weile, er hatte keine Ahnung, wie viel Zeit vergangen war, legte sie sich auf den Sand, und er legte sich neben sie. Er konnte das Meer hören, die Ränder der Wellen, die über den Sand gluckerten, auf sie zu, weg von ihnen, auf sie zu, weg.

J zeigte auf den Himmel.

Es war das blaueste Blau, das er je gesehen hatte. Er wandte den Blick nicht davon ab, von diesem blauen Himmel und den dünnen weißen Wolken, und nach einer Weile fing das alles an zu atmen. Stick starrte. Der Himmel atmete. Ein, aus, ein, aus, bewegte sich wie die Brust eines Schlafenden, und auch die Wolken bewegten sich, wogten hoch und runter, hoch und runter. Stick atmete mit. Er streckte die Arme zur Seite, wie Flügel, und seine Finger berührten Js Jacke, weich wie Zuckerwatte. Es fühlte sich an, als würde seine Hand, wenn er drückte, ganz in sie hineinfahren.

»Wir könnten nach Spanien fahren«, sagte Stick.

»Paella essen«, sagte J. Ihre Stimme schien direkt über ihm zu sein. Ihr Klang schmeckte wie Lebkuchen.

»Uns eine Wohnung nehmen.«

»Tauchen lernen.« Sie warf die Hände in die Luft, Sandkörner flogen auf und zeichneten dünne gelbe Linien in die Luft. »Ich wollte immer schon tauchen gehen.« Ihre Stimme klang jetzt wie in einem Tunnel, sie hallte von den Wänden wider.

Die Quadrate waren immer noch da, aber sie wurden

blasser, oder er gewöhnte sich an sie. Es sah genauso aus, als hätte jemand ein Fischernetz vor sein Gesicht gehängt, und plötzlich erinnerte er sich klar und deutlich, wie er in Sophies Bettchen geklettert war und sie in die Luft gehüpft waren: An den Holzstäben hatten sie sich festgehalten und gekreischt, und seine Mum hatte gelacht. Er fühlte es – die weiche, quietschende Plastikmatte und die harten, hölzernen Stäbe. Er roch die seifensüßen Babytücher und Sophies Haut, schläfrig und warm.

Die Traurigkeit war wie etwas Schweres, das ins Wasser fiel. Er spürte, wie sie sich in Wellen ausbreitete, auf seinen Kopf zukräuselte, auf seinen Magen, seine Fingerspitzen.

J beugte sich über ihn. »Ist alles in Ordnung?« Ihre Augen waren so dunkel, dass er sie fast nicht ansehen konnte.

Stick hob die Hand und berührte ihre Haut, zog sie ruckartig zurück und betrachtete sie. Er zeigte sie J, und sie lachte, und dann lachte auch er, doch das hielt die Traurigkeit nicht auf, die ihn durchwogte, seine Glieder waren schwer wie Wasser.

»Was wirst du tun?«, fragte er. Seine Lippen fühlten sich dick an, die Worte verwischten zwischen ihnen. Als hätte ihn einer auf den Mund geschlagen.

J legte sich wieder hin und reckte die Arme über den Kopf. »Den Himmel beobachten«, sagte sie.

Stick schloss die Augen. Auf seinen Lidern pulsierte rotes Licht. »Nein, danach«, sagte er. »Später.«

»Astronautin«, sagte J. »Balletttänzerin. Rennfahrerin. Atomphysikerin.«

Stick starrte den Himmel an und merkte nach einer Weile, dass er im Rhythmus seines eigenen Herzschlags atmete. *Dumm-dumm, dumm-dumm.*

Als die Wirkung nachgelassen hatte, wanderten sie durch die Stadt, aßen rosa-gelbe Stangen Rock und tranken warmes Bier aus Dosen. J zeigte ihm Coral Island: dunkel, niedrige Decken, voller Geldspielautomaten. Es war zu grell, zu laut, zu voll. Schweiß und Haut, Tätowierungen und Zehennägel. Münzenklingeln. Kinder mit Plastikpistolen und Stofftieren, falsche Autositze ruckten vor Bildschirmen hin und her, eine Frau in einem Rollstuhl fütterte Zwei-Pence-Stücke in einen Münzwasserfall. Stick ertrug es nicht. Er zog J zurück an den Strand, aber der war jetzt auch voll. Kinder kreischten, und das Meer war mit auf und ab tanzenden Köpfen gesprenkelt. Er spürte, wie sein Gesicht zu brennen begann und so etwas wie Panik in seiner Brust köchelte.

»Heute Abend dann also chinesisch«, sagte J. »Huhn mit Cashewnüssen, Rind mit Chili, Krabbenbrot, süßsaures Schweinefleisch.«

Stick nahm einen Stein und warf ihn ins Wasser, nahm noch einen und warf auch ihn in die Wellen. »Gibt es keinen Tee mehr?«

J holte die Flasche aus ihrem Rucksack und schüttelte sie. »Willst du high zu Hause ankommen?«, sagte sie.

Es war drei Uhr. Um sieben mussten sie zurück sein und sollten langsam aufbrechen. Stick dachte an seine Mum, die den Esstisch deckte. Ballons aufblies, als wäre er immer noch fünf. Er dachte an den leuchtend blau getönten Himmel und Js juwelengleiche Augen. »Das geht schon.« Er streckte die Hand aus, und J zuckte mit den Schultern und schenkte einen weiteren Becher ein. Stick trank. Lauwarm, sauer.

Sie gingen nebeneinander, aber ohne sich zu berühren, weit den Strand hinunter, versuchten, Familien, Kinder und Eiscremewagen hinter sich zu lassen. Das könnten sie ewig tun, dachte Stick. Einfach gehen und gehen und gehen.

»Wo würden wir landen?«, sagte er. »Wenn wir einfach immer weitergingen?«

J legte eine Hand über die Augen. »Wieder hier, oder? Wenn du immer weitergehst und ganz herumgehst, kommst du hier wieder an.«

Das wollte er plötzlich mit ihr tun. »Es würde eine verdammte Ewigkeit dauern«, sagte er.

»Und du kommst da wieder an, wo du losgegangen bist.«

»Nur älter.«

J lachte.

»Du bist hübsch, wenn du lachst«, sagte Stick und wurde rot.

J blieb stehen und sah ihn an. Er ging weiter, und nach einer Minute fühlte er ihre Hand auf dem Ärmel. Als er sich umdrehte, stand sie nahe vor ihm. Zu nahe.

»Was?«, sagte er und wich zurück. Sie folgte ihm. Er konnte die Poren in ihrer Haut erkennen, einen winzigen dunklen Leberfleck auf ihrer rechten Wange, den Verlauf ihrer Lippen, den Silberstecker. »Ich werde dich nicht küssen«, sagte er.

»Warum nicht?«

»Weil du mir beim letzten Mal eine verpasst hast.«

Sie lächelte, ohne den Mund zu öffnen. »Yeah, tut mir leid.«

»Verpasst du den Leuten immer eine, wenn sie versuchen, dich zu küssen?«

Sie sah ihm in die Augen. »In letzter Zeit, ja.« Sie senkte den Blick und schob einen Fuß in den Sand. »Da war dieser Typ und …« Sie zuckte mit den Schultern. »Er war ein Arsch.«

»Verstehe.«

»Aber du bist keiner«, sagte sie.

Bevor Stick es sich überlegen und beschließen konnte, es nicht zu tun, legt er ihr eine Hand auf die Wange und küsste sie. Ihre Lippen und ihre Nasenspitze waren kalt. Er bewegte sich ein Stück zurück, aber nicht weit, und sah ihr in die Augen. Ihre Wimpern waren kurz und schwarz, die Brauen schmal gezupft. Sie erwiderte seinen Blick, aber er konnte nicht sagen, was sie dachte.

Stick ließ die Hand von ihrer Wange sinken und griff nach ihrer Hand.

»Deine Hände sind kalt«, sagte er.

»Sind sie immer.« Sie schob die Finger in seine. »Sollen wir noch etwas gehen?«

Stick nickte. Sie setzten sich wieder in Bewegung, stimmten ihre Schritte aufeinander ab, ihre Hand jetzt wärmer in seiner, und warteten, dass die Mushrooms zu wirken begannen.

18

Sie waren zu spät dran. Der Zug kam erst nach neun im Bahnhof Piccadilly an. Beide waren erschöpft und still.

»Du kommst besser nicht mit«, sagte Stick. »Sie wird mich umbringen.«

»Willst du keine Unterstützung?«, fragte J und zog sich den Rucksack auf die Schultern.

Stick schüttelte den Kopf. Als er auf den Gedanken gekommen war, mal auf sein Telefon zu gucken, hatte er endlos viele Anrufe verpasst und es nur noch abgeschaltet.

»Aber wie finde ich dich?«, sagte er und folgte ihr über den Bahnsteig unter das hohe, gewölbte Dach. »Ich kann dir nicht mein ganzes Leben lang Liebesbriefe schreiben.«

Er sah, wie sie lächelte, und spürte, wie er rot wurde. »Ich meine …«

»Ich gebe dir meine Festnetznummer«, sagte sie und holte einen Stift aus der Tasche. Sie schrieb sie in schwarzen Ziffern auf seinen Handrücken, darunter die Adresse. »Wasch es nicht ab.« Sie stellte sich auf die Zehenspitzen und küsste ihn, ihre Zunge schoss in seinen Mund und zog sich wieder zurück. Er legte ihr eine Hand auf den Rücken, und sie ließ sich an ihn ziehen. Einen Moment lang. Dann machte sie sich los, sagte: »Geh schon«, und drückte ihn sanft aus dem Bahnhof hinein in die kühle Luft.

Es war fast zehn, als er in der Siedlung ankam. Die Laternen waren an, der Himmel schwärzte langsam ein.

Die Abkürzung durch die Paget Street nahm er nicht, warf nicht mal einen Blick hinein. Auf dem ganzen Nachhauseweg erlaubte er sich keinen Gedanken an Mac.

Als er seine Straße erreichte, wurde er langsamer. Seine Brust fühlte sich übervoll an, als könnte eine einzige falsche Bewegung alles daraus hervorbrechen lassen. Er hatte sein Haus nie wirklich angesehen, nie wirklich einen Gedanken dafür übriggehabt, und jetzt, im Dämmerlicht, kam es ihm fremd vor. Die Ziegelfassade sah zu ordentlich aus, zu glatt, als sei sie von einer Maschine erbaut worden, nicht von Menschen. Von den Fensterrahmen blätterte die Farbe, dunkles Holz lugte unter dem Schwarz hervor. Die Vorhänge waren offen, im Wohnzimmer brannte Licht, und er konnte den Kopf von jemandem sehen.

Stick trat auf die Stufen und wartete einen Moment, bevor er den Schlüssel ins Schloss steckte. Er stellte sich vor, wie das Meer bis zur Haustür vorrückte, durch die Lücken ins Innere drang, den Teppich dunkel färbte, die Tapeten von den Wänden holte, das Licht zischeln ließ und langsam, langsam die Treppe hinaufstieg. Er stellte sich vor, wie er sich hineinsinken ließ und sein Körper vom Wasser in die Höhe getragen wurde.

Seine Mum und sein Dad standen in der Wohnzimmertür. Die Augen seiner Mum waren gerötet, ihr Blick wütend. Das Haus roch nach chinesischem Take-away.

»Wir wollten schon die Polizei anrufen«, sagte sein Dad.

»Und?« Seine Mum hielt die Arme vor der Brust verschränkt, die Lippen aufeinandergepresst.

Er versuchte, so zu tun, als sei nichts, trat mit einem

»Hi, Mum« vor und wollte sie auf die Wange küssen, aber sie ohrfeigte ihn, fest, Haut klatschte auf Haut, und sein Gesicht brannte.

»Mandy!« Sticks Oma war jetzt auch in der Tür. Hinter ihr konnte er Alan sehen. Ein *Happy-Birthday*-Spruchband aus Plastik hing über dem Kamin, mit farbigen Ballons rechts und links, und auf dem gläsernen Kaffeetisch stand ein kleiner Stapel Geschenke zwischen schmutzigen Tellern und Bierdosen.

Seine Mum fasste sein Kinn. »Sieh mich an.« Sie hatte Rotwein getrunken, er sah es an ihren Lippen. »Bist du high?«

»Nein.« Stick machte sich von ihr los.

»Doch. Du bist high.«

»Bin ich nicht.« Er wollte ins Bett, die Decke anstarren und an J denken. Er schob sich an seiner Oma vorbei ins Wohnzimmer, nahm ein Stück Krabbenbrot und biss hinein. Ein Umschlag mit Dads Handschrift stand an die übrigen Geschenke gelehnt. Es würde Geld darin sein, wie jedes Jahr. Hat keinen Bock drauf, sich was auszudenken, was mir gefallen könnte, hatte Stick mal zu Mac gesagt. Mac hatte ihn daraufhin auf den Arm geboxt und gesagt: »Hör auf. Er hat dir so viele Sachen geschenkt, und du hast sie immer einfach verbrannt. Was immer er dir schenken würde, du würdest es hassen, ausgenommen Geld, und er ist nicht dumm.« Da war was dran.

»Partyknaller«, rief seine Mutter aus dem Flur. »Ich hab verdammte Partyknaller gekauft.«

Stick sah auf die Nummern auf seiner Hand. Er wollte J anrufen und sagen, lass uns davonlaufen. Sie konnten den Bahngleisen bis zu den grünen Feldern mit den Kühen und Schafen folgen, den Hecken und den winzigen Steinhäusern.

»Ein Anruf, Kieran. Du hättest nur kurz anrufen müssen, ich verspäte mich, tut mir leid.« Seine Mum stand jetzt im Wohnzimmer, die Hände in die Hüften gestemmt. »Ich dachte, ich hätte dir zumindest ein bisschen Anstand beigebracht.«

Stick fing einen Blick von Alan auf, der ein Geisterlächeln für ihn hatte.

»Ich hatte kein Guthaben mehr«, murmelte er.

»Du hattest kein Guthaben mehr?« Sie starrte ihn an. »Kein Guthaben?« Es war, als bliese sie jedes einzelne Wort noch mehr auf, immer mehr. »Ich weiß nicht, was ich tun soll, Kieran.« Sie hielt inne und schüttelte den Kopf, und er dachte, sie würde sich beruhigen, würde sagen: *Es tut mir leid, Schatz, ich weiß, du machst eine harte Zeit durch*, doch stattdessen ging sie hinüber zum Kamin und zerstach mit einem Fingernagel einen der Ballons. Es klang wie ein Schuss. Der Schreck brachte das Haus zum Schweigen.

»Da hast du's«, sagte seine Mum und fing an zu weinen.

Sticks Dad legte einen Arm um sie und zog sie an sich. Stick aß den Rest des Stücks Krabbenbrot und nahm noch eines.

»Eine Entschuldigung?«, sagte sein Dad und sah Stick an. »Vielleicht wäre es angebracht, wenn du dich bei deiner Mutter, und uns allen, entschuldigst.«

Stick biss in das Krabbenbrot und blickte auf seine Füße. Macs rote Turnschuhe. *»Wir feiern das in großem Stil«*, hatte Mac gesagt, sich an den Kanal gesetzt und mit den Armen gefuchtelt. *»Ein gutes Frühstück, dann mieten wir ein Moped und fahren herum, oder wir holen uns einen von den vierrädrigen Strandbuggys. Verbringen den Nachmittag mit ein paar kalten Bier am Strand. Und dann Champagner!«* Stick hatte das Gesicht verzogen und gesagt, dass er keinen Champagner möge. »*Champagner*«, hatte Mac aber noch mal gesagt. »*Und Steaks*«, hatte er gesagt, »*mit diesen dünnen, gezackten kleinen Pommes, und dann Schokoladenpudding mit Erdbeeren, und Schlagsahne, und kleinen Soßensprenkeln auf dem Rand des Tellers. Du wirst nur einmal achtzehn*«, hatte er gesagt. Jetzt war Stick achtzehn, und Mac würde es nie werden. Nicht in drei Tagen. Nicht irgendwann sonst. Einfach niemals.

Sein Dad hustete, und Stick hob den Blick.

»Wir warten«, sagte sein Dad.

Wieder das Gefühl des Zerspringens, wie ein Band, das riss. »Wo bleibt eigentlich deine scheiß Entschuldigung?«, sagte Stick.

»Wie bitte?« Sein Dad nahm den Arm von der Schulter von Sticks Mum.

»Ich sagte, wo bleibt eigentlich deine scheiß Entschuldigung?« Stick hielt seine Stimme und seinen Blick so ruhig, wie es ging, und spürte ein befriedigendes Prickeln, als er sah, dass sein Dad begriff, um was es ging.

»Ich habe nichts Falsches getan«, sagte er.

»Verstehe.« Stick nickte. »Hast du das gehört, Mum. Da war nichts. Er hat nur einfach eines Tages vergessen, nach Hause zu kommen. Das kann schließlich jedem passieren.«

Sticks Oma und Alan fingen an, Teller und Aluschachteln abzuräumen, und schlichen in Richtung Küche.

»Kieran, das ist hier nicht der richtige Zeitpunkt dafür«, begann sein Dad.

»Nein, das ist es nie!«

Wieder zersprang etwas, so laut wie beim ersten Mal. Stick sah seine Mutter und die beiden bunten, schlaffen Gummifetzen hinter ihr.

»Das lasse ich nicht zu. Du …«, sie zeigte auf Stick, »gehst sofort nach oben.«

Stick schüttelte den Kopf. »Bist du plötzlich auf seiner Seite?«

»Da gibt es keine Seiten«, sagte sein Dad.

»Nach oben.« Sticks Mum zeigte auf die Tür.

»Ich bin achtzehn!«

»So benimmst du dich aber nicht.«

In Sticks Kopf pochte es so, als wollte er platzen wie die Ballons. Er brauchte Mac, der ihn aufs Sofa setzte, ihm eine Dose Bier in die Hand drückte und den Fernseher einschaltete. Er brauchte Mac, der ihm auf den Arm boxte und sagte, er solle sich verdammt nicht so aufregen.

»Ich hau hier ab«, sagte er und holte den Autoschlüssel aus der Tasche. »Ich verschwinde.«

»Hör zu, wir sind alle müde und aufgebracht. Setzen wir uns doch und reden wie Erwachsene darüber«, sagte sein Dad. Seine Backen waren knallrot, und er tätschelte den Arm von Sticks Mum, als wäre sie eine Katze.

Stick schüttelte den Kopf. Ein Lachen schlängelte sich aus seinem Magen zum Mund. »Ihr könnt mich nicht aufhalten.« Er drängte an seinem Dad vorbei in den Flur. Seine Mum folgte ihm auf dem Fuße.

»Du bist high!«, sagte sie. »Du fährst nicht.«

»Ich sagte, ihr könnt mich nicht aufhalten.«

»Ich rufe die Polizei.« Sie nahm das Telefon vom Tischchen im Flur.

»Wir müssen uns einfach alle etwas abregen.« Sticks Dad hob die Arme wie ein Ertrinkender.

»Ich wette, du wünschtest, du wärst bei deiner anderen Familie«, sagte Stick.

»Kieran, du benimmst dich wie ein Kind. Deine Mum hat recht, du musst nach oben, den Rausch von was immer du genommen hast ausschlafen, und vielleicht schaffst du es ja morgen, dich bei allen zu entschuldigen.«

Stick öffnete die Haustür, sah zurück zu seinen Eltern, zu seiner Mum, die nahe bei seinem Dad stand, seinen Arm um sich, die Hand auf der Schulter. Sticks Oma und Alan standen hinter den beiden. Sie brauchten ihn nicht, und er sie ganz sicher auch nicht. Er lief die Stufen zur Straße hinunter.

Als er sich dem beschissenen Ford Fiesta näherte, tauchte Alan hinter ihm auf und schnappte ihm den Autoschlüssel weg.

Stick streckte die Hand aus. »Gib ihn zurück.«

Alan schüttelte den Kopf. »Morgen«, sagte er, ging zu seinem eigenen Wagen und machte eine der hinteren Türen auf. »Spring rein.«

»Verpiss dich.«

»Komm schon.« Alan klang, als wäre er in einer scheiß Talkshow. »Was hast du genommen, Mushrooms? LSD? Wir brauchen keine Unfälle. Du kommst mit zu uns, schläfst dich aus. Morgen ist ein neuer Tag.«

Stick fühlte sich plötzlich erschöpft. »Okay.« Er setzte sich ins Auto und schlug die Tür zu.

Sticks Oma stieg auch ein und tat mit ihrem Sitzgurt herum, bevor sie sich zu Stick umdrehte. Der starrte auf Js Schrift auf seiner Hand, und sie wandte sich ohne ein Wort wieder ab. Schweigend fuhren sie nach Beswick. Stick starrte aus dem Fenster und verengte die Augen, bis das Licht der Laternen und Autos verschwamm.

19

Es war eine Pattsituation. Seine Mum rief an, und Stick ging nicht ran. Sein Dad rief an, und Stick ging nicht ran. Kein weiterer Anruf. Dann rief seine Mum wieder an, und seine Oma stand mitten dazwischen und sagte, nein, ich mische mich da nicht ein, du kannst eine Woche bleiben. Okay, zwei, aber dann musst du die Sache selbst klären. Alan sagte, das Ganze sei, als böten sie einem Flüchtigen Zuflucht, und er versuchte Stick dazu zu bringen, in seinen montäglichen Malkurs zu kommen – es ist herrlich, sagte er, wir sind völlig frei, wir malen, was wir wollen. In der ersten Woche kam er mit einem hässlichen Bild von Manchester nach Hause, die Häuser grau und schwarz, Ecken und Ränder in komischen Winkeln. In der zweiten Woche war es, wie er sagte, ein Stillleben. Ein Stapel Früchte auf einer verkrumpelten Tischdecke.

Die beiden ersten Male, als er J anrief, nahm keiner ab. Beim dritten Mal meldete sich ein Mann mit einem afrikanischen Akzent.

»Ist J da?« Stick stolperte über seine Worte.

»Wer?«

»J.«

»Sie haben sich verwählt.« Der Mann legte auf, bevor Stick noch etwas Weiteres sagen konnte.

Er wartete fünf Minuten und rief noch einmal an. Dieses Mal nahm J ab.

»Stick? Entschuldige.« Ihre Worte waren kaum mehr als ein Flüstern.

»Heißt du gar nicht J?«

»Natürlich. Und wie war es, dein Geburtstagsessensdings?«

Stick saß im Gästezimmer seiner Oma. Alles war cremefarben, das dicke, bauschige Federbett, der Nachttisch, die Lampe und der Schirm mit seinen Troddeln, die Tapete mit dem großen, blassen Farnmuster. »Nicht so gut«, sagte er. »Ich bin bei meiner Oma.«

»Was heißt ›bin‹? Wohnst du da jetzt?«

»Yeah«, sagte Stick. Er hasste es, sich übers Telefon zu unterhalten. Sobald du zu reden aufhörtest, setzte das Schweigen ein, und er wusste nie wirklich, wie er da herauskommen sollte. »Heute ist Macs Geburtstag«, sagte er. »Wir wollten uns Mopeds mieten.«

Wieder Schweigen. Und dann sagte J: »Magst du zu mir kommen?«

»Dein Dad …?«

»Der geht raus. Komm in einer Stunde.«

Stick erwischte sich dabei, wie er lächelte.

J wohnte in einem Bungalow in Cheetham Hill mit auf dem Rasen vor dem Haus aufgereihten Gipszwergen und Gipshunden. Drinnen war es wie in einem Trödelladen voll mit Kristallkaninchen, angemalten Putten, Tellern mit Tierbildern und Glaskaraffen mit winzigen Glaskorken. Er hatte Angst, sich normal zu bewegen oder zu heftig zu gestikulieren und alles zum Einsturz zu bringen, doch sie lachte nur und sagte, da solle er sich keine Sorgen machen, nichts von alldem bedeute wirklich etwas, nichts sei wichtig.

Ihr Zimmer sah aus, als sei es nicht Teil des Hauses. Jede

Wand war in einer anderen Farbe angemalt, in Schwarz, Violett, Grün und Orange, und die Decke war himmelblau mit Sternen, die im Dunkeln leuchteten. Dazu gab es ein Einzelbett mit schlichter weißer Wäsche und einen Schreibtisch mit ordentlich aufgestapelten Büchern und Zetteln um einen alt aussehenden Laptop herum. Einen weißen Kleiderschrank. Eine weiße Kommode mit einem Regenbogen aus Nagellackfläschchen. Der Teppich schwarz, schwarz die Vorhänge. Die Wände waren kahl, nur über der Kommode hing ein rahmenloser Spiegel, und neben dem Bett klebte das Foto einer blonden Frau.

J stand beim Schrank. Er wollte sie küssen, aber als er auf sie zutrat, hob sie eine Hand und sagte: »Er war mehr als nur ein Idiot.«

»Was?«

Sie zog die Schultern hoch zu den Ohren. »Mein Ex. Er war …« Sie kratzte sich den Oberarm. »Er war … ich weiß nicht, mehr als übel?« Sie sah Stick an und dann wieder auf den Boden. »Er hat was mit meinem Telefon gemacht, damit er immer wusste, wo ich war.«

Stick wich zurück und setzte sich aufs Bett. »Wie geht das denn?«

Sie zuckte mit den Schultern. »Es war so 'ne Art Peilsender, mit dem konnte er auf einer Karte auf seinem Telefon immer sagen, wo ich war.«

»Aber warum sollte …«

»Ich musste ihm immer schreiben, wo ich war, mit wem und was ich machte.«

Er wollte seine Hand auf ihre legen, damit sie zu kratzen aufhörte, doch er blieb, wo er war.

»Er ist immer ausgerastet, wenn ich mit anderen Jungs gesprochen habe.« Sie zuckte mit den Schultern. »Es war die Hölle.«

Stick wusste nicht, was er sagen sollte.

»Das ist der Grund«, sagte sie. »Der Grund, warum ich dich beim ersten Mal geschlagen habe. Und warum ich kein Telefon mehr habe.« Sie bewegte eine Hand in seine Richtung und fing gleich wieder an zu kratzen. »Ich meine, ich bin okay, aber …«

Stick nickte. »Klingt wie ein Arsch, wie du schon gesagt hast.«

Sie lachte auf.

»Ich würde so was nie tun, das weißt du.« Jetzt klang er wie ein Idiot, aber sie lächelte, nickte und sagte: »Ich weiß.«

»Hast du ihn abserviert?«, fragte Stick. »Ist er nicht ausgerastet?«

Sie fuhr mit der Zunge über den Silberstecker in ihrer Lippe. »Mein Dad hat geholfen«, sagte sie endlich. »Es war kompliziert.«

Er stand auf, ging durchs Zimmer und küsste sie.

Sie erwiderte seinen Kuss, lehnte sich zurück und sah ihn an. »Es tut mir leid wegen Mac«, sagte sie, hob die Arme und legte sie Stick um den Hals. Er zog sie eng an sich. Sie fühlte sich an wie ein Vogel, ein warmer und zerbrechlicher Körper an seinem.

Zwei Wochen nach seinem Geburtstag rief seine Mum an, und diesmal kam seine Oma mit ernster Miene an die Tür des Gästezimmers und sagte: »Ich glaube, du sprichst besser mit ihr.«

Stick lag im Bett. Er schob die Decke von sich und nahm das Telefon.

»Es ist Trish McKinley«, sagte seine Mum.

Einen Moment lang dachte er, Macs Ma hätte sich umgebracht. Er konnte es sich vorstellen, das leere Pillenfläschchen neben ihrem Bett, oder sie hatte sich so weit über die Balkonbrüstung gelehnt, bis sie das Gleichgewicht verlor und fiel.

»Ist das ein Trick?«, fragte er.

»Ein Trick?«

»Um mich ans Telefon zu bekommen?«

»Es geht um die Anklage, Kieran.«

Er hatte das Gefühl, sein Magen würde ihm wegsacken.

»Moment.« Er konnte hören, wie jemand etwas zu seiner Mum sagte, ihre Hand rieb über den Hörer. »Etwas mit der DNA«, sagte sie schließlich. »Kommst du?«

Stick sagte ja, legte auf und starrte die Vorhänge an. Die Umfänge des Traumfängers waren geradeso dahinter sichtbar – ein Kreis aus Holz mit roten Fäden wie ein Spinnennetz, und untendran hingen zottige Federn und ein paar Perlen. Das hätte Sophie gefallen, dachte er, die Vorstellung, dass du deine bösen Träume wegfiltern konntest und sie bei Sonnenaufgang ganz einfach verschwanden.

Alan fuhr ihn zum Haus seiner Mum. Das macht keine Umstände, absolut nicht, das tu ich gerne, sagte er, und Stick bedankte sich, stieg ins Auto und mühte sich, nicht den ganzen Weg über zu grübeln.

Sticks Mum versuchte nicht, ihn zu umarmen, sondern schob die beiden nur in die Küche, wo Mrs McKinley mit einer Tasse Tee und einem Teller Kekse am Tisch saß, beides unberührt. Stick und Alan setzten sich auf die andere Seite des Tisches. Sie sah sie an und presste die Lippen zusammen, als bemühte sie sich, nicht in Tränen auszubrechen. Jedes Mal, wenn sie neu zu reden ansetzte, kamen die Worte nur unter Schluchzern versteckt aus ihr heraus, und Sticks Mum musste erklären, was sie sagen wollte.

»Nicht eindeutig«, sagte sie. »Die DNA-Tests sind nicht eindeutig.«

Zwei verwundene Bänder, an mehr konnte sich Stick nicht erinnern, was die DNA anging. Er sah eine und dann noch eine Träne über die Wangen von Macs Ma rinnen.

»Trotzdem werden sie ihre Beweise präsentieren«, sagte Sticks Mum. »Das tun sie doch, oder Trish?«

Mrs McKinley sah sie an und lächelte schwach.

Sticks Mum fing seinen Blick auf. »Am Freitag«, sagte sie. »Aber gut sieht es nicht aus. Nicht mehr.«

Stick versuchte sein Gehirn in Gang zu setzen. »Die Fäden«, sagte er. »Da waren doch Fäden.«

Mrs McKinley schniefte und wischte sich mit der Hand über das Gesicht.

»Marks & Spencer's«, sagte Sticks Mum. »Sie sind zu verbreitet, um als Beweis gelten zu können. Wie es aussieht, trägt die Hälfte der Männer in der Stadt den Pullover.«

Stick legte die Arme um sich, um nicht zu zittern. »Und das Blut?«, sagte er. »Er hatte doch Blut auf den Schuhen.«

»Verunreinigt.« Mrs McKinleys Stimme klang wie eine Glocke, wie eine zwischen Mauern hin und her schallende Kirchenglocke. »Er hatte sie vor seiner Festnahme noch gebleicht.« Sie sah Stick mit blutunterlaufenen Augen an.

»Und jetzt? Was jetzt? Kommt er einfach so frei?«

Sticks Mum atmete hörbar ein. »Sie werden trotz allem ihre Beweise präsentieren«, sagte sie. »Dann entscheidet der Richter.«

»Und es gibt noch andere Tests«, sagte Mrs McKinley. »Kompliziertere. Die dauern Monate, aber …«

»Was entscheidet der Richter?«, fragte Stick.

Seine Mum wollte ihn nicht ansehen. »Ob der Fall weiterverfolgt wird«, sagte sie.

»Und wenn er nein sagt?«, Stick schluckte. Das durfte nicht sein.

»Dann machen sie andere Tests und hoffen auf eine zweite Möglichkeit«, sagte seine Mum.

Stick stellte sich vor, wie sich die schwere Gefängnistür öffnete und dieser Mann, Owen Lee, aus ihr herauskam, den Blick zum Himmel hob und lächelte, insgeheim, wie über einen Witz, den nur er selbst verstand. Er schüttelte den Kopf. »Das dürfen sie nicht«, sagte er. »Sie dürfen ihn nicht rauslassen.«

»So weit ist es noch nicht, Schatz«, sagte seine Mum. »So weit ist es noch nicht.«

Als Mrs McKinley aufstand, um zu gehen, erhob sich auch Alan. »Ich bringe Sie hinaus, Trish«, sagte er und legte eine Hand unter ihren Ellbogen. »Dann habt ihr zwei eine Minute.« Er nickte Stick zu.

Sticks Mum setzte sich ihm gegenüber und streckte die Hand aus, um sie auf seine zu legen. Sie hatte sich die Nägel heruntergebissen, und die Haut um sie herum war rot und wund.

»Es wird schon wieder«, sagte sie. »Es wird.«

Stick starrte auf den Tisch, das helle, leicht glänzende Holz mit dem einen oder anderen Kratzer. Die Unterseite musste noch mit Filzstiftkrakeleien aus der Zeit bedeckt sein, als er und Sophie einen Bettbezug über den Tisch gebreitet hatten, um Wände zu haben, und daruntergekrochen waren und Geschichten erfunden hatten.

»Das weißt du nicht«, sagte er.

Sie tätschelte seine Hand.

»Denen ist das egal«, sagte Stick.

»Wem?«

Stick machte eine Geste zur Hintertür hin. »Allen. Der Polizei, den Anwälten, all den Scheißkerlen in ihren Anzügen.«

»Dir ist es nicht egal. Und uns auch nicht.«

»Das hilft uns kein Stück.« Stick hörte, wie die Katzenklappe ging. Als Babs hereinkam, streckt er die Hand aus und blies ihr einen Kuss zu. Sie sah ihn nur an, machte kehrt und verschwand in die Küche.

»Wie geht es deiner Oma?«, fragte seine Mum nach einer langen Pause.

Stick zeichnete mit dem Finger Kreise auf den Tisch. »Okay.«

Alan und Mrs McKinley standen immer noch im Flur und unterhielten sich.

»Passt sie gut auf dich auf?«

Stick nickte.

»Frühstück im Bett und so?« Seine Mutter lächelt mühsam, und als Stick nicht reagierte, fragte sie: »Kommst du wieder nach Hause?«

»Willst du nicht mein Zimmer vermieten?« Die Worte waren aus seinem Mund, noch ehe er sie zurückhalten konnte, und seine Mutter zuckte zusammen, als habe er sie geschlagen. Er malte noch einen Kreis auf dem Tisch und stellte sich vor, in einem Reisebus zu sitzen, mit Kopfhörern auf einem Fensterplatz, draußen rann der Regen übers Glas, und der Bus wiegte ihn halb in den Schlaf.

»Dein Dad sagt, das Jobangebot gilt noch«, sagte sie.

»Ich hab dir doch gesagt, ich will den Job nicht. Ihm hab ich's auch gesagt.«

»Du musst langsam anfangen, dir Gedanken über deine Zukunft zu machen, Schatz.«

Das machte er ja. Ewig hatte er auf dem Sofa bei seiner Oma gelegen und überlegt, was zum Teufel er mit seinem Leben anfangen sollte, war jedoch kein Stück weitergekommen. Stick schluckte. »Die können den Fall nicht einstellen, Mum. Wie können sie das tun?«

Sie stand auf und legte etwas unbeholfen die Arme um ihn, so dass sein Kopf vor ihrem Bauch ruhte.

Nach einer Ewigkeit sagte sie: »Ich hab da noch dein Geschenk. Lass es mich für dich holen.«

Sie kam mit einer in Silberpapier verpackten Schachtel zurück, mit einem silbernen Schildchen oben: *Kieran, ganz erwachsen! Alles Gute zum Geburtstag! Mum, xxx.*

Es war eine Uhr. Armani. Sehr nett. Teuer. Silbern und schwarz, die Zeiger mit grünen Spitzen, die man im Dunkeln sehen konnte. Sie lag kalt auf seinem Handgelenk. Etwas groß (er war ein Magermolch), aber mit dem engsten Loch ging es. Sie hatte ein schönes Gewicht.

»Danke.« Er versuchte zu lächeln.

»Sie steht dir.« Sticks Mum wartete darauf, dass er sagte, er komme nach Hause, er spürte es.

»Ich wollte ein paar Sachen von oben holen. Zum Anziehen.« Er sah sie nicht an, und sie sagte nichts.

Oben stand er am Fenster und starrte auf zwei Fußbälle und eine zerdrückte Cola-Dose auf dem Schuldach hinüber. *Nicht eindeutig.* Er wiederholte die Worte in seinem Kopf. *Nicht eindeutig.* Er wollte mit der Faust durchs Glas schlagen. Eine Taube landete auf dem Zaun hinten, hob den Kopf und sah zu ihm herauf. Er hasste das Viech. Er hasste diese fette, dreckige Taube. Er wollte sie umbringen, ihr die Hände um den Hals legen und zudrücken oder, besser noch, den Kopf auf einen Stein schlagen, bis ihr die Augen rauskamen.

Wenn sie Owen Lee aus dem Gefängnis ließen, würde er ihn finden und töten. Er wandte sich vom Fenster ab, riss den Zeitungsartikel von der Wand und stopfte ihn sich in die Tasche. Dann nahm er seine Sporttasche, die er immer noch nicht ausgepackt hatte, und ging wieder nach unten.

Alan stand im Flur. Macs Ma musste schon gegangen sein.

»Können wir fahren?«, sagte Stick und öffnete die Tür.

Alan zog die Brauen zusammen, hob die Hand und ging ins Wohnzimmer. Stick wartete, trat gegen den Plastikblumentopf neben der Eingangstreppe und lauschte ihren gesenkten Stimmen.

»Ich werde Shelia fragen, ob sie morgen kann«, sagte Alan, als er aus dem Viertel auf die Queen's Road bog. »Sie hat viel zu tun, aber wir kennen uns schon ewig.« Er fuhr langsamer als irgendwer sonst, den Stick kannte, und schien die Autos nicht zu bemerken, die ihm auf der Stoßstange hingen und deren finster dreinblickende Fahrer ihn verwünschten. »Trish ist sehr offen.« Er hob beide Hände vom Steuer und seufzte. »Und Shelia ist eine wirklich bemerkenswerte Frau. Sie kann die Leute sehen, wirklich sehen.« Er senkte die Stimme und beugte sich etwas zu Stick hin. »Deine Oma ist da etwas empfindlich«, sagte er und nickte. »Wie Frauen eben so sind. Mit Verflossenen und so. Da regen sie sich auf und denken, du liebst sie nicht mehr.«

»Shelia ist deine Ex?«

»Fünf Jahre.« Alan entfuhr ein weiterer Seufzer. »Sie hat mir eine Menge beigebracht.« Er streckte den Arm aus und klopfte Stick aufs Knie. »Denke nie, dass dir eine Frau nichts beibringen kann, mein Junge.«

Stick drehte die Skala um das Ziffernblatt seiner Uhr und hörte das Kratzen des Metalls. »Sie glaubt, sie kann mit den Toten reden?«

Alan nickte. »Mit denen, die die Grenze überschritten haben, ja. Sie hat eine wirkliche Gabe. Schon als kleines Mädchen. Sie war gerade mal fünf, als ihr Führergeist durchkam.«

»Muss etwas voll werden«, sagte Stick, »mit all den toten Leuten.«

Alan lächelte, als wüsste er etwas, wovon Stick keine Ahnung hatte. »Es ist ein anderes Reich, Kieran. Das ist es.«

»Wenn du tot bist, bist du tot.«

Alan bog auf den Parkplatz unter den Wohnungen und stellte den Motor aus. »Du musst deinen Geist öffnen, Kieran. Ein kleines bisschen Vertrauen.«

Mac war tot. Sophie war tot. Schluss, aus.

»Du wirst sehen.« Alan lächelte. »Warte auf deine Deutung, du wirst es sehen.«

Stick stieg aus und nahm die Tasche vom Rücksitz.

»Sie lauscht hinein. Manchmal schicken die Geister Nachrichten. Sie kann dich führen.«

»Ich brauche keine Führung.« Stick öffnete die Tür und ging ins Gästezimmer.

»Wir alle brauchen Führung, Kieran«, rief Alan ihm hinterher. »Jeder Einzelne von uns.«

20

Shelia war fett, weich, fleischig, hatte dicke Wangen, einen dicken Hals und große Brüste. Sie roch nach Talkumpuder und Parfüm und war heftig geschminkt. Die helle Grundierung überzog die feinen Härchen auf den Kieferknochen.

Sie kam zum Mittagessen, saß am Tisch, riss Stücke von ihrem Sandwich, aß sie und redete über Libyen, Ägypten und Syrien. »Diese ganzen Unruhen«, sagte sie immer wieder. »Gestern erst kam wieder ein Junge durch. Sechzehn. In den Kopf geschossen.«

Alan benahm sich, als wäre sie ein Mitglied der königlichen Familie. *Noch Tee? Noch ein Sandwich? Möchtest du sonst noch etwas?*

Mrs McKinley stellte endlos Fragen. »Sie können sie also sehen? Oder nur hören? Oder ist es eher so, dass Sie spüren, wenn sie da sind?«

Stick hielt den Kopf gesenkt und aß nicht viel.

Mrs McKinleys Sitzung dauerte fast eine Stunde, dann kam sie lachend und weinend zugleich aus dem Zimmer und sagte: »Es geht ihm gut. Meinem Jungen geht es gut.«

Nach ihr war Stick an der Reihe, obwohl er gesagt hatte, nein, er habe keine Lust, aber trotzdem danke. Seine Oma beugte sich zu ihm und sagte: »Geh schon, Kieran. Sie ist gut.« Und so sagte er denn am Ende: »Also schön, okay«, ging ins Esszimmer und schloss die Tür hinter sich.

Er setzte sich Shelia gegenüber an den Glastisch. »Mal ehrlich: Das ist doch alles Unsinn, oder?«

Sie blinzelte und ließ Flecken perlweißen Lidschattens sehen.

»Ich verrate auch nichts«, sagte Stick.

»Ich fange normalerweise mit denen hier an.« Shelia griff nach einem übergroßen Kartenspiel mit blauen Wirbelmustern auf den Rückseiten.

»Verdienen Sie viel Geld damit?«, fragte Stick.

Shelia mischte die Karten, schob sie ordentlich zusammen und fächerte sie auf. »Ziehe sechs heraus.«

»Weil ich sicher bin, dass es nicht stimmt.«

Shelia legte die Karten hin. »Nicht stimmt?«

Stick machte eine Geste zur geschlossenen Tür zum Wohnzimmer hin. »Ihr Sohn ist tot, sie sind drauf und dran, den Dreckskerl, der ihn umgebracht hat, aus dem Gefängnis zu lassen, und plötzlich lächelt sie und redet irgendwelchen Scheiß daher, dass Mac glücklich ist. Dass er sicher ist.«

»Er ist ein netter Kerl.«

Stick verengte die Augen. »Sie kennen ihn doch gar nicht.«

»Er hat Sinn für Humor. Du musst ihn vermissen.«

Wut, wie ein Fisch in seinem Magen, ein silberner Blitz. Stick nahm die oberste Karte und drehte sie um. Sie stand auf dem Kopf. Ein schwarz gekleideter Mann auf einem weißen Pferd mit einer schwarzen Flagge. Stick stellte die beiden auf die Beine. »Tod«, las er. »Jetzt hören Sie aber verdammt mal auf.«

»Auf dem Kopf«, sagte Shelia. »Das ergibt Sinn.«

»Was, ich werde also auch erstochen? Na super.«

Shelia schüttelte den Kopf. Das Fleisch ihres Halses wabbelte ein wenig. »Es geht um Veränderung«, sagte sie.

»Wenn er auf dem Kopf steht, heißt das, dass du dich sträubst.«

Stick stieß die Karten in ihre Richtung, und die Hälfte rutschte oben vom Stapel.

Shelia schob sie neu zusammen. »Ich weiß, du bist voller Wut«, sagte sie. »Natürlich bist du das. Die Wut gehört dazu.«

Sie starrten sich an. »Willst du, dass ich die Geister einlade, Kieran?«

Stick schnaubte.

Sie sah an ihm vorbei, ihre Stirn zog sich zusammen, als konzentrierte sie sich, als lauschte sie jemandem. Nach einer Weile nickte sie. »Ein Mädchen?«, sagte sie. »Jung. Zweitausendundeins? Sagt dir das was?«

»Nein.«

»Versuch mal, es zuzulassen, Kieran.« Sie sprach leise und sanft. »Versuche nachzudenken. Ich habe hier ein Mädchen. Sie ist mit einer Frau zusammen, einer älteren Frau.«

»Ich dachte, wir sollten mit Mac sprechen.«

»Das Mädchen lächelt. Ich bekomme ein S. Sagt dir das jetzt etwas?«

Stick drückte mit den Händen gegen den Tisch und schob den Stuhl zurück, damit er aufstehen konnte.

»Kieran. Kieran.« Sie hob beide Hände. »Sie will mit dir reden.«

»Hören Sie mit dem Scheiß auf.« Stick wich weiter in Richtung Tür zurück. »Ich bin nur wegen meiner Oma hier. Ich bin nicht interessiert.« Er spürte sein Herz in der Brust, und seine Beine zitterten vor Adrenalin. »Warten wir einfach fünf Minuten, und dann sagen wir, es hat nicht geklappt«, sagte er.

Shelia war in Lauschpositur und hielt den Kopf leicht

geneigt, so dass ihr rechtes Ohr höher als ihr linkes war. »Sophie?«, sagte sie.

»Oh, bitte. Halten Sie mich für bescheuert?«

Sie schüttelte den Kopf. »Nein, ganz und gar nicht. Willst du mit Sophie sprechen?«

»Alan hat Ihnen von Sophie erzählt, und jetzt tun Sie so, als wäre da ein verdammter Geist? Was für ein Schwachsinn.« Er hörte, wie seine Stimme um die Worte herum brach, als müsste er in Tränen ausbrechen. »Ich sage doch, es stimmt nicht.«

Sie breitete beide Hände auf der Tischplatte aus, ihre Armreife stießen gegeneinander. Sie hatte dicke Finger wie ein Baby. »Also gut, Kieran. Ich werde ihr sagen, heute nicht.« Sie schloss die Augen und nickte wieder, als führte sie in sich ein Gespräch. »Wie schade«, sagte sie. »Sie ist so ein nettes Mädchen.«

»Hören Sie auf, das zu sagen, Sophie ist nett, Mac ist nett. Die beiden sind tot, okay? Sie sind nicht hier.«

Shelia hielt die Augen geschlossen, und Stick starrte sie an und wartete. Endlich blinzelte sie ein paarmal und lächelte ihn an. »Ich verlange nicht, dass du alles glaubst, Kieran. Ich gebe nur Nachrichten weiter. Mehr tu ich nicht. Manchmal sind die Menschen reif dafür. Das trifft auf die Geister und die auf der Erdenseite gleichermaßen zu.«

Stick sah an ihr vorbei aus dem Fenster. Weiße Wolken zogen sich über den Himmel, Autoschlangen krochen über die Straße. Er setzte sich wieder. »Was für eine Nachricht hatte Mac denn für mich?«, fragte er.

»Ich bin jetzt müde, Kieran. Es ist anstrengend.«

»Wenn Mac hier wäre, hätte er mir etwas gesagt.«

»Es war Sophie.«

»Aber vorher.«

»Er war wegen seiner Mum hier.«

Was für ein Schwachsinn. Das Ganze war so ein Schwachsinn.

»Ich denke, wir sind fertig, Kieran.« Shelia stand auf und öffnete die Tür zum Wohnzimmer.

Shelia verabschiedete sich in einem lautenstarken Gestöber aus Umarmungen, Dankesbezeugungen und Versprechungen.

»Wunderbar«, sagte Alan, nachdem er die Tür hinter ihr geschlossen hatte, und hob wie ein verrückter Prediger die Hände zum Himmel. »Ist sie nicht einfach wunderbar?«

Sticks Oma schob sie alle mit gesetzter Miene zurück ins Wohnzimmer.

»Sie ist ein Engel«, sagte Mrs McKinley. »Sie konnte ihn sehen. Stellen Sie sich das vor, ihn sehen zu können!« Sie blickte sich im Zimmer um, als könnte Mac noch da sein und sich einen Keks vom Teller auf dem Couchtisch nehmen, gleich drei auf einmal. »Sie hat mir gesagt, was er anhatte, als er gestorben ist. Das hätte sie doch anders gar nicht wissen können.«

Die Zeitungen. Da musste es etwas darüber gegeben haben. Und im Himmel oder wo immer würde Mac die Kokosnüsse und die Baströcke nicht mehr tragen, die doch voller Blut und was sonst noch waren.

»Hat er was über den Sarg gesagt?«, fragte Stick.

Macs Ma legt die Stirn in Falten und schüttelte den Kopf.

Wäre Mac tatsächlich da gewesen, hätte er sie ausgeschimpft, weil sie so viel Geld ausgegeben hatte. Er hätte ihr gesagt, sich vor Luke Croft und seinen komischen Darlehen zu hüten. Wäre Mac tatsächlich da gewesen, wäre er geblieben und hätte auch mit Stick geredet.

»Und bei dir, Kieran?«, wollte Alan wissen.

»Nichts.« Stick drehte und drehte am äußeren Ring seiner Uhr. Er spürte, wie ihn alle ansahen. »Ich gehe raus«, sagte er. »Ich mache einen Spaziergang.«

Er verließ die Wohnung, ging durch den überheizten, von einem künstlichen Duft erfüllten Korridor, aus dem Haus und über den Parkplatz zur Ashton Old Road. Autos und Lastwagen rasten vorbei. Eine alte Frau mit einem karierten Hackenporsche schlich auf die Bushaltestelle zu. Stick ging stadtauswärts, vorbei an dem heruntergekommenen Industriegebiet, den alten Reihenhäusern aus roten Ziegeln und den miesen Läden. Er ging das ganze Stück zu J zu Fuß, klingelte wieder und wieder, aber niemand antwortete. Also kaufte er sich Chicken-Wings mit Pommes, setzte sich auf das niedrige Geländer um ein räudiges Stück Gras, starrte den Verkehr an und atmete Abgase und Hühnchengeruch ein, die Finger fettig und klebrig.

Am Ende holte er das Bild von Owen Lee aus der Tasche, riss es durch, riss die beiden Hälften noch einmal durch und immer so weiter, bis niemand mehr sagen könnte, dass es mal ein Gesicht gewesen war. Die Schnipsel ließ er auf die Erde fallen.

Die oberste Schublade der Kommode in Omas Flur war voll mit Kerzen, das war sie auch schon vor Alan gewesen. Stick zog sie leise auf, nahm die ersten beiden, die zu greifen waren, schob sie in die Tasche vorn an seinem Kapuzenpullover und ging ins Gästezimmer. Ein Schloss gab es nicht, und so zog er den Stecker von der großen metallenen Lampe heraus und rammte sie unter die Klinke. Er stellte die Taschentuchschachtel mit der Spitzenhülle auf den Boden und stellte die beiden Kerzen auf den

Nachttisch. Teelichter mit lila Wachs. Er schob sie so nahe zusammen, dass sie sich berührten, und rückte sie wieder auseinander. Es machte keinen Unterschied, trotzdem konnte er sich nicht entscheiden.

Er steckte das erste Teelicht an. Die Flamme flackerte kurz auf und schmolz das Wachs vom Docht zu einem kleinen Klümpchen auf der Oberfläche der Kerze. Dann schwankte sie, sackte in sich zusammen, zögerte, als dächte sie daran, aufzugeben, bis etwas Unsichtbares geschah und sie wieder aufstieg, groß und gelb, und den bis dahin rot glühenden Docht schwarz werden ließ. Er steckte auch das zweite Teelicht an, setzte sich aufs Bett, lehnte sich gegen die Wand und betrachtete die beiden Flammen, lang und dünn mit gelben Spitzen. Ganz leicht bewegten sie sich nach links, nach rechts, blieben sonst jedoch völlig still. Er lauschte angestrengt, konnte aber nur den Fernseher im Wohnzimmer hören. Niemand würde hereinkommen, dennoch stellte er sich vor, wie seine Oma und Alan in der Tür standen und sagten: »So macht man das nicht, Kieran. Weißt du denn gar nichts?«

Die Flammen behielten ihre Form. Er dachte an Shelia, und wie sie ihn angesehen hatte und dann in sich selbst zu versinken schien. Er starrte die Kerzen an. Nichts geschah.

Sie machten ihn verrückt, allesamt. Sein Dad hatte recht, er brauchte einen Job und musste verdammt nochmal hier raus. Stick beugte sich vor und blies die Kerzen aus. Er wollte J anrufen und sehen, ob sie zurück war. Ob sie ausgehen wollte oder lieber zu Hause blieb.

Aber er holte sein Telefon nicht heraus, saß nur da auf dem Bett und steckte die Kerzen nach einer Weile wieder an. Der Raum füllte sich mit dem Geruch von heißem, parfümiertem Wachs.

»Komm schon.« Er sprach die Worte tatsächlich aus, aber so ruhig, wie er konnte, und hasste den Klang seiner Stimme. Er hustete, hielt sich die Hand vor den Mund. Sein Magen fühlte sich nicht richtig an.

»Mac?« Wieder hustete er.

»Sophie?«

Das Teelicht, das näher bei ihm stand, flackerte, als hätte jemand hineingeatmet. Stick schluckte.

»Sophie?«

Nichts. Die Flamme verharrte.

»Mac?«

Es fühlte sich genauso an wie am Strand in Blackpool. Wie ein schwerer Stein fiel die Traurigkeit in seinen Magen und durchwogte ihn.

»Ich würde gerne …« Er hielt inne. »Ich könnte mich besaufen«, sagte er und schniefte. »Es wäre nicht schlecht, auf deinem Balkon zu sitzen, wir dröhnen uns zu und werfen Sachen runter.« Er lachte. »Stattdessen sitze ich hier und stecke Kerzen an, verdammt.« Stick sah nach oben, als wäre Mac da und könnte ihn besser verstehen, wenn er den Kopf hob. »Was ist bloß los mit mir?«

Alles, was er hören konnte, war der Fernseher nebenan, und in der Wohnung oben schien der Staubsauger an zu sein. Die Teelichter brannten weiter, ein kleiner Metallrand wurde sichtbar, wo das Wachs verbrannt war, und über den Flammen flimmerte die Luft leicht. Da musste sich nur eine durch den kleinen Halter fressen, oder jemand stieß eins der Teelichter auf den Teppich, das Feuer erfasst einen Ärmel oder eine Ecke der Bettdecke, und alles ging in Flammen auf. Die ganze Wohnung. Die drüber. Die nebenan. Die Flammen würden aus den Fenstern schlagen, alles zöge sich zusammen, verginge, geschmolzenes Plastik und verkohltes Holz. Dicker, erstickender schwarzer Rauch. Er konnte die Teelichter nehmen, sie aufs Bett werfen, dasitzen und zusehen, wie sich die Flammen um ihn ausbreiteten. Dann bekäme er Sicherheit, was diese Geistergeschichte anging. Dann würde er es ernsthaft wissen.

Es klopfte an der Tür. Die Stimme seiner Oma: »Ist alles in Ordnung, Schatz?«

»Ja.«

»Es roch kurz so, als würde etwas brennen.«

Stick blies die Kerzen aus. Weiche Rauchwirbel stiegen in die Luft. Er leckte sich die Finger und drückte die Dochte aus. Sie zischten ganz leise. »Nein, nein, ist alles okay«, rief er.

»Möchtest du etwas essen?«

Stick betrachtete den Ruß auf seinem Daumen und dem Zeigefinger.

»Ich kann dir was bringen, wenn du möchtest.«

Er versuchte aufzustehen, um die Lampe unter der Klinke herzuholen, seine Oma anzusehen und zu sagen: *Alles okay, ich komme, danke*. Aber er konnte sich nicht bewegen.

»Ich mach dir einen Teller zurecht und stell ihn dir hier draußen hin«, sagte sie

Stick schaffte es, danke zu sagen, laut genug, dass sie es hören konnte.

»Du machst doch das Fenster auf, wenn du rauchst, ja?«

»Ja, Oma.«

»Kieran?«

»Ja?«

»Ich liebe dich.«

Stick verdrehte die Augen.

»Pie und Pommes sind auf dem Weg«, sagte sie.

Er aß seine letzten Pommes frites, als er es hörte.

Hast du sie schon gefragt?

Stick hätte sich fast verschluckt. Er sah zur Tür, aber er wusste, dass sie zu war.

Sie wird dich nicht fragen.

Er nahm noch zwei Pommes und zerkaute sie langsam.

Sie ist okay, Stick. Sie is 'ne Gute. Das wird super.

Die Teelichter standen auf dem Nachttisch, das Wachs war längst wieder hart und kalt. Der Vorhang vor dem Traumfänger war zugezogen. Stick brachte keinen Ton heraus.

Mit dem Auto, dem Bus. Das ist egal, oder? Such dir ein Ziel aus und los. Ihr findet eine Bleibe oder zieht immer weiter. Sie wird mitkommen.

Jetzt drehte er wirklich ganz durch. Er brauchte eine Kippe. Stick stellte den Teller auf den Boden.

Du musst sie nur fragen.

J mochte ihn, das stimmte. Als er sie das letzte Mal gesehen hatte, hatte sie es gesagt. Sie hatte ihr T-Shirt über den Kopf gezogen, den BH aufgemacht, und er war mit dem Finger den breiten, harten Knochen zwischen ihren Brüsten entlanggefahren und hatte die hübschen braunen Kreise um ihre Brustwarzen berührt. »Ich mag dich«, hatte sie gesagt, und er war rot geworden und hatte »Ich dich auch« erwidert, und dann hatte er sie geküsst, damit er nicht überlegen musste, was er sonst noch sagen sollte. Sie mochte ihn, aber er wusste, dass das nicht lange so bleiben würde, ein gewieftes, helles Mädchen wie sie und ein Loser wie er: ohne Job, ohne Zukunft, er kriegte es ja nicht mal hin, nach Spanien zu fahren.

Du bist kein Loser.

»Und dich gibt es nicht.«

Schweigen.

Stick lauschte.

Nichts.

»Hi«, sagte er.

Nichts.

»So hab ich's nicht gemeint. Du machst mich nur völlig irre.«

Immer noch nichts.

»Mac?«

Aus dem Wohnzimmer drang ein Schwall blecherner Fernsehmusik herüber. Draußen hupte einer. Stick versuchte über sich selbst zu lachen. Mit den Toten reden! Alan brachte ihn noch um den Verstand.

»Ich vermisse dich so«, flüsterte er. »Ich vermisse dich so sehr.«

August 2011

21

Er war bei J, als seine Mum anrief. Die beiden saßen oben in der Fensteröffnung auf dem verlassenen Grundstück bei Strangeways und teilten sich einen Joint. Er hatte ein Achtel Gras von Ricky gekriegt, und es war fast schon wieder weg. Es war das Einzige, was ihm half, länger als fünf Minuten stillzusitzen. Er hatte versucht, J zu fragen, ob sie wisse, was sie nach dem College machen wolle, und wenn ja, woher? Wie? Wie geht man da ran?, versuchte er zu fragen. Wie findet man etwas, das sich tatsächlich verwirklichen lässt? Er hatte sich ziemliche Mühe gegeben, seine Fragen so zu formulieren, dass sie Sinn ergaben, und sie hatte mit ihrem Haar gespielt, am Joint gezogen und gesagt: »Ich weiß es nicht. Ich hab überhaupt keinen Bock auf das alles.«

Er wusste, was seine Mum ihm zu sagen hatte, noch bevor sie es aussprach.

»Kieran, es ist wegen der Anklage. Es tut mir leid.«

Stick starrte auf die regengebleichten Handtaschen hinunter, die verrosteten Schnallen, Verschlüsse und die verrottenden Innereien. Er spürte, dass J ihn ansah, vermochte ihren Blick aber nicht zu erwidern.

»Der Richter sagt, die Beweise reichen nicht aus.«

Stick konnte sich den Richter mit seiner blöden weißen Perücke vorstellen, wie er den Holzhammer mit einem Krachen auf den Tisch niederfahren ließ. Das Verfahren wird eingestellt. Das bedeutete: Ihr könnt nach Hause gehen, wir sind fertig. Das bedeutete: Interessiert uns nicht, und was soll's, war doch eh nur ein Junge aus der Sozialsiedlung. Wahrscheinlich hatte er mit Drogen zu tun, wahrscheinlich war er in einer Gang, wahrscheinlich geht es der Welt besser ohne ihn.

»Sie machen noch mehr Tests«, fuhr sie fort. »Sie werden was finden, das müssen sie. Und dann können sie einen zweiten Anlauf unternehmen. Sie sind sicher, er war's, sagt Trish. Sie meinen, manchmal geht es so, aber das bedeutet nur, dass es etwas länger dauert. Tut mir leid, Schatz.«

Er wollte sein Telefon weit von sich schleudern, so weit er nur konnte, über den ganzen Müll bis hinten auf den Beton, wo es mit einem Krachen landen, der Bildschirm platzen, die Tastatur davonfliegen und die Stimme seiner Mum verstummen würde.

»Ist alles okay? Soll ich kommen?«

Er schüttelte den Kopf. Er wusste, dass sie ihn nicht sehen konnte, aber er traute seiner Stimme nicht.

»Schatz?«

»Alles gut«, krächzte er. »Mir geht's gut.«

»Willst du nach Hause kommen, Schatz?«

Er wollte rennen, wollte rennen, bis er keinen Fuß mehr vor den anderen bekam, bis seine Brust platzte, seine Beine brannten und sein Kopf zu denken aufhörte.

»Kieran, du machst mir Angst.«

»Ist schon gut. Mir geht's gut. Ich muss jetzt Schluss machen.« Er legte auf und steckte das Telefon zurück in die Tasche.

J sagte nichts, doch er spürte ihren Blick.

»Scheiß Bullen.« Er stemmte die Hände links und rechts von sich auf den Sims, da er plötzlich nicht mehr sicher war, wo die Umrisse seines Körpers verliefen. »Sie wissen, er war es, und lassen ihn laufen. Was soll das? Wie kann so was nur erlaubt sein?«

Lange Zeit saßen sie beide schweigend da.

»Wissen sie, warum er es getan hat?«, fragte J.

Stick rieb die Knöchel über die rauhen Ziegel. »Er wollte nichts sagen, aber er war da. Er hatte Blut auf den Schuhen, und er war schon öfters mal gewalttätig.«

»Aber es gibt nicht genug Beweise?«

»Sag das nicht.«

»Ich sage nicht, dass er's nicht war, ich frage nur.«

»Er war es.«

J hob beide Hände, steckte den Joint neu an und gab ihn ihm. Stick saugte den Rauch in seine Lunge, aber es half nicht.

Am Samstagmorgen nahm Stick ein Messer aus der Küchenschublade, das, mit dem seine Oma Kartoffeln schnitt, wickelte es in einen Plastikbeutel und schob es sich hinten in die Boxershorts. Auf dem Weg nach Hause kratzte ihm das Plastik über den Rücken.

Jemand hatte den linken Spiegel vom Wagen abgerissen, ansonsten war alles in Ordnung. Das Ding sprang noch an, erwachte keuchend zum Leben, und die Kupplung ächzte vor sich hin. Er hatte keinen anderen Plan, als Owen Lee zu finden. Der Bastard musste schließlich irgendwo sein. Stick würde einfach herumkurven, bis er ihn sah.

Zuerst fuhr er zur Paget Street. Er hatte gehört, dass es Verbrecher zurück an den Tatort trieb, selbst wenn es gefährlich war. Es war, als könnten sie nicht glauben, dass sie getan hatten, was sie getan hatten, und so kamen sie zurück, um es sich zu beweisen, denn dort erinnerten sie sich, und es fühlte sich wieder wirklich an. Stick parkte an der Stelle, an der der Einsatz-Wohnwagen gestanden hatte. Es war kein Mensch zu sehen.

Schweiß troff ihm über den Rücken, und seine Hände waren ganz feucht. Die Bäume warfen klobige schwarze Schatten aufs Gras. Der Löwenzahn hatte sich in Pusteblumen verwandelt, aber es hingen nur noch weiße Flaumreste daran, der Rest war weggeblasen. Er hätte den Zeitungsartikel nicht zerreißen sollen. Je mehr er sich daran zu erinnern versuchte, wie Owen Lee aussah, desto weniger sicher war er sich. Das Gesicht auf dem Foto, auf dem Bildschirm im Gericht zerbrach in winzige Quadrate, zerfiel, so sehr er auch die Augen zusammenkniff, so sehr er sich auch mühte.

Stick saß da, klopfte mit den Fingern aufs Lenkrad und wartete. Er würde ihn erkennen, wenn er ihn sah. Und wenn er ihn sah, würde er ihn umbringen. Eine Elster kam aus einem der Bäume heruntergeflogen, landete auf dem Teer und sah Stick an.

Elster, Elster, du wirst leiden.

Der Vogel pickte nach etwas auf der Erde und hob sich auch schon wieder in die Luft, zeigte seine blauschwarzen Flügel mit den hellweißen Spitzen und trug einen unmöglich langen Zweig im Schnabel, etwa drei oder vier Mal so groß wie er selbst.

Er hatte das Messer ins Handschuhfach gelegt. Stick festigte seinen Griff ums Lenkrad und versuchte, sich vorzustellen, wie es sich anfühlen würde, eine Klinge in einen lebenden Menschen zu stecken. Er fragte sich, ob man fest drücken musste, um durch die Haut zu kommen, oder ob es eher wie bei einem Stück Käse oder einem Laib Brot war. Es wäre leichter, wenn er eine Pistole hätte. Stick zielte mit zwei Fingern auf die Elster, die auf einem Ast saß und immer noch den Zweig im Schnabel hielt. Er machte Schussgeräusche. Das wäre das Einfachste, *klick*, und es wäre hinüber.

Stick bemerkte eine Bewegung im Seitenspiegel und erstarrte. Aber es war nicht Owen Lee, sondern einfach nur ein alter Kerl auf der anderen Seite der Straße, der etwas humpelte und eine weiße Plastiktüte in der Hand hielt. Den Bruchteil einer Sekunde lang stellte er sich vor, aus dem Wagen zu springen, zu dem Mann zu rennen und ihm das Messer in die Brust zu rammen. Der Alte ging weiter. Stick verriegelte seine Tür und blieb sitzen, noch lange, nachdem der Kerl wieder verschwunden war. Sein Herz raste, und seine Knöchel umklammerten weiß das Lenkrad.

Wenn er es nicht tat, würde es niemand tun, und Mac wäre einfach so tot, ohne jeden Sinn. Stick ließ den Motor an und spürte, wie ihm das Brummen unter die Haut ging. Er brachte den Wagen zurück auf die Straße, den Körper voll mit Adrenalin. Sein Atem kam stoßweise, die Hände zitterten auf dem Lenkrad. Er kreischte die Paget Street runter und bog, ohne anzuhalten und zu gucken, auf die Rochdale Road. Dem Fahrer hinter ihm, der heftig hupte, zeigte er den Mittelfinger und schrie: »Leck mich!« Irgendwie tat ihm das Schreien gut. »Leck mich! Du Arschloch! Du scheiß Wichser!« Seine Stimme schwoll mit dem Höherdrehen des Motors an, und ein Lächeln kroch auf sein Gesicht. So würde es gehen. Er würde den Bastard finden und dafür sorgen, dass er wünschte, nie geboren worden zu sein.

22

Ich leuchte Ihnen jetzt noch mal ins Auge.« Die Ärztin stand direkt vor Stick, zielte mit dem Licht in sein linkes, dann sein rechtes Auge und hinterließ gelbrosa Schemen in der Luft. »Und jetzt bitte ich Sie, mit dem Blick meinem Finger zu folgen, ohne den Kopf dabei zu bewegen. Ja, genau so.« Sie bewegte einen Finger durch sein Blickfeld. Sie war dünn, asiatisch, jung, trug roten Lippenstift und hatte ihr Haar zu einem Zopf gebunden.

»Sehen Sie etwas doppelt?«, fragte sie.

Stick schüttelte den Kopf. Sie machten das jetzt etwa zum tausendsten Mal. Er erinnerte sich an die Elster, das hatte er dem anderen Arzt erklärt, einem fröhlichen, rotgesichtigen Mann, der aussah, als sollte er ein Lehrer sein oder ein Kinder-Animateur. Er erinnerte sich an die Elster mit dem Zweig im Schnabel, der fast zu groß war, als dass sie ihn tragen konnte, danach kam nichts mehr.

»Sie müssten jetzt nur noch mal die Zähne zusammenbeißen.« Sie streckte die Hände aus, befühlte beide Seiten seines Halses und rieb über die Schläfen. Ihre Hände waren kühl und weich. Sie drückte einen Finger auf sein Kinn. »Und jetzt machen Sie den Mund auf.«

Er sei gegen eine Laterne gefahren, hatte der andere Doktor gesagt. Hatte er eine Vorstellung, warum? Stick hatte den Kopf geschüttelt und mit den Schultern gezuckt. Das Messer musste noch im Handschuhfach liegen, zusammen mit einem leeren Päckchen Tabak und einigen Bonbonpapieren. Aber es war nicht verboten, ein Küchenmesser im Auto zu haben.

Die neue Ärztin schrieb etwas auf ihr Klemmbrett, betrachtete es und nickte. »Ihre Mutter ist übrigens auf dem Weg hierher.«

Stick starrte den blauen Faltenvorhang an, den die Ärztin um sein Bett gezogen hatte, und fühlte sich unendlich schwer, wie ein Klumpen Beton auf der dünnen, plastiküberzogenen Matratze. Durch eine Öffnung im Vorhang konnte er Schwestern hinter einem großen Tisch voller Telefone, Computer und Papiere sehen, und hinter ihnen eine weiße Tafel, auf der mit einem dicken blauen Filzer Namen und Bettnummern aufgeschrieben waren. Es stank nach Putzmittel und kranken Menschen. Es war zu hell, zu laut, Maschinen piepsten, Leute redeten. Das alles ließ seinen Kopf schmerzen und sein Gehirn gegen die Schädelwände schlagen. Er wollte an einen dunklen, ruhigen Ort. An einem dunklen, ruhigen Ort würde er sich vielleicht erinnern können, ob er Owen Lee gefunden hatte oder nicht. Ob er ihn getötet hatte.

Der Doktor hatte nichts von einer anderen Person gesagt. Eine Laterne hatte er gekillt, keinen Menschen. Und es waren auch keine Polizisten da, die ihn befragen und seine Fingerabdrücke wollten. Vielleicht hatte er Owen Lee ja entdeckt und versucht, ihn mit dem Auto zu erwischen. Vielleicht hatte der Kerl die Kapuze aufgehabt, und Stick hatte sich zum Fenster vorgebeugt, um sein Gesicht zu erkennen. Er zermarterte sich das Gehirn, aber das wollte nichts preisgeben. Nur diese Elster mit den blau gefiederten Flügeln.

»Wie kann es einfach weg sein?«, fragte er die Ärztin, als sie die Vorhänge zur Seite schob.

»Wie bitte?«

»Mein Gedächtnis«, sagte Stick. »Wie kann das so einfach verschwinden?«

Die Ärztin schob die Lippen vor. »Das kommt oft vor«, sagte sie. »Bei einer Kopfverletzung, und dann der Schock.« Sie sah wieder auf ihr Klemmbrett. »Wir machen noch ein paar Tests, aber ich glaube, es ist nichts Ernstes.« Sie lächelte, während sie seine Frage beantwortete, und ging dann davon. Ihre Absätze klapperten über den Boden.

Stick mühte sich auch weiter um eine Erinnerung, doch es war, als wäre er ein, zwei Stunden tot gewesen und dann wieder zum Leben erwacht.

Seine Mum kam, rannte fast durch die Station zu ihm hin, eine Hand auf die Brust gedrückt.

»Oh, mein Gott. Oh, Kieran.« Sie konnte nicht aufhören, als befänden sie sich in einer ihrer Serienschnulzen. Immer wieder berührte sie ihn, genau wie nach Sophies Tod, als wollte sie sich versichern, dass er wirklich da war.

Stick lag, so ruhig er konnte, in seinem Bett und ließ ihre Worte über sich ergehen. Sein ganzer Körper schmerzte, als hätte ihm einer eine gehörige Abreibung verpasst. *»Der Sitzgurt«*, hatte der erste Doktor gesagt und war mit der Hand diagonal durch die Luft gefahren. *»Wenigstens hatten Sie den Gurt an. Aber Sie hatten keinen Airbag und haben das Steuer abbekommen. Die Blutergüsse reichen tief. Das wird ein paar Wochen dauern. Keine bleibenden Schäden allerdings. Nicht im Rumpf.«*

»Ich kann einfach nicht glauben, dass du so was hast tun können. Ich fass es nicht.« Seine Mum fing an zu weinen, ihre Schultern bebten. »Ich hätte euch zwei dieses verflixte Auto niemals kaufen lassen dürfen.«

Stick hatte das Gefühl, sie durch eine dicke Glasscheibe zu sehen. Es gelang ihm, sich leicht im Bett aufzusetzen und zu sagen: »Ich bin nicht tot, Mum. Sie machen nur ein paar Tests.«

»Aber dein Kopf.« Sie streckte die Hand aus und berührte ihn direkt über dem Ohr. »Und zu versuchen …« Sie schlug sich die Hand vor den Mund. »In eine Laterne hineinzufahren.« Sie weinte jetzt noch heftiger. »Es tut mir leid«, sagte sie. Wieder und wieder sagte sie es. »Es tut mir leid, es tut mir so leid.« Und endlich riss sie sich zusammen, schluckte die Tränen hinunter, und ihre Augen glänzten. »Das krieg ich wieder hin, versprochen. Ich krieg das schon wieder hin. Wir schaffen das.« Schon weinte sie wieder.

Er war so müde. Er dachte daran, wie Sophie zu einer Handvoll Erinnerungen zusammengeschrumpft war, ohne dass er wirklich sicher gewesen wäre, welcher davon er trauen konnte – was er erfunden, sich von Fotos zusammengereimt hatte und was tatsächlich passiert war. Mit Mac würde es genauso sein. In zehn Jahren würde Mac zu einer Abfolge von Bildern, Sätzen und Gefühlen verkommen, die er immer wieder frisch einüben musste, damit sie nicht komplett verschwanden.

Seine Mum hatte zu reden aufgehört. Sie hielt seinen Arm und betrachtete seine Armani-Uhr, deren Glas quer übers Ziffernblatt gesprungen war.

»Scheiße«, sagte Stick. Seine Stimme schien von weither zu kommen.

Seine Mum schüttelte den Kopf. »Das bringen wir in Ordnung. Das bringen wir in Ordnung, Schatz.«

Sie schickten sie weg, als es Zeit zum Abendessen war. Sie ging rückwärts bis zur Doppeltür und winkte ihm zu, aber Stick hatte nicht die Energie, zurückzuwinken.

Sein Essen kam auf einem Plastiktablett mit unterschiedlichen Fächern. Hühnchen in einer weißen Käsesoße, nasse grüne Bohnen und nicht ganz gare Kartoffeln. Stick stach auf sie ein, bis sie in Stücke zerfielen, und schob die Hühnerstücke in eine Reihe. Der Schwester, die ihn zum Essen überreden wollte, sagte er, er habe keinen Hunger.

Und immer noch jede Stunde das Gleiche. Folgen Sie meinem Finger. Licht in seine Augen. Welchen Tag haben wir heute? Wo sind Sie? Wie heißen Sie? Er wollte *verpisst euch, verpisst euch, verpisst euch* schreien, so laut er konnte. Er wollte schlafen, doch der Lärm in seinem Kopf war zu groß. Wo bin ich? Wer bin ich? Wie kann Mac tot sein?

In diesem blöden, kratzigen Krankenhaushemd, das im Grunde ein Kleid war, fühlte er sich entblößt. Er lag auf einem hohen Metallbett, an dem ständig Leute vorbeiliefen, Ärzte, Schwestern und in Pantoffeln dahinschlurfende Patienten. Auf der anderen Seite des Raumes befand sich das einzige Fenster, im Übrigen gab es nur helle Lichter, hässliche Betten und hässliche Leute in Betten mit Fernsehern an ausziehbaren Armen, piepsende Apparate und Schiebewagen, Waschbecken und Blumensträuße in Plastikkrügen, dazu der Geruch von Chemikalien und Fäulnis.

Dann kam sein Dad. Stick sah ihn durch die Türen zur Station und schloss schnell die Augen.

»Kieran?«

Stick hielt die Augen geschlossen und versuchte, lang und langsam zu atmen, ganz so, als schliefe er. Er spürte die Hand seines Dads auf der Schulter und tat leblos. Ein kleiner Stupser. Noch einer.

»Kieran.«

Er hatte Stick immer Geschichten vorgelesen. Stick hatte das schon fast vergessen, aber die Stimme jetzt erinnerte ihn daran: Wie er mit der Decke bis zum Kinn im Bett lag, und sein Dad saß neben ihm, schwer und warm an seinen Beinen. Piraten, sprechende Mäuse, Drachen.

Er hörte, wie sich sein Dad auf dem Stuhl neben dem Bett niederließ, die leichte Mühe seines Atems, das Reiben seiner Kleider übereinander und das Klopfen der Finger auf den Armlehnen.

»Schläfst du?«, sagte sein Dad.

Stick rollte sich mit einen Seufzer auf die Seite, als wäre er gerade dabei, aufzuwachen, aber sei es noch nicht ganz.

»Ich bin's«, sagte sein Dad. »Deine Mum hat mich angerufen.« Seine Finger klopften immer noch. »Sie war völlig außer sich. Sie meinte, du hättest versucht, dich umzubringen.« Seine Stimme hob sich zum Ende hin.

Stick machte daraufhin fast die Augen auf.

»Ich habe ihr gesagt, es ist nicht deine Schuld, Mandy, habe ich ihr gesagt.« Er machte eine Pause. »Ich habe ihr gesagt, wenn es deine Schuld ist, dann auch meine.«

Stick konzentrierte sich auf das hohe Piepsen von der anderen Seite der Station.

»Warum solltest du das tun?«, sagte sein Dad, und seine Stimme entglitt aufs Neue seiner Kontrolle. Dann, leise: »Die Anklage. Der Prozess.«

Stick konnte sich vorstellen, wie er dasaß, nickte, und die Krankenhauslichter glänzten auf seiner Stirn.

»Bist du wach, Kieran?«

Stick gab sich Mühe, nicht zu reagieren, hielt den Atem langsam und stetig. Sein Dad seufzte.

»Ich wollte jemanden, dem ich die Schuld geben konnte«, fuhr er fort. »Gott, wie ich jemandem die Schuld geben wollte.«

Stick erinnerte sich. In den Monaten nach Sophies Tod war sein Vater im Haus auf und ab gelaufen und hatte stundenlang mit Anwälten und Verbraucherorganisationen telefoniert, wo sie auch saßen. »*Dafür kriege ich einen dran. Ich kriege diese Mistkerle dran, die dafür verantwortlich sind.*« Und von Tag zu Tag war seine Mum kleiner und blasser geworden, als saugte ihr einer das Leben aus dem Körper.

Stick wollte sich aufsetzen und sagen: *Das ist doch was ganz anderes! Das Feuer war ein Unfall. Fünfmal ein Messer in den Leib gerammt zu bekommen, kann man echt keinen Unfall nennen.* Er wollte sagen: *Hier gibt's einen Schuldigen, aber sie haben ihn laufenlassen, das ist es doch gerade.* Er linste durch die Wimpern eines Auges zu seinem Vater. Die Station flimmerte und verschwamm zwischen den Härchen, sein Dad war ein dunkler, gedrungener Umriss an seiner Seite. Stick schloss das Auge wieder und dachte an Owen Lee, in der Zeitung und auf dem Bildschirm im Gericht. Vielleicht war es schwerer, niemanden zu haben, auf den man sich fixieren konnte, niemanden, den man hassen konnte.

»Du hast mir gesagt, ich soll mich entschuldigen.« Sein Dad ließ ein nervöses Lachen hören. »Dabei weiß ich nicht mal, wo ich anfangen soll.«

Er fing nicht an. Saß nur noch zehn, fünfzehn Minuten da und stand schließlich auf. Stick spürte, wie er dort stand und ihn ansah, scheinbar für immer. Aber dann veränderte sich das Licht, und die Schritte seines Dads entfernten sich über die Station.

Er versuchte zu schlafen, doch die Schwestern weckten ihn immer wieder wegen der Tests, und sein Kopf war sowieso zu voll. Wie fette Sommerfliegen knallten seine

Gedanken gegen ein Fenster. Das Neonlicht grub sich durch seine Lider und ließ seinen Kopf umso mehr schmerzen. Sein ganzer Körper schmerzte saumäßig, und wenn er das Hemd anhob, sah er riesige rotviolette Striemen quer über seiner Brust.

Die Uhrzeiger an der Wand neben der weißen Tafel schienen sich kaum voranzubewegen, und wenn er noch so oft hinsah. Stick drehte den äußeren Ring seiner Uhr, sah das Gesicht seiner Mum vor sich, ihre Finger, wie sie sorgenvoll auf der Bettdecke umhergefahren waren.

Es gab keine Bekanntmachung, nur mit einem Mal eine ungute Erregung, die sich auf der Station ausbreitete. Schwestern flüsterten miteinander. Die Frau im Bett gegenüber setzte sich etwas auf und hielt ihren Fernsehschirm fest, als wollte sie die Bilder beruhigen. Stimmengewirr. Er hatte ebenfalls fernsehen wollen, doch wie sich herausstellte, musste man dafür zahlen, und er hatte kein Geld bei sich. Wenn er den Hals verrenkte, konnte er gerade so den Bildschirm seines Nachbarn sehen, ohne Ton. Aus den Plastikkopfhörern des Mannes kam nur ein leises, monotones Rauschen.

Der Mann, dessen Brust verdrahtet und an eine Maschine angeschlossen war, sah, wie Stick den Kopf reckte, nahm den Kopfhörer herunter und sagte: »Die Polizei hat einen Schwarzen erschossen.« Er schüttelte den Kopf. »Es fängt immer auf die gleiche verfluchte Weise an.«

Auf dem Bildschirm brannte ein Lieferwagen. Helle Flammen und wallender schwarzer Rauch. Der Wagen war wie ein Geist. Man konnte seinen Umriss unter den Flammen sehen, aber es war, als wäre er nicht wirklich da, nur die Erinnerung an ihn, und alles, was wirklich existierte, war das Feuer, das Lodern. Die Kamera fuhr über eine Ansammlung von Männern mit Kapuzen, die Steine und Flaschen auf bewaffnete Polizisten warfen. Eine andere Gruppe schaukelte einen Polizeitransporter hin und her, bis er umfiel. Dann war da ein grauhaariger weißer Mann mit tiefen Furchen in der Stirn, der etwas sagte. Und schon waren die Kameras wieder bei dem brennenden Transporter. Ein Mann in Sticks Alter, vielleicht jünger, rannte vor das Feuer und war nur mehr mit seinen Umrissen zu erkennen, schwarze vor Gelb, einen Moment lang. Es war wie in einem Film. Schön sah es aus. Muss wieder Griechenland sein, dachte Stick. Nicht Libyen oder Ägypten, dafür schien es nicht heiß genug. Der Mann im Bett nebenan sagte immer wieder »Mann, Mann« und schüttelte den Kopf.

Stick sah J auf dem Strand in Blackpool liegen, und der Sand wirbelte gelbe Muster um sie herum. Er dachte an Owen Lee, wie er aus dem Gefängnis kam, die Augen zum Himmel gerichtet, den Mund zu einem Lächeln verzogen. Er dachte an sein Auto, das um einen Laternenpfahl gewickelt war, ohne dass er gewusst hätte, wo, und fragte sich, ob das auch einer angesteckt hatte. Er stellte sich vor, wie ein junger Bursche durch die zerschlagene Windschutzscheibe griff oder das Beifahrerfenster einschlug, bevor er sein Feuerzeug an die alten grauen Sitze hielt. Erst das langsame Glimmen, das sich verstetigte und schließlich schneller hochschlug, als man es sich vorstellen konnte. Er wünschte, mittendrin zu sitzen, und die Flammen stiegen um ihn auf, Messer auf seiner Haut, und endlich wurde alles, er, das Auto, die Laterne, von einem gelborangefarbenen Brüllen verschluckt.

23

Irgendwann mussten sie aufgehört haben, ihn jede Stunde zu wecken, denn Stick erwachte aus einem tiefen Schlaf. Jen stand neben seinem Bett, mit Rosie an der Hand.

»Ich habe mit dem Arzt gesprochen. Du darfst hier wieder raus«, sagte Jen und lächelte.

Stick ächzte und drehte sich weg.

»Was toll ist«, fuhr Jen fort, »denn heute ist Beas Schwimmvorführung, und wir haben gerade noch genug Zeit, hinzukommen.«

Stick starrte den grauen Lehnstuhl neben seinem Bett an und musste an den brennenden Lieferwagen im Fernsehen am Abend zuvor denken.

»Ich habe deine Sachen gepackt.« Jen hielt eine Stofftasche mit einem Recyclingsymbol in die Höhe. »Und da ist ein Geschenk.« Sie fuhr mit der Hand hinein und holte etwas Kleines, in rotes Papier Gewickeltes heraus. »Mit einer Karte.«

Stick hob den Blick.

»Vielleicht kannst du es im Auto aufmachen?«, sagte Jen und ließ es zurück in die Tasche fallen. Sie sah Stick an. »Du müsstest dich jetzt anziehen, damit wir es noch pünktlich schaffen.«

Stick vergrub den Kopf im Kissen. Er wollte sich nicht anziehen. Er wollte nirgendshin.

»Kieran?«

»Lass mich in Ruhe.«

Jen legte die Hand auf seine Schulter und gab ihm einen kleinen Schubser.

»Das tut weh.«

»Die beste Medizin gegen alles Übel in der Welt ist, aufzustehen und etwas zu tun«, sagte Jen.

Stick schloss die Augen. In seinem Kopf pochte es immer noch.

»Bea freut sich so darauf, dass du kommst«, sagte Jen. »Sie hat dir eine Gutebesserungskarte gemalt, aber ich hab ihr gesagt, sie soll sie dir selbst geben, nach dem Schwimmen.«

Stick drückte die Augen noch fester zu. »Das ist Erpressung«, murmelte er.

»Vielleicht, aber wenn wir so weitermachen, wird sie ins Publikum gucken und niemanden entdecken. Dein Dad musste zur Arbeit.«

Stick fühlte etwas aufs Bett, auf seine Beine fallen. Er öffnete ein Auge und sah ein rotes T-Shirt und eine ordentlich zusammengelegte Trainingshose. Seine Oma musste da gewesen sein, als er schlief.

Rosie ging zum Kopfende des Betts. Sie wirkte wacklig auf den Beinen, als hätte sie ein paar Bier getrunken.

»Hi, Rosie«, sagte Stick.

Sie hob den Arm und stupste ihn fest mit dem Finger auf die Backe. »Bea-Bea, Def-fin«, sagte sie.

»Ach, verdammte Scheiße.« Stick schwang sich aus dem Bett und stand aufrecht da, die Füße auf dem kalten Krankenhausboden. Seine Beine staksten unter dem Hemd her, das teigblasse Knubbelknie, das er war.

»Dammte Scheise«, wiederholte Rosie.

Jen funkelte ihn an.

»Kann man hier mal kurz etwas Privatsphäre haben?«, fragte Stick und griff nach dem roten T-Shirt.

Jen wich zurück und zog den blauen Vorhang ums Bett. Stick konnte Bea hören, wie sie noch mal »Dammte Scheise« sagte und wie Jen »pssst« zischte, und es munterte ihn ausreichend auf, dass er sich anzog.

Stick saß auf dem Beifahrersitz von Jens winzigem Nissan und hob das Geschenk aus der Stofftasche. Es war klein, schwer und fest. Er riss das Papier auf und hielt einen Stein in der Hand, grün mit roten Sprenkeln und so heftig poliert, dass er glänzte. Stick nahm ihn zwischen zwei Finger.

»Was ist denn das?«, fragte Jen und warf einen Blick zu ihm hinüber.

Stick zuckte mit den Schultern, machte ein Faust um den Stein und stellte sich vor, ihn gegen die Windschutzscheibe zu werfen. Von der Stelle, wo er sie traf, würden Rissen nach außen schießen.

»Hast du den Brief gesehen?«, fragte Jen.

Ein weißer Umschlag mit einer einfachen weißen Karte. »Das ist ein Blutjaspis«, stand da. »Für Mut, Stärke und Weisheit. Er gibt dir den Mut, Hindernisse zu überwinden, und die Weisheit, zu entscheiden, wie du es schaffst. Sei stark, Kieran, und weise. Alan.«

Das Freizeitzentrum war voller Kinder, voller Gespritze, Schreien und Kreischen, das von den gekachelten Wänden widerhallte. Stick spürte, wie ihn alle Energie verließ.

»Ich sollte im Bett liegen«, sagte er zu Jen. »Ich sollte mich ausruhen.«

»Unsinn.« Jen führte ihn durch Doppeltüren in einen nach Chlor stinkenden Korridor, zog Rosie hinter sich her und stieg ein paar Betonstufen auf einen Balkon hoch, der die gesamte Länge des Gebäudes entlangführte. Auf ihm gab es fünf Reihen harter roter Plastiksitzschalen, die in den Boden gedübelt waren und nach hinten hin anstiegen. Sie waren vielleicht zur Hälfte besetzt. Familien mit Getränkedosen und Chipstüten gluckten zusammen und sahen hinunter auf das blaue Wasserrechteck.

Jen schob Stick auf einen Platz in der hinteren Reihe und setzte Rosie zwischen sich und ihn. »Sie wird sich freuen wie eine Schneekönigin, dich hier zu sehen«, flüsterte sie.

Stick befühlte den Stein in seiner Tasche und suchte das Wasser unten nach Bea ab, konnte sie jedoch nirgends entdecken. So viele Kinder liefen da in Schwimmanzügen herum und sprangen ins Wasser, als könnte nichts Schlimmes passieren. Rosie sah ihn mit großen blauen Augen an und plapperte Unsinn. In einem Nasenloch hatte sie eine grüne Rotzblase, die sich mit jedem Atemzug blähte.

»Bea«, sagte sie und sah exakt in dem Moment nach unten, als ihre Schwester in der Mitte einer ungeordneten Reihe Kinder auf den Pool zusteuerte. Bea hatte einen roten Badeanzug an, unter dem sich ihr Bauch wölbte.

»Def-fin.« Rosie zeigte auf die Kinder, die jetzt ernst am Rand des Wassers standen.

»Genau, so ist es! Delphine!«, gurrte Jen.

Stick kam nicht wirklich dahinter, was da unten vorging. Wie es schien, war es kein Rennen, mehr eine leicht chaotische Art Show. Die Kinder sprangen eins nach dem anderen am flachen Ende ins Wasser, bewegten sich hundepaddelnd ein Stück vor und hängten sich an den Rand, die Gesichter zum Himmel gereckt. Erwachsene in roten Uniformen standen zu beiden Seiten des Beckens, bereit, jeden herauszufischen, der unterzugehen drohte. Und dann, irgendwann, fingen die Leute an zu klatschen, und Stick klatschte mit. Die Kinder kletterten aus dem Becken, nass und zitternd, und ein Mann in einem dunklen Anzug ging die Reihe entlang und hängte eine Medaille an einem blau-weißen Band um jeden Kinderhals. Stick sah, wie Bea den Blick über das Publikum wandern ließ und nach ihnen suchte, links, rechts, links. Er winkte, aber sie sah ihn nicht.

Sie standen im Foyer beim Schwarzen Brett mit lauter Anzeigen für Yoga, Sportmassagen und Kleinkindergruppen und warteten auf Bea.

»Kommst du mit zum Essen?«, fragte Jen, und bevor er etwas erwidern konnte, sagte sie: »Sie fände es so toll, Kieran, wenn du mitkämst. Ehrlich.«

Und dann war Bea auch schon da, mit noch nassem, strubbeligem Haar, und sie schlang die Arme um seine Beine. Also kam er mit und hielt Bea bei der Hand, als sie ins Café gingen. Holztische, Lichterketten, in der Ecke gab es sinnloses selbstgebasteltes Kunsthandwerkszeugs zu kaufen. Scheiß Musik aus einem Radio. Komische Gerichte auf der Speisekarte: Ziegenkäse, Tofu und Couscous. Er bestellte einen Burger und eine Cola, und beides kam genau in dem Moment, als im Radio die Kurznachrichten begannen. Die Frau hinter der Theke drehte den Ton lauter, und alle im Café hörten auf zu reden, lauschten und legten die Köpfe zur Seite wie Shelia, als sie so getan hatte, als gäbe sie Sophies Geist eine Stimme, oder was immer es war, was sie angeblich tat.

In London gab es Unruhen. Die ganze Nacht hindurch waren die Leute in Läden eingefallen und hatten mitgenommen, was sie wollten. Es herrsche Chaos, sagte eine Frau immer wieder und klang gleichzeitig panisch und erregt.

»London?« Stick sah Jen an. Ihre Wangen waren rosa verfärbt, als hätte jemand Kreise daraufgemalt.

Mac hatte London gehasst, obwohl er nie da gewesen war. »*Voller Wichser und Banker*«, hatte er gesagt. »*Kriegen alles Geld und alle Aufmerksamkeit und haben trotzdem ständig was zu jammern und zu meckern.*«

»Mir tut die Familie von dem Mann leid«, sagte Jen.

»Von dem Schwarzen?«

Jen verengte die Augen und nickte. »Wenn dein Sohn von der Polizei erschossen wird, willst du Antworten«, sagte sie. »Aber wie es aussieht, ist es mittlerweile außer Kontrolle geraten.«

Stick zog ein Stück Salat aus seinem Burger und legte es auf den Teller. Antworten, die wollte er auch. Vielleicht sollte er mal in Manchester einen Aufstand anzetteln. Die Polizei mit Scheiße bewerfen, irgendwas anstecken und nicht aufhören, bis jemand ihm verdammt noch mal alles erklärte.

Im Radio lief wieder Musik, ein Typ, der einem Mädchen nachheulte, das einen anderen liebte.

»Ich hab früher in London gewohnt«, sagte Jen. »Nicht, wo das jetzt alles stattfindet. Ich war in Clapham.«

Stick sah sie überrascht an, und Jen lachte. »Ich bin nicht erst zum Leben erwacht, als ich deinen Dad geheiratet habe, weißt du.«

Stick dachte an das Foto von Jen und seinem Dad auf dem Kaminsims in ihrem Wohnzimmer, sein Dad in einem Anzug, Jen in einem weißen Kleid, den Kopf in den Nacken gelegt, lachend, und um sie herum fliegt Konfetti. Das Foto stand zwischen anderen von Bea und Rosie, und auch einem von ihm. Da hatte er noch längeres Haar gehabt und finster in die Kamera gestiert. Stick hatte sich geweigert, zur Hochzeit zu kommen. Seine Mum hatte halbherzig versucht, ihn zu schicken, am Ende aber mit den Schultern gezuckt und war mit ihm ins Trafford Centre gefahren, hatte ihm neue Turnschuhe und einen neuen Trainingsanzug gekauft, und bei McDonald's durfte er bestellen, was er wollte.

»Warum hast du ihn überhaupt geheiratet?«, fragte Stick.

Sie lachte. Sie sah hübsch aus, wenn sie lachte. »Er ist warmherzig«, sagte sie. »Er ist witzig, und wir sind ihm wichtig. Er kümmert sich.« Sie wischte sich eine Haarsträhne aus den Augen. »Uns geht's gut, Kieran, deinem Vater und mir. Um uns musst du dir keine Sorgen machen.«

Deswegen machte er sich keine Sorgen. Was ihm Sorgen machte, war der Gedanke, dass Owen Lee frei durch Manchester lief und lachte, weil er davongekommen war. Was ihm Sorgen machte, war seine Mum. Und dass er vergessen könnte, wie Mac aussah, wie seine Stimme klang. Und ihm kein einziger Job einfallen wollte, der ihm gefiel, und er daher nie Geld oder eine eigene Wohnung haben und J bald kapieren würde, dass er ein Loser war. Was ihm Sorgen machte, war der Gedanke, dass sie ihn verließ, bevor sie auch nur einmal Sex gehabt hatten.

»Was ist, Kieran? Was genau willst du?«, sagte Jen.

Die Tränen überraschten ihn. Er ließ sie nicht laufen, aber er spürte, wie sie von innen gegen die Augen drückten, und musste sie wegblinzeln. Sie sah es, er erkannte es an der Art, wie sie ihn ansah. Er wollte aufstehen und gehen, aber sie legte die Hand auf seinen Arm.

»Das ist eine schwierige Frage«, sagte sie.

Stick biss noch einmal von seinem Burger ab. Das Stück schien größer zu werden, je länger er darauf kaute.

Er atmete durch die Nase, versuchte es weiter. Kauen, schlucken, kauen, schlucken.

»Was wünschst du dir für dich?«, sagte sie. »Für dein Leben?«

Sie hatte Rührei mit Räucherlachs bestellt. Es sah widerlich aus. Stick sah zu, wie sie ein Dreieck von dem rosa Fisch schnitt, es auf ein Stück Toast mit Ei legte und alles zusammen mit der Gabel aufspießte.

Er schluckte noch einmal, endlich war sein Mund wieder leer. »Ist das der Zweck von der ganzen Geschichte hier?«, fragte er. »Du bringst mich her, kaufst mir was zu essen und fängst von dem Doppelglasfensterjob an? Taucht Dad hier gleich mit dem Vertrag auf?«

Jen lächelte und schüttelte den Kopf. »Ich weiß, dass du den Job nicht willst.«

»Warum fragst du dann so?«

»Ich weiß, was du nicht willst«, sagte sie. »Aber ich würde auch gern wissen, was du willst. Es interessiert mich.«

»Ich will gar nichts.«

»Das glaube ich dir keine Sekunde.« Sie tat damit herum, mehr Ei und Lachs auf ein winziges Toastquadrat zu befördern. »Was würde dir gefallen?«, fragte sie.

Stick zuckte mit den Schultern.

Jen legte Messer und Gabel zur Seite. »Okay. Was findest du aufregend?«

J. So, wie sie ihn ansah, wenn sie den BH auszog. Das konnte er Jen nicht sagen.

Im Radio ging es wieder um die Unruhen. Das war aufregend. London lag nur zwei Stunden mit dem Zug von Manchester entfernt. Feuer. Leute, die Fenster einwarfen, und niemand stoppte sie.

»Ich verstehe dich, Kieran. Wirklich.«

»Sorry, Jen, aber du verstehst gar nix. Du hast keinen scheiß Schimmer.«

Sie warf einen Blick auf Rosie und Bea, die mit einem Malbuch dasaß, die Seite ein wildes Gekritzel.

»Keinen scheiß Schimmer hast du«, sagt Stick noch einmal, lauter jetzt.

»Okay, gut. Aber mach mal die Augen zu.«

Stick verschränkte die Arme vor der Brust.

Sie seufzte. »In zehn Jahren«, sagte sie. »Da bist du achtundzwanzig. Es ist Montagmorgen. Dein Wecker klingelt.«

»Bibbib bib bieb, bibbib bib bieb.« Stick sah sie an, aber sie hielt seinem Blick stand.

»Wo bist du?«

»Im Bett.«

»Schließ die Augen. Wo steht dein Bett?«

»Ist das 'ne Hypnose oder so was?«

»Wo bist du?«

»Weil ich davon schon genug vom verrückten Alan hab.«

»Schließ die Augen. Sag mir, wo du bist.«

Stick sah zu den Häusern auf der anderen Seite des Cafés hinüber. Ein Netzvorhang, in Falten, vor ein Fenster gezogen. Efeu, das zum Dach hochwucherte. Wo war er? In einem Doppelbett. J neben sich. Ihr Haar, blau, rosa, schwarz oder orange, lag über das Kissen gebreitet. Unten eine kleine Küche, in der man frühstücken konnte, ein Wohnzimmer mit großen Ledersofas. Ein Hund, vielleicht ein Mops, in einem Korb bei der Hintertür.

»Stehst du auf, um zur Arbeit zu gehen?«, fragte Jen.

»Ich weiß es nicht. Ich kann es verdammt nicht sagen.« Wieder spürte er die Tränen. »Können wir das jetzt lassen?«, fuhr er auf.

Sie lehnte sich zurück und wirkte ein wenig enttäuscht. »Ich will nur helfen.«

Er hatte gedacht, sein Dad hätte sie geschickt, doch plötzlich war er sich nicht mehr so sicher. Vielleicht wollte sie einfach nur nett sein.

Jen legte Messer und Gabel nebeneinander auf den leeren Teller. »Vielleicht könntest du versuchen, eine Liste zu machen«, sagte sie.

Er würde zurück zu seiner Oma gehen, sich ins Bett legen und schlafen. Er spürte sie, die Decke, die sich warm und weich an sein Kinn schmiegte. In den Leitungen tickte das Wasser. Durchs Fenster sickerte Verkehrslärm herein.

»Eine Liste mit Dingen, die du magst. Dinge, die du gut kannst«, fuhr Jen fort. »Das könnte dich auf eine Idee bringen.«

»Ich kann nichts gut.«

»Das stimmt nicht.« Sie sagte das so nachdrücklich, dass er fast lachen musste. »Absolut nicht«, sagte sie. »Sieh nur dich und Bea an.«

Bea hob den Blick. »Ich bin ein Delphin«, sagte sie und hielt die Medaille hoch, die immer noch um ihren Hals hing.

Jen strich ihr übers Haar. »Einige Leute haben keinen Schimmer, wie sie mit Kindern reden sollen.« Sie machte eine Pause. »Und deine Mum.«

»Was ist mit ihr?«

»Ich die Prinzessin bunt gemacht.« Bea hielt Stick ihr Malbuch hin. Es war ein Mädchen mit einer winzigen Taille, sehr viel Haar, einem langen Kleid und einem Pudel auf dem Schoß. Bea hatte das Ganze blau überkritzelt.

»Pinzessin«, sagte Rosie. Jen lehnte sich mit einem Taschentuch zu ihr hin und wischte ihr die triefende Nase ab.

»Wie meinst du das? Und meine Mum?«, sagte Stick.

»Ich meinte nur, ihre Zwangsstörung und …«

»Woher weißt du davon überhaupt?«

»Du kümmerst dich ganz toll um sie. Du könntest vielleicht … was mit Kindern machen? Als Betreuer arbeiten?«

Stick nahm das Salz und schüttete ein Häufchen auf seinen Teller. Er warf einen Blick auf Jen. Sie hatte blonde Wimpern, genau wie Mac sie gehabt hatte. Er probierte einige Worte in seinem Kopf aus, bevor er sie herausließ. »Sie hat gesagt, sie geht zum Arzt, aber ich weiß, sie tut es nicht.«

Es entstand eine lange Pause. Jen sah ihn an, doch er wich ihrem Blick aus. Rosie übermalte gerade das Bild eines Esels, der Stift kratzte über das Papier, Kreis um Kreis.

»Das ist etwas, das sie selbst in Ordnung bringen muss«, sagte Jen. »Das kannst du nicht für sie übernehmen, wie sehr du es auch möchtest.«

Stick schob das Salz in eine Linie, zu einem Quadrat, zu einer Linie. »Denkst du, mir geht's irgendwann auch so?«, fragte er.

Jen zog die Brauen zusammen.

»Dass ich Stecker überprüfe, Türen abschließe oder sonst was?«

Sie sah ihn an, als redete er Unsinn. »Das ist nicht erblich«, sagte sie.

Er meinte, wegen Mac. Würde es ihm am Ende wegen Mac gehen wie seiner Mum, weil er nicht über seinen Tod wegkam. Würde er da festhängen? Er wollte sie fragen, wie man über den Tod von jemandem hinwegkommt, ohne dass man ihn einfach auslöscht, als hätte er nie wirklich eine Rolle gespielt. Stattdessen sagte er: »Ich baue gerne.«

»Bauen?«

»Häuser, Gebäude.«

Jen nickte. Ihre Mundwinkel gingen etwas nach unten, und Stick spürte, wie er rot anlief.

»Was, ist dir diese Arbeit zu gewöhnlich? Ist das nur was für Blöde? Willst du für deine kostbaren Mädchen keinen Maurer zum Halbbruder?« So war es leichter, wütend. »Ihr und euer feines Haus, eure feinen Pizzen, Sonntagsessen und scheiß Frankreichferien. Ihr guckt doch alle auf mich runter.«

Rosie fing an zu weinen, und ihre Stimme wurde eine schrilles Jammern. Jen beugte sich zu ihr und tätschelte ihr den Arm. »Ist schon gut, mein Schatz. Ist alles gut. Was für ein hübscher Esel, Rosie. Was bist du für ein kluges Mädchen.«

Stick ließ den Blick durch das Café schweifen. Alles drängte so eng zusammen. Auf den Tischen stand zu viel: ineinandergestapelte Gläser, Wasserkrüge und braune Papier-Speisekarten zwischen Ketchup und Salz. An den Wänden hing zu viel: hölzerne Setzkästen mit Holzbuchstaben, Bilder aus winzigen Papierfetzen. Und die Leute. Zu viele.

»Mein Bruder ist im Baugeschäft«, sagte Jen, als sich Rosie beruhigt hatte. »Ich könnte mit ihm reden.«

Stick malte einen Kreis in das Salz.

»Er hat ein paar Jungs, die für ihn arbeiten. Einer hat gerade eine Schulung gemacht, glaube ich. Irgendeine Ein-Tages-Sache. In Salford oder so.«

Stick starrte auf seinen Teller und zuckte mit den Schultern.

Jen saugte die Zunge gegen ihre Zähne. »Du musst es wissen, Kieran. Das Angebot steht. Ich rufe ihn an und bringe euch zusammen.« Sie machte eine Pause und sagte dann mit sanfterer Stimme: »Du bist ein super Kerl, Kieran. Du kannst tun, was immer du willst, aber die Welt kommt nicht zu dir, wenn du keinen Schritt zu ihr hin machst.«

»Kannst du mich nach Hause bringen?«

Jen wollte noch etwas anderes sagen.

»Ich habe Kopfschmerzen«, sagte Stick.

Sie presste die Lippen aufeinander und sah ihn eine lange Weile an, stand auf und sagte: »Okay, gut. Lass mich eben bezahlen.«

24

Stick saß auf dem Beifahrersitz und versuchte, einen Weg zu finden, wie er Jen sagen konnte, dass es ihm leidtat. Dass er wusste, sie wollte nur helfen, und er manchmal ein Idiot war, aber nichts dagegen machen zu können schien. Er sah in den Rückspiegel zu den Mädchen, die wie kleine Astronauten in ihre Sitze gegurtet waren. Ich mag die beiden, wollte er Jen sagen, ich mag sie wirklich. Ich freue mich, dass sie da sind. Aber er war nicht sehr gut darin, solche Dinge zu sagen.

Ihm wurde erst bewusst, dass sie ihn zu seiner Mum fuhr, als sie vor dem Haus standen. Seine Mum stand im Vorgarten und rupfte vertrocknete Blätter von einer Pflanze mit orangefarbenen Beeren. Es war zu spät, Jen zu bitten, umzudrehen und ihn stattdessen zu seiner Oma zu bringen.

»Danke«, sagte er und öffnete die Tür. »Für das Essen und so.«

»Kein Problem«, sagt Jen. »Oh. Beas Karte.« Sie beugte sich zum Handschuhfach und holte ein zusammengefaltetes Stück Papier heraus. »Das bist du.« Sie zeigte auf eine große, mit rotem Buntstift gemalte Gestalt mit einem riesigen schwarzen Verband um den Kopf. »Und das heißt: Werde schnell wieder gesund.« Sie zeigte auf ein paar gelbe Krakel unter dem Bild.

»Danke, Bea.« Stick drehte sich auf seinem Sitz um und lächelte den Mädchen zu, aber sie schliefen beide tief und fest.

»Sehen wir dich am Wochenende?«, fragte Jen.

Stick nickte. »Sicher.« Er zögerte und sagte dann murmelnd: »Du bist in Ordnung, Jen.«

Jen lachte.

»Ich meine nur ...« Er spürte, wie er rot wurde.

Sie lächelte. »Danke. Und jetzt pass auf deinen Kopf auf, okay?«

Er stieg aus und winkte, während Jen den Wagen drehte.

Seine Mum öffnete die Arme, als sie ihn sah. »Kieran! Ich dachte ... Ich wusste nicht ...« Ihr Blick folgte Jens Auto die Straße hinunter. »Wie geht es dir, Schatz?«

»Mein Kopf fühlt sich an, als hätte mir einer eins mit dem Hammer verpasst«, sagte er, sah ihre Augen und bereute es. »Gut geht's mir«, sagte er. »Sie haben mich entlassen.«

»Die Polizei hat angerufen«, sagte sie, und Stick war plötzlich hellwach.

»Haben sie erneut Anklage erhoben?«

»Wegen des Autos, Schatz. Ich habe gesagt, du meldest dich«, sagte sie. »Ich hab die Nummer aufgeschrieben. Sie muss in der Küche liegen.«

Stick hob das Gesicht zum Himmel – flache graue Wolken, das blinkende Licht am Ende eines Flugzeugflügels. In seinem Kopf pochte es. Sein Körper schmerzte noch mehr als am Tag zuvor. Seine Augen fühlten sich an, als hätte sie einer herausgenommen, in Sand gewälzt und wieder eingesetzt.

»Kommst du wieder nach Hause?« Sie klang so hoffnungsvoll, dass er nicht anders zu reagieren wusste, als mit den Schultern zu zucken. »Ich arbeite von zwei bis acht«, sagte sie. »Hätte ich gewusst, dass du kommst, hätte ich versucht, die Schichten zu tauschen. Aber ich bringe uns was Schönes zum Essen mit, ja?«

»Es war ein Unfall, Mum.« Er sah sie an. »Dad sagte, du denkst, ich hätte versucht, mich umzubringen.«

»Oh.« Sie rupfte noch ein totes Blatt vom Busch und zerrieb es zwischen den Fingern, dass es knisterte. »Oh, dann ist es ja gut, nicht wahr.«

Als sie aus dem Haus war, ging Stick nach oben und legte sich bäuchlings aufs Bett. Seine Mum hatte die Bettwäsche gewaschen. Sie roch nach Waschpulver und Sommer. Mach eine Liste, hatte Jen gesagt, als wäre er noch in der Schule. Aber sie wollte ihm helfen. Sie hatte nicht gesagt, er solle den Fensterjob annehmen.

Stick richtete sich auf und wühlte durch seinen Schreibtisch, bis er einen Zettel und einen Stift fand. Er setzte sich aufs Bett, lehnte sich mit dem Rücken gegen die Wand und schrieb *Was mag ich?* oben auf das Blatt. Seine Schrift war wackelig, das Papier knitterte auf seinen Beinen.

Grillhähnchen
Mums Käsetoast
Mum
J
Bea und Rosie
Oma
Rauchen

Er zeichnete eine Zigarette, von deren Spitze Rauch aufstieg.

Rauchen brachte ihm keinen Job.

Er zeichnete ein Fenster und strich es durch, dabei stieß der Stift durchs Papier auf seine Hose.

Er zeichnete ein Haus mit zwei Leuten und einem Hund vor der Tür. Dann drehte er das Blatt um und schrieb: *Was ich hasse.*

Owen Lee
Dad
Mac (dafür, dass er gestorben ist)
Den Schrotthaufen von einem Wagen
Manchester
Dass Sophie tot ist
Listen schreiben

Er strich *Dad* und *Manchester* durch, schrieb dann *Dad* noch mal unten auf die Seite und betrachtete das Wort. *Er ist witzig, und wir sind ihm wichtig. Er kümmert sich,* hatte Jen gesagt. *Wenigstens versucht er es,* hatte Mac mehr als einmal gesagt. Stick stellt sich seinen Dad vor, den kahl werdenden Kopf, die zu roten Lippen, die Augen, die Hundeaugen waren und gefallen wollten. *Er ist witzig, und wir sind ihm wichtig. Er kümmert sich.* Er versuchte Stick einen Job zu verschaffen. Einen scheiß Job, aber immerhin einen Job.

Er strich *Dad* noch einmal durch, schaltete den Fernseher ein und zappte durch die Kanäle. *Family Guy.* Etwas über Frösche. Ein brennendes Gebäude. Eine Frau in einem Wald, die einen Mann anschrie. Ein Reklamespot für Special K. Stick schaltete zum Feuer zurück. Ein mächtiges Eckgebäude brannte in den dunklen Himmel hinein, und hin und wieder erlaubten die Flammen einen Blick auf sein Skelett. Dann wechselte das Bild zu einem brennenden Bus. Brennenden Polizeiwagen. Brennenden Privatwagen. Zu einem Fahrradgeschäft mit gesprungenen Schaufenstern, eines war vollständig herausgebrochen. Fahrräder fielen hinaus auf die Straße.

Die Unruhen. Sie breiteten sich aus, sagte der Nachrichtensprecher. Fraßen sich durch London, als wären sie selbst ein Feuer, ein Aufflammen entzündete das nächste und das nächste. Es sei eine Tragödie, sagte einer. Eine

Schande. Unverzeihlich. Es folgten Bilder vom Tage: die verbrannten Autos aschegrau, die dunklen Straßen ein Meer kaputter Ziegel und zerschlagener Fenster, das große Gebäude, ein Teppichladen, hieß es, schwarz verkohlt und halb eingestürzt.

Stick drehte das Blatt wieder um und fügte der ersten Liste *Unruhen* hinzu, faltete es zusammen und legte es in die Schreibtischschublade. Er rief J an und bat sie zu kommen. Er sagte, er wolle für sie und seine Mum kochen. Die Unruhen erregten sie ebenso wie ihn, wie berauscht war sie. Vielleicht sollten wir nach London fahren, sagte Stick, und es uns selbst ansehen, aber sie sagte nein, das werde jeden Tag auf Manchester übergreifen. Sie müssten nur warten.

Seine Mum kam zurück, kurz nachdem Stick J hereingelassen hatte. Js Haar war halb blau, halb blond. Sie hatte sich die Lippen dunkelrot angemalt, und er spürte den Lippenstift unangenehm auf der Haut, wo sie ihn geküsst hatte.

»Mum.« Stick wischte sich die Backe ab und lächelte, als sie verwirrt guckte. »Ich habe Pizza gemacht und Bier gekauft.«

»Oh, aber ich …« Seine Mum hielt eine Plastiktasche vor sich hin. »Nun, das ist schön.« Sie sah J an.

»Ich bin J.« J streckte die Hand aus.

»Lass mich raten. J für Janet? Jennifer?« Sticks Mum nahm ihre Hand und ließ sie wieder los. »Oder ist es etwas … Exotischeres?«

»Einfach nur J«, sagte Stick. »Wie im Alphabet.«

»Oh«, sagte Sticks Mum und befühlte ihre Frisur. »Nun, wie schön, dich kennenzulernen, J.« Sie wandte sich an Stick. »Du hast Pizza gemacht?«

Das nicht ganz. Er hatte zwei Käse-Tomaten-Pizzen aus dem Tiefkühler geholt und sie zusätzlich mit Sachen belegt, die er ihm Kühlschrank gefunden hatte. Zwiebelscheiben, Knoblauch und roter Paprika. Schinkenstreifen. Mehr Käse.

»Sind in zehn Minuten fertig«, sagte er.

Seine Mum musterte ihn, als versuchte sie in seinen Kopf zu sehen.

»Wie war's bei der Arbeit?«, fragte er.

»Gut.« Sie legte die Stirn in Falten. »Gut.« Damit zog sie J ins Wohnzimmer und sagte: »Du musst mir von dir erzählen, J. Kieran erzählt ja nie etwas. Gehst du aufs College?«

Das ist J, meine Freundin, sagte Stick tonlos in der Küche und holte drei Dosen Foster's aus dem Kühlschrank. Das ist J, meine Freundin. Er öffnete den Ofen, und ein Dampfschwall fuhr ihm ins Gesicht. Die Ränder der Pizzen waren dunkelbraun, und der Käse blubberte. Stick holte sie heraus, legte eine aufs Aufschneidebrett, eine auf einen Teller und nahm das größte Messer aus der Schublade.

»Essen ist fertig«, verkündete er, eine Pizza in jeder Hand, das Messer obenauf und das kalte Bier unter dem Arm eingeklemmt.

»Nun, du hast eindeutig einen guten Einfluss auf ihn«, sagte Sticks Mum zu J.

»Deine Mum mag meine Haare«, sagte J.

»Ist es nicht herrlich«, sagte seine Mum, die Stimme laut und gezwungen fröhlich. Stick hätte ihr am liebsten gesagt, sie brauche sich nicht so anzustrengen.

Die Pizza war nicht so toll, die Kruste zu hart, und die Zwiebel und der Knoblauch waren noch roh, aber J und seine Mum aßen viel und sagten, es schmecke ihnen, und seine Mum trank zwei Dosen Bier und meinte, sie könne auch gut eine Flasche Wein öffnen, ob J Lust auf ein Glas habe? Die beiden redeten über Js Abitur, wo sie wohnte und was ihre Eltern machten, und als seine Mum sagte: »Oh, und diese Unruhen in London, ich kann kaum die Nachrichten ansehen«, nickte J und murmelte etwas, das sich wie ein »Ja, die sind schrecklich« anhörte. Dabei sah sie Stick nicht an, obwohl der sie anstarrte. Es war fast normal, dachte Stick. Sie waren fast wie eine normale Familie, die beim Essen zusammensaß.

Seine Mum sagte, sie würde spülen, und kaum dass sie draußen war, beugte sich Stick vor und küsste J auf die Lippen.

»Bleibst du?«, fragte er.

J warf einen Blick in Richtung Küche.

»Das ist kein Problem. Bleibst du? Bitte.« Als sie nein zu sagen versuchte, küsste er sie wieder, bis sie zu lachen begann. »Ruf deine Eltern an und sag, du bist bei Freunden«, sagte er. »Bitte!«

Als seine Mum aus der Küche kam, waren sie bereits halb die Treppe hinauf. Stick sah, wie sich ihr Kiefer verspannte.

»Kieran?«

»Wir gehen nach oben.« Stick schubste J sanft voran, die Hand auf ihrem Hintern. Sie ging weiter.

»Nach oben?« Seine Mum starrte ihn an.

»Nach oben«, wiederholte er und starrte zurück.

Sie leckte sich die Lippen und hüstelte, »Ich bin nicht ...«

»Dann bis morgen«, sagte Stick. Seine Stimme zitterte nicht, doch er spürte den Schweiß in seinen Händen.

Seine Mum zog die Brauen zusammen, öffnete den Mund und schloss ihn wieder. »Nun, danke fürs Essen«, sagte sie.

Stick nickte und folgte J in sein Zimmer.

Sie hatte den Fernseher eingeschaltet und starrte auf den Bildschirm. Die Leute warfen Steine auf Reihen von Polizisten, rammten Bänke und Schilder in Schaufenster, liefen in die aufgebrochenen Läden und kamen mit Armen voller Kleider, Lebensmittel und Flachbildfernseher wieder heraus.

»Wir könnten hier das Gleiche anzetteln. Ich schwöre dir, Stick, wir könnten in die Piccadilly Gardens gehen, jetzt in diesem Moment, und es hier lostreten.« J setzte sich aufs Ende von Sticks Bett und schlug die Beine übereinander.

Er wollte sie küssen. Er wollte sie ausziehen und überall küssen. Er wollte seine Nase auf ihre Haut drücken und sie einatmen.

»Sieh doch!« J zappelte mit den Knien, dass die Matratze wackelte. »Sie können nichts dagegen tun.«

Stick setzte sich neben sie und sah eine Reihe Polizisten mit Schutzschildern, die eine ihm unbekannte Straße absperrten. Die Leute sahen ihnen ins Gesicht und bewarfen sie mit Ziegeln und Flaschen.

»Geschieht ihnen recht.« Er betrachtete die Gesichter der Werfenden – die meisten hatten Tücher über Mund und Nase gezogen, aber man konnte die Augen vor Erregung leuchten sehen. »Die verdienen es, eins übergebraten zu kriegen«, sagte er.

J zog die Strümpfe aus und ließ sie auf den Boden fallen. »Wolltest du ihn echt umbringen?«, fragte sie.

Stick packte ihre Fußknöchel, drehte sie um, so dass sie mit dem Rücken zum Fernseher saß, und legte sich ihre Füße in den Schoß.

»Guck dir meinen komischen Fuß nicht an.«

Stick bohrte seine Finger zwischen ihren zweiten und

dritten Zeh, wo eigentlich eine Lücke sein sollte. »Ich mag ihn«, sagte er.

J verzog das Gesicht. »Wolltest du?«, sagte sie, und dann: »Stick, hör auf, das kitzelt.«

»Du hast wirklich weiche Haut«, sagte Stick und fuhr mit dem Finger vom großen Zeh über ihren Fußrücken zum Knöchel und weiter die Wade hoch, bis ihre Jeans ihn aufhielt.

J lachte.

»Ehrlich«, sagte Stick. »Das ist schön.«

Im Fernseher redete einer *»… es gibt keine Entschuldigung für Gewalt, keine Entschuldigung für Plünderungen und Sachbeschädigungen …«*

Stick leckte sich die Lippen. Er spürte den Beginn einer Erektion, aber das konnte sie nicht merken. »Bist du noch Jungfrau?«, fragte er.

Sie zog ihre Füße zurück, hob die Knie bis an die Brust und wandte sich wieder dem Fernseher zu. »Nein«, sagte sie.

»… die Polizei, die der Gefahr entgegentritt …«

Stick schluckte. »Entschuldige, ich wollte nur …«

Sie rührte sich nicht.

»Ich sagte, Entschuldigung.«

»… wir haben Menschen sagen hören, dass sie sich in gewisser Weise im Stich gelassen fühlten …«

Stick streckte die Hand aus, berührte ihre Schulter, und sie drehte sich wieder um.

»Und du?«, sagte sie.

Stick dachte kurz an das Mädchen mit dem blauen Paillettentop, wie es seine Hand genommen und ihn zu den Toiletten gezogen hatte. Er schüttelte den Kopf.

»Lügst du?«, fragte J.

»Nein.«

»Warum wirst du dann rot?«

»… wir müssen dafür sorgen, dass es ein Ende findet, dass wir es möglichst bald an ein Ende bringen …«

Stick rieb sich mit der Hand über den Mund. »Ich habe noch nie eine Nacht mit jemandem verbracht«, sagte er und zwang sich, sie anzusehen. »Ich hab's gemacht, ja, aber noch nie, weißt du …«, er rieb sich noch einmal den Mund, »noch nie richtig.«

»Nicht richtig?« Sie grinste.

Stick verlagerte sein Gewicht auf dem Bett. »Langsam, meine ich.« Er sah zu ihr auf. »Jetzt wirst du rot.« Sie sah so schön aus mit ihren geröteten Wangen. »Ich würde aber gerne«, sagte er. »Mit dir.«

Ein Lächeln huschte über ihr Gesicht, doch sie sagte nichts.

»Ich bettele nicht«, sagte er. »Es macht nichts.« Er schob sich ein Stück vor, so dass seine Füße den Boden berührten.

»… die Untersuchung wird Operation Withern heißen …«

Ihre Hand auf seiner Schulter. Sie zog sich auf die Knie und war ihm ganz nahe.

»Ich weiß« sagte er. »Dieser andere Typ. Ich weiß.«

J schüttelte den Kopf und küsste ihn sanft auf den Mund. Sie schmeckte nach Bier und Pizza. Als sie sich zurückbewegte, beugte Stick sich vor und küsste sie seinerseits. Ihr Silberstecker drückte gegen seine Lippe. Dann bewegte er sich wieder zurück, und sie sahen sich an.

»Deine Mum wird nicht reinkommen?«, sagte J.

Stick schüttelte den Kopf.

»… gewaltsame Zusammenstöße mit der Polizei in Enfield …«

J nahm die Fernbedienung von Fensterbrett und schaltete den Fernseher auf stumm. Sie zog an Sticks Arm, und er drehte sich ihr zu und zog sie aufs Bett, die Lippen auf den ihren. Sein Schwanz war hart, sein Herz schlug heftig. Sie ließ sich von ihm auf den Rücken legen, seine Knie waren rechts und links von ihr. Ihre Lippen trafen weich und feucht auf seine. Er dachte, er müsste explodieren. J hob die Hände und zog ihn enger an sich. Er zuckte zurück.

»Ist alles okay?« Sie ließ ihn los.

»Ein Bluterguss.« Er lachte und hob das T-Shirt.

»Heilige Scheiße.«

Jetzt schob sie ihn auf den Rücken, zog ihm das T-Shirt aus und fuhr mit dem Finger über seine Prellungen.

»Das kitzelt.« Er grinste.

»Du bist ein Idiot, weißt du das?« Sie beugte den Kopf über seine Brust, und er fühlte ihre Lippen auf seiner Haut, wie sie jede einzelne Verfärbung küsste. Er spürte, wie sich alles löste, verschwand, das Auto und das Krankenhaus, Owen Lee, seine Mum, Mac auf dem Gras, die Unruhen im Fernsehen – bis da nur noch er und J waren, und sie zogen sich an den Kleidern und rissen die eigenen herunter. Nur noch sie beide und ihre Haut aufeinander.

Sie war schön. Eben und schön und perfekt. Er konnte ihre Knochen fühlen. Er konnte ihren Puls unter seinen Fingern fühlen. Er fühlte ihr Blut rinnen. Die Bilder im Fernsehen wiederholten sich wieder und wieder. Eine Frau sprang aus einem lodernden Haus in die erhobenen Arme von Feuerwehrleuten. Ein Bursche mit Kapuze schrie eine Kamera an. Männer gingen mit Steinen auf einen leeren Polizeiwagen los und zerschmetterten Scheiben und Blech. Ein Kind mit Beaniemütze kam mit einer Flasche Wein aus einem Laden gerannt. Aber da waren nur sie. Nur er und J. Und sie war schön.

Sie wollte nicht bleiben. »Ich kann nicht«, sagte sie und fuhr mit dem Finger über den lilaroten Bluterguss direkt unter Sticks Schlüsselbein. »Du kennst meinen Dad nicht. Ich kann wirklich nicht.«

»Es regnet.« Es klopfte leicht gegen sein Schlafzimmerfenster.

»Ich werde mich schon nicht auflösen.«

»Es ist spät.«

»Noch nicht mal zehn.« Sie setzte sich auf und begann sich anzuziehen.

Also ging er mit ihr hinunter. Im Wohnzimmer lief der Fernseher, lauter als gewöhnlich, aber seine Mum kam nicht heraus.

»Geh nicht.« Er konnte noch Js Hände über seinen Körper gleiten spüren. Das Haar war ihr über das Gesicht gefallen, als sie sich über ihn beugte.

»Bye.« J öffnete die Haustür.

»Ich bringe dich.« Stick griff nach Macs Turnschuhen.

»Ich bin ein großes Mädchen.« Sie lächelte. »Bleib.« Sie warf einen Blick zur geschlossenen Wohnzimmertür hinüber. »Sehe ich dich morgen?« Ihre Augen weiteten sich, als erinnerte sie sich gerade an etwas. »Ich wette, morgen geht's auch hier los.«

»Du bist schön«, sagte Stick.

J hob die Hand zum Abschied und rannte fast die Stufen hinunter und auf die Straße. Stick sah sie davongehen, sah sie kleiner werden, sich immer weiter entfernen und schließlich um die Ecke biegen und verschwinden. Er versuchte das panische Zucken in seinem Magen zu ignorieren, und die Tränen, die sich plötzlich hinter seinen Augen sammelten.

25

Am nächsten Tag rief sein Dad an. Stick zwang sich ranzugehen und machte sich auf einen Vortrag über Sex oder einen weiteren Streit wegen des Jobs gefasst. Er saß im Bett und sah fern. Die Unruhen waren dabei, sich über ganz London auszubreiten, sogar nach Clapham, wo Jen, wie sie sagte, gewohnt hatte. Und weiter nach West Bromwich, Bristol, Birmingham, Nottingham, bis rauf nach Liverpool, aber nicht nach Manchester, trotz Js Ahnung – J hatte bereits angerufen und gesagt, ihr Dad habe ihr Hausarrest verpasst, aber sie arbeite daran.

»Ich wollte nur hören, ob alles okay ist«, sagte sein Dad.

Ihm tat noch alles weh, sein Körper war steif und wund wie der eines alten Mannes. »Mir geht's gut.«

»Gut. Gut.« Sein Dad klang, als ginge er eine belebte Straße hinunter. Im Hintergrund war eine Polizeisirene zu hören, Motorengeräusche, ein Rasenmäher. »Brauchst du Hilfe mit dem Auto?«

Er wollte die Karre nie wieder sehen. »Nein, danke. Ich muss nur bei der Polizei anrufen und mit denen alles regeln.«

»Gut, sag Bescheid, wenn ich etwas tun kann.«

Stick knurrte ein Danke heraus und lauschte dem Atem seines Vaters am anderen Ende.

»Was sagst du zu den Unruhen?« Sein Dad tat so, als käme er ganz zufällig darauf, als wäre es nichts Großes.

Stick verdrehte die Augen

»Kieran?«

»Es sind Unruhen.« Im Fernsehen brannte der Teppichladen.

Sein Dad räusperte sich. »Wenn es hier auch losgeht, möchte ich nicht, dass du da mitmachst.«

Stick stellte sich vor, wie er mit über den Kopf gezogener Kapuze, das T-Shirt bis über die Nase, einen Stein in ein Fenster warf und sein Spiegelbild zerriss. Mac grinsend neben sich. »Dad, ich bin achtzehn.«

»Das heißt, wenn sie dich verhaften, kommst du in ein richtiges Gefängnis und nicht in irgendeine Jugend-Geschichte.«

Eine Zelle. Ein einziges Fenster, das zu hoch saß, um etwas anderes als ein Rechteck Himmel zu sehen. Eine Tür dicker als sein Arm.

»Du hast eine Zukunft, Kieran.«

Stick sah die Wut im Fernsehen. Sie zeigten mit einer Luftaufnahme, wie das Haus einstürzte und die Flammen immer noch stärker wurden.

»Hör zu, wenn etwas passiert, wenn du in eine blöde Situation kommst, rufst du mich an, okay?«

»Da gibt's Mums, die ihre Kinder der Polizei übergeben, oder?«

Er räusperte sich wieder. »Ruf einfach an, wenn du mich brauchst. Kieran?«

Stick stellte sich seinen Vater vor, wie er durch zerstörte Straßen ging, an Bränden vorbei, durch Polizeikordons, die Stirn in tiefe Falten gelegt, die Hände in den Taschen, damit er mutiger aussah, als er tatsächlich war. »Keine Sorge. Aber trotzdem danke.«

Nachdem er aufgelegt hatte, blieb Stick weiter im Bett und sah fern. Sie zeigten dasselbe Material immer wieder. Die Frau, die aus dem Fenster sprang, der Junge mit dem

Wein, der Typ mit Sonnenbrille und Kapuze, der sagte: *Was soll's* und *Leck mich*. Das Foto von dem Mann, der erschossen worden war. Stick hatte langsam das Gefühl, dass er sie alle kannte, als wären sie Personen aus einer Fernsehserie, und je länger er sie sah, desto klarer wurde es ihm. Desto mehr wuchs die Überzeugung, dass er es schaffen konnte: Er konnte Owen Lee finden und ihm ein Messer ins Herz stoßen. Zwei Bustickets kaufen, neben J sitzen und die Welt vorbeirauschen sehen. Eine Wohnung finden, einen Hund kaufen und ein neues Leben anfangen.

Stick war noch im Bett, als seine Mum nach Hause kam. Der Fernseher lief, ein grauhaariger Mann stand vor einer Englandkarte mit roten Markierungen an den Orten, auf die die Unruhen übergegriffen hatten, aber Stick dachte an J und wie sie sich an ihm heruntergeschoben, den unteren Teil seines Schwanzes und die Eier sanft in beide Hände genommen und den Mund über ihn gestülpt hatte.

Er stand auf, machte die Tür des Badezimmers laut hinter sich zu, stellte die Dusche an, ließ das Wasser auf seine Haut regnen und brachte seinen Tagtraum zum Ende. Aber anstatt ihn zu entspannen, machte ihn das noch unruhiger.

Seine Mutter saß unten am Tisch, mit einer Tasse Tee und einem Stapel Computerausdrucken vor sich.

»Ich war beim Arzt«, sagte sie, als sie Stick sah, und schob die Papiere in seine Richtung.

Auf dem oberen Blatt stand: *Zwangsstörungen (Obsessive Compulsive Disorder, OCD).* Sticks Blick glitt über die Seite: *Unruhe, Ängste, Bestätigungswunsch, Behandlung …* Er spürte, wie sich sein Magen zusammenzog.

»Dr. Roberts hat mich auf eine Liste gesetzt, für …«, sie zog die Papiere wieder zu sich heran und blätterte hindurch, »für eine kognitive Verhaltenstherapie.« Sie sah Stick an. »Ich habe doch gesagt, ich bringe das in Ordnung, oder?«

Ihre Augen leuchteten, sie sah ihn begeistert an wie ein Kind. Stick musste unwillkürlich an eine Geschichte aus dem Kunstunterricht denken. Sie hatten mit Gips gearbeitet, der weiß und kalt war, wenn man ihn flüssig in die Form goss, aber dann, wenn er sich setzte, fast zu heiß, um ihn noch anzufassen. Er erinnerte sich, wie er sein Gipsstück, was immer es gewesen war, am Ende des Schuljahres auf dem Weg nach Hause gegen die Schulwand geworfen hatte. Mit aller Kraft hatte er es gegen die Ziegel geschleudert, zerplatzt war es da und hatte einen kreideweißen Fleck hinterlassen, dem Abdruck eines Fußballs gleich.

»Ich dachte, dass ich vielleicht gleich auch das Rauchen aufgebe«, sagte sie und lachte. »Warum eigentlich nicht? Die haben eine besondere Klinik dafür, und eine Selbsthilfegruppe.«

Er wollte, dass sie zu reden aufhörte.

»Sie war so nett, diese Frau Dr. Roberts«, fuhr seine Mum fort. »Sie hat wirklich zugehört und sich Zeit genommen. Ich hätte nicht gedacht, dass sie so wäre.« Sie sah Stick an. »Bist du nicht froh, Kieran?«

»Aber natürlich.« Er zwang sich zu einem Lächeln. »Natürlich bin ich das, Mum.« Babs kam ins Zimmer geschlichen, und Stick bückte sich, um sie auf den Arm zu nehmen, spürte sie warm an seiner Brust, spürte ihren Herzschlag und die Krallen auf seinem Arm. Sie versuchte, sich zu befreien, wollte zurück auf den Boden, und er ließ sie los.

»Und als ich zurück nach Hause lief, da habe ich nachgedacht. Jetzt, wo du achtzehn bist, erhöht sich die Gemeindesteuer, und es gibt weniger Wohnkostenzuschuss, deshalb werde ich dich bitten müssen, einen Beitrag zu leisten. Nicht sofort, aber wir müssen das planen, Schatz.«

Er wollte in London sein. All die Leute da auf den Straßen, die Sachen klauten, herumrannten, schrien und taten, was sie wollten. »Dad hat angerufen«, sagte er.

Seine Mum hob die Brauen.

»Er meinte, ich soll mich nicht an den Unruhen beteiligen.«

»Aber das würdest du doch nicht.«

Stick dachte an den Typen mit der Kapuze, dessen Umrisse sich vor den Flammen abgezeichnet hatten.

Seine Mum tat mit den Ausdrucken herum und formte sie zu einem ordentlichen Stapel. »Oder würdest du?«, fragte sie.

Stick versenkte die Hände in den Taschen. »Natürlich nicht.«

Seine Mum griff nach ihrer Tasse Tee, trank aber nicht. »Ich habe gedacht, wir könnten sie besuchen gehen«, sagte sie.

Stick zog die Brauen zusammen.

»Sophie. Am Wochenende vielleicht? Wir könnten ein paar Blumen mitnehmen. Auch für Mac.« Sie hob den Blick. »Du machst das so toll, wie du mit der Sache mit Mac umgehst. Ich weiß, wie ...«, sie stellte die Tasse wieder ab, »wie schwer das alles ist. Ich bin stolz auf dich.«

Stick schluckte. Wieder diese Tränen hinter seinen Augen. Er wollte den Stapel Ausdrucke nehmen und ihn quer durchs Zimmer werfen. Er wollte etwas kaputt machen.

»Ich dachte, ich schneide mir eine Scheibe von dir ab.« Ihre Stimme zitterte ein wenig. »Ich dachte, es wäre gut zu gehen. Meinst du nicht?«

Er machte gar nichts toll, wollte er ihr sagen. Er wusste nicht mal mehr, wie das gehen sollte: toll. »Yeah«, sagte er stattdessen. »Klar. Warum nicht?«

Es ging in Salford los, am nächsten Nachmittag. Stick sah ständig auf sein Telefon, er bekam eine Nachricht nach der anderen, und das Fernsehen bekam reichlich neues Material zum Zeigen. Seine Mum stand an der Hintertür, schweigsam und blass, rauchte eine Zigarette nach der anderen, schüttelte den Kopf und sagte: »Hier? Nicht hier«, und dann sah sie ihn an: »Du würdest das doch nicht tun, Kieran? Das machst du nicht, oder?«

Am Abend ging es mitten in der Stadt los, und Stick konnte keine Minute länger im Haus bleiben. Wieder und wieder rief er J an, doch bei ihr ging keiner ans Telefon. Also zog er Macs Turnschuhe an und rannte zu ihrem Haus. Seine Mum hielt ihn nicht auf, sondern sagte nur, er solle keinen Unsinn machen, auf sich aufpassen, und dass sie ihm vertraue.

Niemand kam an die Tür, also schlich er zu Js Fenster und klopfte an die Scheibe, bis sie den Vorhang zur Seite zog und einen Finger auf die Lippen drückte.

Er wollte sie vögeln. Er wollte sie ausziehen und vögeln, bis es ihr kam, heftig und mit dem kleinen Seufzer, als hätte es sie überrascht.

Sie öffnete das Fenster.

»Es hat angefangen«, flüsterte Stick. »In der Stadt.«

»Ich weiß. Ich habe Dad gesagt, ich müsste fürs College hin. Soziologie«, sagte sie. »Wir werden einen Aufsatz drüber schreiben müssen. Wenn ich das selbst miterlebe, habe ich ihm gesagt, bekomm ich eine bessere Note.«

Stick lachte, und sie hob die Hand, er solle leise sein.

»Er sagt, er bringt mich um, wenn ich auch nur irgendwo in die Nähe gehe. Aber Mum ist weg, und er muss in etwa einer halben Stunde zur Arbeit.« Sie wandte den Kopf einem Geräusch im Haus zu, das Stick nicht hören konnte. »Geh.« Sie bewegte ihre Hand von sich weg, wie um ihn zu verscheuchen. »Schnell.«

»Ich warte.«

»Nein, geh. Ich treffen dich vorm Arndale Centre. Beim Burger-Wagen. In so etwa einer Stunde. Geh, geh schon!«

26

Stick lief in die Stadt. Macs Turnschuhe schlugen einen gleichmäßigen Rhythmus auf den Teer des Bürgersteigs. Die Oldham Street runter zu den Piccadilly Gardens, wo Alarmanlagen heulten. Er hörte, wie Glas zerschellte, hörte Schreien, und sein Herz tat einen Sprung. Mac hätte da mitgemacht. Scheiße, Mac hätte es losgetreten. Er hätte etwas in eine Schaufensterscheibe geworfen. Ganz vorne wäre er mit dabei gewesen und hätte so getan, als wäre er Mel Gibson in *Braveheart*, hätte die Hände in die Luft gereckt und geschrien.

Zwei Typen waren dabei, den Rollladen vor einem Schaufenster aufzuhebeln. Das Metall ächzte und schepperte, war aber noch nicht bereit nachzugeben. Weiter die Market Street hinunter sah Stick Leute vorm Eingang von Primark, sie rannten hinein und kamen mit vollen Armen wieder heraus. Kleiderbügel schlitterten über die Straße.

Kein Bus, kein Auto, keine Straßenbahn war zu sehen. Statt des Verkehrslärms waren Rufe und Pfiffe zu hören, rennende Schritte, berstendes Glas, Alarmanlagen, und statt der Autoabgase und des Geruchs von Kaffee und Greg's Pasties hing Tabak- und Grasrauch in der Luft, dazu der scharfe, beißende Gestank von brennendem Plastik. Er erinnerte Stick an den Stoffhasen, den sie am Kanal verbrannt hatten, und an Mac, wie er die Hasenaugen in kleine, spitze Stücke zerschlagen hatte.

Vor ihm traten zwei Männer gegen die Tür eines Zeitungsladens. Ein dritter hielt einen Feuerlöscher im Arm, mit dem er auf die Scheibe einschlug. Aber das Glas war hart und ließ ihn mit einem dumpfen Dröhnen abprallen. Dann, als Stick näher kam, zeigten die Schläge mit dem Feuerlöscher Wirkung – wie in dickem Eis bildete sich ein kleines Loch, von dem sich spinnennetzartig Risse ausbreiteten. Stick sah gebannt zu, wie der Mann ein weiteres Mal ausholte, noch einmal, und dabei ächzte wie ein wildes Tier, während die beiden anderen weiter auf die Tür eintraten, jetzt auf die Risse zielten und sich dabei immer fast, aber dann doch nicht in die Quere kamen. Die Männer gaben nicht auf, schlugen und traten, und kurz bevor die Scheibe nachgab, dachte Stick an Mac, wie er auf dem Boden lag, und dieser Bastard stach auf ihn ein, wieder und wieder fuhr das Messer (das sie nie gefunden hatten) in Macs Körper. *Eins, zwei, drei, vier, fünf.*

Das Glas zerbarst, und das entstandene Loch war groß genug, um nach drinnen steigen zu können, fast mannshoch. Die drei Männer duckten sich in den Laden, andere folgten ihnen und kamen mit einer Flasche Wein, einer Tüte Chips oder einem Sechserpack Bier wieder heraus. Ein Mann hielt eine Dose Rasierschaum in der Hand, schüttelte sie und fing an, das Zeug zu versprühen. Er schrie wie verrückt, der weiße Schaum spritzte über den Bürgersteig, die Scherben, die Straßenbahngleise. Stick dachte an seine an der Hintertür rauchende Mum, spürte aber immer noch die wilde Erregung. Er konnte da reingehen und nehmen, was immer er wollte. Wie war das nur möglich?

Er wünschte, Mac wäre da. Er wünschte, J wäre da. Sie zu dritt, J in der Mitte, die Arme gestreckt wie die Papierpuppen, mit denen Sophie früher immer spielte. Mann, das hätte Mac gefallen. Jahre noch hätte er davon geredet. Erinnerst du dich?, hätte er gesagt. An diesen Tag? Diesen Dienstag? Als wir gemerkt haben, wir können all das tun, von dem alle meinten, es ginge nicht?

Schließlich stieg er auch selbst durch die Scheibe in den Laden. Drinnen herrschte das reine Chaos. Als wäre ein Irrer in den Laden eingefallen, hätte alles von den Regalen gerissen und wäre wie wild darauf herumgesprungen, hätte alle Kühlschränke aufgerissen, jede Dose, jede Flasche, jeden Liter Milch und jede in Plastik gepackte Samosateigtasche auf den Boden geworfen, die Tiefkühltruhe geöffnet und alle Eiscremes in die Luft geworfen, hoch und fest genug, dass sie auf dem Boden zerplatzten. Er wollte etwas für J mitnehmen, wusste aber nicht, was. Unter seinen Füßen knirschte es, während er an den Regalen entlangging. In der Ecke bei der Kasse fand er einen gelben Eimer mit einem Bund roter Rosen, noch im 1-a-Zustand. Stick nahm sie und klemmte sie sich unter den Arm.

Als er Primark erreichte, tauchte auch die Polizei dort auf, eine Gruppe in dunklen Uniformen, Schildern wie riesigen Kontaktlinsen und Helmen mit Plastikvisieren. Sie fingen an, auf die Leute einzuknüppeln. Einer zerrte eine Frau zu Boden, drückte ihr Gesicht auf den Teer und verdrehte ihr die Hände hinter dem Rücken. Das würden sie auch mit J machen. Mit ihm. Nur dass hier zu viele Leute waren, und die Leute drehten sich um und warfen Flaschen, Steine, Handtaschen, Schuhe und Kleiderbügel auf die Polizisten. Das Zeug krachte und knallte auf die Schilder, und die Leute liefen immer noch ins Geschäft und kamen vollbepackt wieder heraus.

Stick stand da und sah zu, wie sich die Polizei vor der Menge zurückzog.

»Ihr konntet nicht mal einen scheiß Mörder hinter Gittern halten«, rief er in den Lärm der Straße. »Nicht mal dazu wart ihr in der Lage. Fuck you, ihr Wichser!«

Es fühlte sich gut an, so mitten in Manchester zu stehen und zu schreien.

»Fuck you!« Jemand nahm seine Worte auf, dann noch jemand, bis es eine ganze Gruppe der Polizei entgegenschrie: *»Fuck you, fuck you, fuck you!«* Stick hatte das Gefühl, seine ganze Haut sei voller Brausepulver, sie prickelte und schäumte.

Jessops um die Ecke war geplündert, die Rollläden waren aufgerissen, die Regale leer. Der Bürgersteig vor HMV lag voller CDs und zertretener Plastikhüllen. Stick ging die Market Street hinunter und an den Rolltreppen vorbei hoch in die Imbisshalle vom Arndale. Vorbei an der Menge zu den verschlossenen Türen zum Einkaufszentrum. Hinunter zu Topman, wo ein Trupp Polizisten in Kampfausrüstung stand, die Visiere hochgeschoben wie Schweißer, die gerade eine Pause einlegten. Er spürte ihre Blicke auf sich. *Leckt mich!*, rief es in seinem Kopf. *Fuck you!* Er drückte sich die Rosen an die Brust, machte kehrt und ging den Weg zurück, den er gekommen war.

Und dann war da plötzlich Owen Lee und trat unter dem zerstörten Sicherheitsgitter von Schuh hervor auf die Straße.

Das konnte nicht sein. Aber er war es. Owen Lee. In Jeans, weißen Turnschuhen, einem blauen Shirt mit über den Kopf gezogener Kapuze. Zwei Schuhkartons unter dem Arm. Das Gesicht aus der Zeitung. Das Gesicht vom Bildschirm. Er war größer, als Stick angenommen hatte, hatte breite, fleischige Schultern.

Stick öffnete den Mund und schloss ihn wieder. Er

dachte an das Messer im Handschuhfach des Autos, die Klinge, die scharf genug war, um durch Haut zu dringen. Von rechts schallte das Bersten von Glas herüber, das wütende Heulen einer Alarmanlage, wie das Jammern eines Kindes. Jemand pfiff, laut und klar.

Owen Lee sah nach links und rechts, als wollte er eine belebte Straße überqueren. Sein Blick glitt über Stick und nahm keinerlei Notiz von ihm. Er setzte sich in Bewegung. Stick folgte ihm und schloss die Hand um den schweren, polierten Blutjaspis in seiner Tasche.

Er versuchte, sich vorzustellen, Mac sei auch da, direkt neben ihm, und sagte: *Los, mach es. Tu's. Zahl es dem Bastard heim.*

Er fühlte sich vollkommen ruhig. Manchester wütete um ihn herum, aber nichts davon schien mehr wichtig, das Schreien, Bersten, Pfeifen und Lachen nicht. Es war, als hätte er sich Pfropfen in die Ohren gesteckt. Die Welt war in Watte gepackt, und nur noch sein eigener Herzschlag pochte in seinen Ohren. Auf dieser Welt gab es nur ihn und Owen Lee.

Owen Lee. Der bei den Türen zum Arndale Centre stehen blieb, das zerbrochen Glas wie einen Vorhang anhob und nach drinnen verschwand.

Stick folgte ihm in den stillen, weißen Raum. Sämtliche Rollläden waren heruntergelassen, alle Lichter aus. Es war niemand da, nur sie beide. Stick legte die Rosen auf die nächste Bank. Er würde als Erster etwas sagen, dachte er. Macs Turnschuhe quietschten auf den Bodenfliesen. *Das ist für das, was du Mac angetan hast, was du mir angetan hast. Damit kommst du nicht durch.*

Vor ihnen kam Lärm auf, Männer kamen um eine Ecke gerannt.

»Bullen!«, schrie einer.

Owen Lee drehte um und kam auf Stick zugelaufen. »Raus hier«, rief er, als er näher kam. »Polizei.«

Stick blieb ruhig stehen, und als Owen Lee zur Seite auswich, um an ihm vorbeizulaufen, machte Stick einen Ausfallschritt in seine Richtung, und die beiden stießen zusammen.

»Mach Platz, du Arsch!«, zischte Owen Lee.

Stick war ihm nahe genug, um die winzigen Schweißperlen auf seiner Oberlippe sehen zu können, nahe genug, um ihn zu riechen. Er nahm den Stein aus seiner Tasche. *Er gibt dir den Mut, Hindernisse zu überwinden, und die Weisheit …*

Owen Lee stieß ihn vor die Brust, die Kanten der Schuhkartons trafen schmerzhaft auf Sticks Blutergüsse, aber Stick packte seinen Ärmel und ließ ihn nicht los.

»Was zum Teufel hast du denn für 'n Schaden?«, rief Owen Lee. Er klang verängstigt.

Stick begriff, dass er alles in der Hand hatte. Owen Lee war größer, aber Stick war stärker. Er konnte ihn hoch über den Kopf heben und so weit werfen, wie er wollte. Er konnte ihm die Stirn gegen den Schädel rammen, dass er brach. Er konnte ihm den Stein ins Gesicht schlagen, bis da kein Gesicht mehr war.

Die anderen Leute schwenkten links und rechts an ihnen vorbei, ein Fluss, der einen Fels umspülte. Sie sahen jetzt zu den Türen hin, Owen Lee versuchte sich loszumachen, und Stick blickte an ihm vorbei auf die Spiegelung eines orangefarbenen heißen Flackerns in den Scherben. Er holte Luft und dachte an die vor der Klasse sitzende Frau vom Aggressionsbewältigungskurs, Ewigkeiten war das her: *Du hast die Wahl.* Er sah Owen Lee an, der wie ein gefangener Fisch zappelte und Stick in Richtung Market Street zog. J war bestimmt jetzt dort und hielt nach ihm Ausschau. Und Mac war tot, nichts konnte daran mehr etwas ändern.

Er ließ los.

Owen Lee schoss davon und verschwand im Getümmel an der Tür. Mac würde durch die Straßen tanzen, wenn er hier wäre, die Arme über dem Kopf, in die Luft boxen, jauchzen und schreien. Süßigkeiten würde er klauen, und Bier, und dann alles verschenken. Er würde Leuten helfen, die hingefallen waren oder sich an den Scherben geschnitten hatten. Seinen Spaß würde er haben. Stick spürte das Fehlen seines Freundes wie einen Schlag unter die kurzen Rippen.

Die Polizei kam. Stick hörte das Trampeln ihrer Stiefel, und als er sich umdrehte, um zu ihnen hinzusehen, dachte er, wie heiß ihnen sein musste unter all der Schutzkleidung. Er schnappte sich die Rosen von der Bank und war draußen auf der Straße, bevor sie ihn erreichten.

Miss Selfridge stand in Flammen. Sie waberten aus dem Schaufenster und warfen schwarzen Rauch über die Mauer hinauf in den kühlen frühabendlichen Himmel. Leute standen in Gruppen zusammen und gafften, und das Feuer vervielfachte sich wieder und wieder auf den kleinen Telefonbildschirmen, die hochgehalten wurden, um die Geschehnisse einzufangen. Und da, mitten in der Menge, stand J, beim Burger-Wagen, wie sie es gesagt hatte. Blaue Haarsträhnen quollen unter ihrer Kapuze hervor. Sie blickte ins Feuer.

Er betrachtete sie. *Die bist schön, wollte er ihr sagen. Ich will dich vögeln. Ich will mit dir weg von hier. Ich will dich heiraten.* Lachen würde sie und ihn auf den Arm boxen, würde sagen: *Ach was, hör schon auf.* Oder vielleicht sagte sie auch: *Ja, ich auch.*

J blickte in seine Richtung, als könne sie seinen Blick

spüren. Sie entdeckte ihn, grinste und winkte, und als er sie erreichte, legte er einen Arm um sie, und sie wandte sich ihm zu, hob das Gesicht und küsste ihn heftig, die Rosen zwischen sich und ihm eingeklemmt, ihre Haut heiß vom Feuer.

Dank

Die Recherche für ein Buch besteht aus Gesprächen und Beobachtungen. Das alles wird durch vielfache Versionen eines Manuskripts gefiltert und ist womöglich am Ende nicht wiedererkennbar, hat seine Wurzeln aber dennoch in den erlebten Worten, Gesten und Geschichten. Viele Leute haben mich während des Schreibens an ihrem Wissen, ihren Erfahrungen und Meinungen teilhaben lassen, und ich danke ihnen allen: Martin Bottomley, Tony Heslop, Karen Ryan, Jean Betterridge, Thomas Nicholson, Paul Hunt, Sam Baars, Jill Johnson, Eilish Blunn-Galagher, Cath Potter, Razia Shah, Katie Parr und folgenden Schülern von St. Augustine's: Moyzz, Kevin, Maria, Malika, Naomi, Mariam, Jasmine, Joel, Bradley, Fatimata, Samira und Tayyibah. Moona Khan, Sarah Wittington und den Schülern der Communication Academy Manchester: Riler, Kyle, Remy, Mo, Tyler, Thabi, Luke, Mohammed, Habib und Keifer. Rose McCarton und der Ü50-Gruppe im TLM Centre.

Das Schreiben dieses Romans fiel mit Schreibaufenthalten von Age Concern Lancashire und CSV Learning North West zusammen, die mit jungen Leuten und Demenzkranken arbeiten. Besonders dankbar bin ich da Mechila, Daniel, Shakira, Liam, Aidan, Shelia und Rob Warbrick für ihre Zeit, ihre Energie, ihre Offenheit und Geduld.

Die Personen des Romans sind völlig frei erfunden, aber die Gespräche mit den oben Genannten waren von unschätzbarem Wert dafür, mir sie und ihre Welt auszumalen.

2012 habe ich meine MSc-Urban-Studies-Arbeit zu Erzählungen über die Unruhen 2011 geschrieben, was sich ebenfalls im Schreiben dieses Romanes niedergeschlagen hat. Dank in diesem Zusammenhang an Jane Rendell, Steve Pile, David Roberts, Rebecca Lenkiewicz, Sophie Wooley und Luke Wright für ihre Fragen, Antworten, Vorschläge und ihre Unterstützung.

Dank auch an Château de Lavigny und die Heinrich Maria Ledig-Rowohlt Foundation für einen herrlichen Schreibmonat im Sommer 2014, und an Sharon Morris, die mir in ihrem Cottage in Pembrokeshire einen ähnlich produktiven Rückzugsort gewährte.

Ich besitze fantastische Schreibkollegen, deren Kommentare und Unterstützung ich sehr zu schätzen weiß. Besonderer Dank gilt hier Emma Claire Sweeney, Emily Midorikawa, Paul McVeigh, Yemisi Blake, Sarah-Clare Conlon, Sian Cummins, David Gaffney, Benjamin Judge und Adrian Slatcher.

Großartige Leser sind für mich auch Andrew Kidd und Francesca Main. Besonderen Dank an Francesca, auf eine präzisere, engagiertere und großherzigere Lektorin kann ein Autor nicht hoffen.

Und wie jedesmal ein Danke an meine Familie, die immer da ist und immer an mich glaubt. Und an Matt, für alles – dieses Buch ist für dich.

Fünf Farben, die ein ganzes Leben bedeuten

SARAH BUTLER

Alice, wie Daniel sie sah

Roman

Für den obdachlosen Daniel ist jeder Buchstabe mit einer Farbe verbunden. Seit Jahren streift er durch London und sammelt Papierschnitzel und andere achtlos weggeworfene Dinge in den Farben, die den Namen seiner Tochter bilden: Eisblau für A, Gold für L, Rosa für I, Dunkelblau für C, Grau für E – Alice. Daraus formt er kleine Kunstwerke, die er für sie in der Stadt verteilt. Daniel hat seine Tochter noch nie getroffen. Bis ihm der Zufall eines Tages ihre Adresse zuspielt.

»Ein Buch, das voller Hoffnung funkelt.«
Independent on Sunday